有度文化

于坚说
I

为什么是诗,而不是没有

于坚 著

山西出版传媒集团 北岳文艺出版社

·太原·

图书在版编目（CIP）数据

于坚说 . Ⅰ，为什么是诗，而不是没有 / 于坚著 . — 太原：北岳文艺出版社，2020.6
ISBN 978-7-5378-6208-0

Ⅰ . ①于… Ⅱ . ①于… Ⅲ . ①诗歌研究－文集 Ⅳ . ① I052-53

中国版本图书馆 CIP 数据核字（2020）第 081547 号

于坚说Ⅰ：为什么是诗，而不是没有

于坚 / 著

出品人
续小强

选题策划
刘文飞

责任编辑
刘文飞

书籍设计
张永文

印装监制
郭 勇

出版发行：山西出版传媒集团·北岳文艺出版社
地址：山西省太原市并州南路 57 号　邮编：030012
电话：0351-5628696（发行部）　0351-5628688（总编室）
传真：0351-5628680
网址：http://www.bywy.com
E-mail：bywycbs@163.com
经销商：新华书店
印刷装订：山西万佳印业有限公司

开本：787mm×1092mm 1/32
字数：232 千字
印张：11
版次：2020 年 6 月第 1 版
印次：2020 年 6 月山西第 1 次印刷
书号：ISBN 978-7-5378-6208-0
定价：68.00 元

本书版权为本社独家所有，未经本社同意不得转载、摘编或复制

序　言

说《于坚说》

得感激那些提问者，许多人与我素昧平生，后来也不再联系。黑暗里的提问，仿佛是来自一个巨大的洞穴。许多说法都是被提问激发的，如果不问，是不会说的。但是已经在黑暗里想过，或者是在梦中自言自语过。梦有一种整理能力？一旦被问，那些黑暗的语词就被激发，涌出。此书中的大部分访谈都是手写的，少部分由提问者录音整理后我再修改。我不会事先浏览那些问题，看见一个说一个，让思想处于原始沼泽地带，忽然涌起。回答问题得有灵感，一语中的。不见得就知道问的是什么，或许答非所问。语言总是开辟出空间，若有若无，晦暗不明。同一个问题，十年前和五年前说的不一样，有时候标新立异，有时候老生常谈、自相矛盾，甚至后说否定前说。或者前说早有，后说重复。我不喜欢定论，定论又何须说。重复，这是一个反复击打抵达深度的过程，每次击打导致的结果都不会相同。我年轻时代在工厂当铆工，经常要用机器定型各种产品，比如卷板机，按照一张图纸，定型一个产品，比如矿山用来拉矿石的运输车的车斗，这是一件乏味的事。我已经知道这个材料最终是什么，产品必须精准，检验工要用游标卡尺测量，误差不能超过正负0.5。还有一种活计，师傅只是说你做个斗子，并不规定斗子的尺寸，大小差不多就行，工厂还有些作坊的余风，于是我击打一块洋铁板，朝着一个普遍的三角形斗子。展开铁皮，反复击打，一锤比一锤深。这个过程很有魅力，我并不知道我最终是否能够抵达一个斗子，过度击打，铁皮会被击穿，用力不足也无法成型。但是每一锤都有一种完成感，每一锤都抵达一个细节、一个深度。与创新比起来，我更喜欢重复。有句古话很时髦："周虽旧邦，其命维新。是故君子无所不用其极。"这句话通常被注意的都是"维新"二字，而忽略了旧邦。这句话的深意其实在"旧邦"二字。维新，但是抵达旧邦。没有旧邦，新就是虚无。如果没有一个斗子，那么千锤万锤地击打下去，那就不是重复，而是破坏。所以在这本访谈中，多有同义反复者，多年之后，我会发现一个说法，可以激活老生常谈。抵达其实相当困难，最终到底说出了什么，不知道。所以，如果读者觉得这些答问啰唆，甚至胡说八道，一掷。"于坚说"，听上去有点自命不凡，但这确实是于坚说，这个书名只是一个事实，拒绝隐喻。

2020年4月1日 愚人节

目 录

2003 年

001 / 诗人并不忌讳陈词滥调
　　　Emilio Araúxo × 于坚

2004 年

008 / 我总是感到喜悦和快乐,因为创造了句子
　　　马铃薯兄弟 × 于坚

024 / 我喜欢那种搞不定、说不定的感觉
　　　王晓生 × 于坚

037 / 我潜在的读者其实是些古人
　　　李建立 × 于坚

2006 年

053 / 中国的咸
　　　欧亚 × 于坚

2007 年

065 / 再谈隐喻
　　　朱彩梅 × 于坚

076 / 诗不仅仅是声音的狂欢
　　　高巍 × 于坚

078 / 作品要面对的是时间,时间可不给你什么奖
　　　杨东城 × 于坚

2008 年

088 / 我不负责解释,我只表达我的感受
　　　云南大学东陆通讯社 × 于坚

096 / 玩弄修辞、意象的诗人,只能算二流
　　　木叶 × 于坚

125 / 诗的无用性、非工具性正在经受严重考验
　　　《竞报》× 于坚

134 / 我的八十年代
　　　虞金星 × 于坚

150 / 在唐朝宋朝时代,人们恐怕不会如此想象诗人
　　　李昭阳 × 于坚

2009 年

156 / 像上帝一样思考,像平民一样生活
　　　张后 × 于坚

171 / 我发现剃光头更像我自己
　　　吴成贵 × 于坚

180 / 没有这种无限。语言就死亡了……
　　　程一身 × 于坚

190 / 与诗歌有关:从一九九〇到新世纪
　　　周航 × 于坚

2013 年

212 / 我有时候故意模糊风格
　　吕布布 × 于坚

224 / 关于八十年代云南大学的银杏文学社
　　《春城晚报》× 于坚

230 / 写作不是诗人顺应时代,而是时代向诗人脱帽敬礼
　　舒晋瑜 × 于坚

2014 年

246 / 诗是世界的隐喻
　　《大家》× 于坚

266 / 我当然知道在汉语中"隐喻"是无法拒绝的……
　　明雷 × 于坚

2015 年

274 / 我要求的朗诵会不能声音和汉字分离
　　《MIND》× 于坚

281 / 诗是宗教的近邻
　　邓月娘 × 于坚

2016 年

290 / 彼岸不过是另一个飞机场
　　《界面》× 于坚

2017年

308 / 为什么是诗,而不是没有
　　木朵 × 于坚

2018年

329 / 诗歌代表着文明的质量
　　李楠 × 于坚

代后记

333 / 一己之见,谈谈好诗

诗人并不忌讳陈词滥调

Emilio Araúxo × 于坚

Emilio Araúxo: 您对中国诗歌传统形式以及中国诗歌享有的盛名的反思是怎样的?

于坚: 作为一个当代诗人,我深深感受到中国传统诗歌对于中国和世界文化的影响,要摆脱这种影响是不可能的,这种影响像命运一样难以抗拒。中国诗歌的伟大传统是中国诗人的命运,作为诗人,我为能够置身于这一伟大传统中而感到庆幸。同时,我也意识到在这一传统中,对于我们时代依然要加入诗人种族的人们来说是一个巨大的挑战。世界对中国古代诗歌的崇拜与臣服,使人们总是对当代诗人抱有怀疑的态度,而从本世纪开始的中国新诗不过才近一百年的时间。中国古典诗歌命名了一个具有田园诗意的旧时代的中国,它的形式感和旧世界的大地、时间观都是一致的、完美的。但我面对的是另一个中国,它的形式感和语言有待于诗歌的创造。

Emilio Araúxo：哪一类人是您诗歌的读者？您对关于对话者或者是接受者的问题是如何看待的？

于坚：我不太清楚我的诗歌的读者，也许他们都是些很普通的男女，也许他们中间有诗人、艺术家、知识分子……我不清楚。我知道的例子是，我的诗歌曾经被只有中学文化程度的工人喜欢，也被大学中文系教授作为研究的对象。我希望所有阅读的人都喜欢我的诗歌，虽然我不会为所有人写作，我确实不知道所有人是谁。我有时为某些朋友写作，为某个季节写作。我写作中当然有潜在的对话者，它们大多数时候是某一类语言，我在和那些语言开玩笑，伤害它们，令它们斯文扫地，我很开心。我对语言中的暴力尤其敏感，诗歌就是对语言暴力的一种反抗。我不太在乎接受者，接受者总是会认同某一类语言，暴力的奴隶。如果我的写作不是为了认同，而是使语言成为一个"在路上"的解放的过程，那么读者就不可能认同，他只能感受。

Emilio Araúxo：诗歌如何表达大自然、风景、甚至国家的？诗歌如何表达空间？

于坚：大自然、风景、国家，在诗歌中可以说只是一堆陈词滥调。如果要表达，我当然从陈词滥调开始，诗人并不忌讳陈词滥调，问题在于你如何说。

诗歌的空间存在于语言的历史和现实中。诗歌的空间感来自诗人对语言复杂历史和各种可能性的把握，垂直的空间提供的是所指的模糊性，横向的空间提供的是能指的确定性。就像大自然，在我们的视野中，总是具体明晰、朦胧模糊，现场、周围，表象、内部，过去、此刻、未来，总是并存于一个空间的，而这个空间是有一个舌头的。它只有一个舌头，但它表达的是一个空间。空间是一个"场"，在这里，语言出场。场有两个意义，场可以是国家、风景、大自然甚至一部档案。但这不够，一首好诗必然创造出一个"场"，在这个场中，语言犹如气功，生动、通透、直指人心。

Emilio Araúxo：您的语言的经历是怎样的？诗歌是否在语言中又"发明"了另一种语言？

于坚：我一直从日常语言中获得诗歌的经验和活力。在中国诗歌界，日常语言被很多诗人视为非诗的。诗人们喜好书面语，尤其在九十年代，时髦的诗歌更是从翻译过来的西方诗歌中获取灵感。人们以把诗写得像某些诺贝尔文学奖获得者为荣。与此时代风气相反，我的诗歌的力量来自我的日常生活和我母亲教我的故乡方言，这种方言在表达上与书面语很不相同，它总是自由的、创造性的、更直接的、生活化的和富于幽默感的。

诗人当然要创造他自己的话语，他应当用他自己的舌头说话，诗人只有通过语言才能确立他的存在。但"发明"并非轻而易举，在普遍性和个人私语之间，有一个点。脱离普遍性的发明很容易做到，为日记本写作就够了，而日记本也恰恰可能正是陈词滥调的收容站。诗人面对的不仅仅是日记，而是语言本身。你说的话常常并非是你自以为要说的话，所以所谓"发明"一种语言，不过是找到你自己的舌头。在发明之前，诗人恐怕得先搞清楚，他那个自以为是的舌头到底是谁的。也许并非发明,只是搏斗罢了,在一群已经固定死亡的语词之间搏斗,在对语言的批判中获得活力,一个去蔽的过程。诗是什么,只有上帝知道。

Emilio Araúxo:如果您要在公众面前朗诵您的作品,您将遵循什么原则?

于坚:我把他们视为朋友,而不是听众。我的诗不适合于通常所谓的"朗诵",它们是为"读"的而写的,但这并不意味着我忽视诗歌的节奏、音乐感和适当的押韵。我非常重视诗歌中的音节,但不是为了朗诵,而是为了表达。

Emilio Araúxo:面对表象和隐喻,您是如何处理的?隐喻不是诗歌的要素吗?

于坚:在汉语中,语言本身就是一种隐喻,汉语在很多时候,天然就是诗歌。所以在汉语中,强调隐喻是诗歌的要素,等于废话。重要的不是隐喻,而是诗歌。隐喻是诗歌的存在方式之一,但它毕竟不是诗歌本身,重要的是如何达到诗歌。要素,哪怕它天经地义,也是可以怀疑的,尤其是在汉语这种深受隐喻影响的语言中。隐喻几乎就是一种暴力、一种秩序和一种成为诗人的现成捷径。在诗歌中,对隐喻的批判也许正是复活隐喻的途径。表象其实只意味着生动的具有活力和质感的隐喻。纯粹的表象在语言中并不存在,因为每一个词都是一部陈词滥调的历史。诗人不可能只用"宇宙飞船"之类的词写作,他是在一个陈词滥调的汪洋大海中游泳,很容易被淹死;诗人重要的不是发现的能力,而是应用旧词的能力,陈词滥调通过他的舌头出来,已经复活如初,就是这样。

Emilio Araúxo：就您看来，在当今社会，诗人的角色或者说重要性是怎样的？您看到一些独特的并且特别适合于我们这个时代的诗人吗？诗人应该坚持他作为诗人的立场和身份吗？

于坚：在此时代之夜中，"夜"，我指的是海德格尔所谓的"世界的图画时代"，"透过'图画'一词，我们首先想到的恐怕是某件东西的摹本"。当世界面临普遍地被克隆于某个全球一体化的世界图式，纳入格林尼治标准时间之际，诗人是人群中唯一可以被称为祇的一群。他们代替被放逐的诸神继续行使着神的职责，他们就是活在人群中的五百罗汉。今天，诗人的角色甚至比古代更为重要，没有一个时代如此对诗人麻木不仁，这恰恰说明诗人在今天的重要性。世界正面临着一个罐头式的现代化乐园，统一的配方，麦当劳、可口可乐、流水线、网络，英语成为世界通用的普通话……人们在普遍憧憬着这个指日可待的未来。民族主义被视为陈腐过时的思想和现代化的障碍。一个巴别塔（Tower of Babel）的完成恐怕只是时间问题了。在我们时代，诗人的重要性在于他们继续的是上帝的工作，是人类自由思想的权利、创造力，是丰富多彩的智慧世界及由此构成的关于存在的独特意义和价值的守护者。在此时代，诗人面对的不是语言的牧歌，而是它的暴力。许多诗人悲天悯人，为过去的时代唱着挽歌，他们令诗人脱离存在，成为与人生无关的"高雅迷"患者。这也是这个时代诗人被普遍误解的原因之一。

真正的诗人立场并非在所有被称为诗人的人们那里得到坚持。在我看来，在此暴力无所不在的语言环境中，乌托邦式的牧歌乃是一种妥协和逃跑，它只是增强了暴力的合法性。人们从我们时代的"高雅迷"那里只得出这种结论,诗歌只是一种令精神虚弱的麻醉品。

诗人的立场和身份就是他的诗歌。今天在我的国家,诗人被视为不合时宜者、没有谋生能力的多余人。虽然是在一个有着赫赫诗歌威名的国家,但诗人的地位非常糟糕,贫穷、被普遍的忽视,甚至被视为精神病患者。但许多诗人依然坚持作为诗人而存在。他们当中已经出现本世纪中国最杰出的诗人,他们的贡献和他们的处境是极不相称的,但很少有诗人去想这个问题。对杰出的诗人来说,是否能够自由的写作乃是最重要的,因为我们经历过没有写作自由的时代。

Emilio Araúxo:关于诗歌与其他艺术的融合,您有何良策?

于坚: 在古代中国,诗歌是生活的一部分,与日常生活融为一体的,而不是少数"高雅迷"的鹤立鸡群的智力游戏。诗歌与绘画关系密切,许多诗歌与绘画一道被书写在建筑上,人们在庭院、走廊、墙壁、床笫之间都可以阅读诗歌。诗歌也是游戏之一,与音乐的关系也非常密切。在诗歌与其他艺术融合上,我以为中国古代诗歌有许多很好的经验。我不久前参加过一个展览,这个展览包括诗歌、绘画、纪录片和讨论。很有意思,也吸引了各方面的人们对诗歌的关注。我以为在同一主题下的包括诗歌、戏剧、绘画、音乐等的展览是很有意义的。

我的诗歌本身非常注意戏剧和散文的因素,这是我的诗歌的一个特点。在古代中国,人们相信"诗中有画,画中有诗"。我以为诗歌也可以是戏剧性的、散文化的。对话、叙述都可以是诗歌的,实际上正是散文和戏剧因素的加入,使中国当代诗歌与古典诗歌有了根本的区别。

Emilio Araúxo:诗歌是以其神秘性而独立存在的吗?您对于诗歌

的评论、阐释和阅读有何看法？在一个连续的诗节里加上一些散文化的叙述和思想是可能的吗？

于坚：是的。关于神秘性，我以为指的只是它（诗歌）总是少数天才的工作，它永远不能被程式化。这个世界可以发明各种电脑，但它永远不能破解诗歌写作的密码。因此，什么都知道的人类才得以保持最后的一点畏惧——对不可知的畏惧，一种古老的畏惧。

我想评论、阐释和阅读应该是独立的，是创造性活动之一。对于优秀的作品来说，误读是必然的。我很怀疑那种有"定论"的作品。那说明它已经丧失了活力，成了一具标本。

在一个连续的诗节里加上一些散文化的叙述和思想是可能的吗？当然。问题是你能做到何种地步。

二〇〇三年二月十一日

我总是感到喜悦和快乐,因为创造了句子

马铃薯兄弟 × 于坚

马铃薯兄弟: 你自二十世纪八十年代活跃在诗坛,至今也有二十多年了。你对这么一个漫长的时期里的写作有没有一个自我评价?你认为你的写作最值得记忆的是哪个时期?连带的一个问题是,哪些作品是你非常看重的?你最看重的代表作是什么?

于坚: 是的,如果从七十年代算起的话,我的写作已经持续了三十年。怎么说呢,我想我一直是个心无旁骛的诗人,我的写作已经经历了我们叫作"时代"的那种东西,毛时代、改革开放、市场经济等等。有一点,时代不同了,我的写作从未改变过,就是写作的初衷也是开始就是结束。我好像总是有激情和灵感,我有写得比较顺的时期吗?没有。我有不顺的时期吗?也没有。哪些作品我比较看重?都看重。我从不敷衍自己,我不随便动笔,我记得每一个句子诞生时的喜悦、心烦、犹豫和决心。《0档案》是我的代表作吗?不是。《对一只乌鸦的命名》是我

的代表作吗？不是。也许是《尚义街六号》？也不。它们只是我某个时期的心情而已。我认为如果要进入于坚的作品，读者应该读他的全部，而不是可怕的代表作！没有比所谓代表作更可以遮蔽于坚的东西了。

马铃薯兄弟：你认为决定一个人成为诗人的因素有哪些？在这个浮躁的年代，为什么要写诗？什么力量在支持着你对诗歌的痴情？对不起，也许这个问题过于机械了。作为一个实力诗人，你对那些正在期望成为诗人的文学爱好者有什么建议？你觉得诗人的成名有捷径吗？我想知道，在你成为诗人和优秀诗人的道路上，有谁、什么事情或什么作品对你产生过重要的影响？

于坚:因素：1.天才。2.智慧。3.对此在、人生的那种没有彼岸的热爱。4.孤独。

为什么要写诗？我作为人的存在因此得到证实的主要方式之一。其他方式当然也可以证实我作为人的存在，但不像诗歌那样，我总是感到喜悦和快乐，因为创造了句子而喜悦和快乐，就像什么——吴哥窟的神像面部浮现的那种神秘的微笑。

我建议他们不要指望成为所谓的诗人，而是成为一个作者，而且起码的，你先要写出那种令你母亲感动的东西。今天的诗人好大喜功，为全世界写作，为国际写作，为诗坛写作，但世界难道不是从你自己的母亲开始的吗？一个诗人的影响绝不是因为在某刊物发表，或者得了什么奖，或者在某网站有几百个跟帖。影响力是什么？在世界的某个角落里闪出来一个幽灵，素昧平生，只是告诉你，他是你的读者，就消失了。

捷径？没有。就和农民种地一样，你不能抄小路越过季节。写诗是一生的事情,捷径是什么?写到四十岁,就到头了?

影响?多了。我想提到的影响,是二十世纪七十年代昆明的四五个工人,我青年时代的朋友,我当时写的诗歌,都是给他们看,他们总是把我的诗歌奉若神明。

马铃薯兄弟:大诗人的话题,也是很多人心底拂之不去的痒。据说有一位研究诗歌的老先生断言,在北岛之后,国内还没出现大诗人。你怎么看所谓大诗人的标准?大诗人应该具备什么样的条件?

于坚:他的断言只是他的断言而已,不必认真。李白在世的时候,不也是许多人断言没有大诗人,或者把庸才当大诗人吗?你看过《唐人选唐诗》吗?我的天,都选了些什么垃圾呀。我们这个时代被叫作"大诗人"的多了,各有各的标准,大诗人是什么?走着看吧,如果河流下面有巨石,潮流退去的时候,自然会水落石出的。大诗人不害怕冬天。

马铃薯兄弟:网络为人们提供了许多的方便,也为诗歌提供了发表的便捷,交流的便捷。但其混乱和无序也是有目共睹的。有人乐观地认为诗歌进入了互联网的时代。你对网络持什么样的评价,你认为它对诗歌的影响是正面为主还是负面为主?

于坚:网络是个游戏的地方,但也有严肃的一面,它是中国民主生活的培训所。什么把戏都可以在那里表演,其环境类似"文革"时代的大字报专栏。好处是,有些把戏,表演多了,发现很乏味,玩的人也就少了。比如"文革"的那些把戏,揭发隐私、杀熟、扣帽子、上纲上线,以绝对真理自居,等等,后来发现,玩这一套要有效果,除非你真正掌握了权力。网络游戏的快感之一就是没有权力的人们可以在虚拟空间中获得拥有权力的快感。网络对诗歌的影响是好的,无名天才可以比过去任何时代都更快地被发现,但也别高估网络诗歌的影响力,一首诗点击最高的时候也不过是八九百,这点人两三辆卡车也就运走了。

马铃薯兄弟: 你的第一首诗是什么时候写的?题目是什么?你第一首(次)发表的诗是什么时候?你是怎么开始写起诗来的?

于坚: 记不起来了,应该在七十年代初,是古体诗。我发表的第一首诗歌是在昆明的地下刊物《地火》上。第一首发表在出版物上的诗歌是《新堂吉诃德之歌》,在香港的《观察家》杂志上,是一九七九年,我的一个工人朋友帮我弄出去的。我怎么写起诗来,忽然有一天,年轻,心情好,天空中来了一只乌鸦……就这样,一个传奇的开头。

马铃薯兄弟: 请你给我们推荐一些你认为在当代诗歌中具有实力或者有前景的诗人的名字。

于坚: 可以参考我组稿的《大家》杂志。我在那里主持诗歌栏目。

马铃薯兄弟: 民间写作和知识分子写作,在近年诗歌界几乎壁垒分明的,你认为这种分野是客观的还是人为的?他们真正的分歧怎么认识?请分析一下。你认为民间写作和知识分子写作,他们之间有没有一个互相可以补充的东西?有被列入知识分子诗人的人士很自信地说,要二十年后再来看两种写作。你对民间写作和知识分子写作的实力与阵容的强弱有什么判断?

于坚: 这种分析早就存在,一开始就存在。无非是八十年代没有工夫去细说而已,也不是没说,可以看早年我和韩东的言论,例如《在太原的谈话》发表于一九八八年的《作家》。为什么《他们》里面没有一个"知识分子写作",不是偶然的呀。"卢骆王杨当时体,轻薄为文哂未休。"我记得八十年代一个上海诗歌作者写文章骂我的《尚义街六号》,骂口语粗俗,我看了他的文章,明白了,这些人没有幽默感。"知识分子写作"的一个特点,就是没有幽默感。朦胧诗没有幽默感,知识分子写作也没有幽默感,幽默感是从第三代才开始的。我说的幽默感不是北京油子的那种调侃,幽默后面是真正的自由主义知识分子风度。知识分子写作的理论和作品,给我一种体制的印象,像那个过去时代的体制一样硬邦邦的。玩语言的人没有幽默感,智力是很成问题的,进入不了语言的高级层次,与他们中很多人争吵,我经常感到事情要从ABCDE说起,而我的思维在W以外。他们骂我的文章,我总是感到好笑,高中水平。我不回答,是因为他们不能理解我说什么。"文革"之后,我对中国所谓知识者的智力和良知是很怀疑的。不存在互补的问题,因为我没有发现对手。那是一个阵容吗?我感觉不到。哦,要二十年后再看?《尚义街六号》一九八六年在《诗刊》头条发表,已经快二十年了。我今天倒是很想和二十一世纪出现的那些青年诗人互补一下。

马铃薯兄弟:说说你的写作习惯与工作规律。产生一首好诗时的状态是怎样的?你认为在什么状态下肯定出不了好诗?

于坚:无可奉告,我并非一条名牌汽车的生产线。

马铃薯兄弟:现在我们来说说"他们"文学社。在这个问题上,你和"他们"当初的同志们似乎有些心结没有解开。很抱歉,我不得不说,有一种议论说起你和韩东围绕着"他们"的争执,是一种在"他们"中正统地位的争夺。而显然,如果认可这个概括的话,那么我要说的是，在这个争夺中，你显然处于一种不利的地位。因为，实际上，"他们"名称的继承者——同名网站在运转，而你已和这没有任何关系了。我关心的是，你如何看自己和"他们"文学社的关系。你能为我们回忆一下当初你和"他们"的情况吗？

于坚：好吧。我与韩东是在一九八四年左右认识的。当时封新城在兰州大学办一个叫《同代》的油印刊物。第一期发表了我、韩东等人的诗。那时候兰州是中国先锋派诗歌的堡垒，张书绅在那里编《飞天》的大学生诗歌专栏。第三代还没有出现，还在地下，但许多第三代诗人都已经在《飞天》抛头露面了。当时《飞天》可不得了，我们的作品在中国基本没有什么刊物会发表，就那里敢登。一九八三年，中国先锋派诗歌的核心是在各大学里，我在《飞天》发表的作品获得了大学生诗歌奖，与许多大学里的未来的第三代诗人建立了联系。《同代》出来后，我接到韩东的信（他知道我的地址，是因为那时候发表作品，名字都印着某大学某系某级学生），和我商量办一个刊物，我很高兴，回信给他取了一大堆名字。后来把诗也寄去了，还寄了一百元人民币，刊物是大家联合出钱办的。我们没有说过主编的事情，那时候这是一个很严重的事情，你署名谁主编意味着出了事情谁就要负责。所以《他们》创刊号署名主编付立，是集体化名，如果出事情，大家都要负责。《他们》创刊号目录前面有一首诗，每一句说的是一个诗人。例如"南京的韩东有钱上得了赌场往后全凭运气""昆明于坚一辈子的奋斗就是想装得像个人""有人断言南京的付立会让你们大吃一惊"，等等。大家是平等的，付立就是他们的化名。创刊号还有一个副标题"他们文学社内部交流资料"。《他们》就是朋友作品的一个合集。我认为我们是心照不宣地编一个朋友刊物,我后来曾经就此事情专门问了丁当和吕德安,这一点他们都一致肯定。韩东做了一些具体的事情,刊物又出版在南京,大家误以为韩东是主编,是可以理解的。但有关部门不这么认为,并不认为这个事情只是韩东的事情,后来该经历的事情我都经历过,该去的地方我都去了,该承担的我都承担了。《他们》当然要出事,只是我们对此已经有足够的估计,很低调,不怎么说。主编和负责编辑是两回事情,《他们》当时的想法是轮流编辑,第六期是我编,稿子都已经寄到了昆明,吕德安的钱也寄来了。但韩东寄来的南京的某些稿子我不喜欢,主要是新人的,我只是负责编辑,我就和韩东就稿子展开通信争论,两个人都很固执。我后来把稿子退回去了,没有编这一期。我当时比较倾向最优秀的少数同人的刊物,而韩东想扩大阵地,这是我们的分歧。第五期开始韩东已经扩大了《他们》的作者,除了原来的作者,这期进来的有大西、肖明、谷梁、文钊、赵刚、阿白,以及杨黎、柏桦、唐欣。唐欣是我推荐的。朱文是第七期出现的。第八期我没有参加,作者多达三十四人。一九九五年出版第九期,最后一期。《他们》结束。后来的事情就与我无关了。《他们》于一九八五年三月七日出版,到一九八六年底就出了三期,在深圳的现代诗大展之前已经产生了巨大的反响。一九八六年《诗刊》邀请我和韩东参加青春诗会,我的感觉是去接受主流诗坛的投降。也许一九九〇年我与韩东发生争论后,韩东与后来的作者是不是主编与投稿人的关系,我不知道,他没有告诉过我。前期的《他们》作者很少,一般都是十个左右。我记得最主要的作者除了我、韩东、丁当、吕德安、小君、小海、于小韦之外，还有贺奕，他和于小韦是第二期出现的，这个小说家也是《他们》早期最优秀的作者之一。

我不认为我和韩东的争论是在争夺什么，争论是由于其他因素。《他们》有什么好夺的？我们的存在又不是因为《他们》，而是我们的诗歌，当时还有许多很响亮的地下刊物，今天到哪里去了？诗不好。我现在与《他们》的关系只是一九九五年以前的一段历史，我很喜欢我现在独自一人，与什么诗歌团体都没有关系的状态。

马铃薯兄弟： 你有过一个说法，说是狮子都是独行的，而狼总是成群结队。你是针对诗歌圈的某种现象，为什么会那么说？我实际想问的是，你似乎不把提携年轻人当作自己的一件事情，尤其不刻意去这么做。其实，据我的了解，你并不是那么绝对，你对比你年轻的、你认为质地优良的诗人，也是非常关注与关心的。我的问题是，你认为诗人的成长是否需要某种外力的扶助，或者，某种外在的影响对一个诗人的独立成长是不可或缺的吗？

于坚： 这不是我说的话。需要我说？我不过是重复一个常识。这个话我在尼采还是谁那里看来的。我说这些话，是基于我自己的经验。我在诗歌写作上可没有什么外力的支持，我有十多年时间是一个人在黑暗里自己瞎写，没有发表这一说，我早年不知道诗歌可以发表，还有稿费。好像卡夫卡们也是一样。外力是什么？你先要有东西，外力不过是运气，没有外力你就不写了？我早年写作，有什么外力？不过是时间到了而已。现在更不需要外力了，今天写明天就可以去网络上发表。我帮《大家》组稿，是一个工作，要干就干好，不是要行善。

马铃薯兄弟：一首好诗的标准是什么？当你说一首诗好或者不好时，你的依据是什么？同样，当你说一个诗人好或不好时，主要根据什么做判断的标准？

于坚：感觉和经验。我读过那么多书，而我的感觉一点也没有丧失，我没有既定的就是说可以印出来ABC的标准，我凭感觉。这不只是对未名诗人的作品，也包括那些已经被大学认为是好诗的诗。在汉语中，那个什么保罗·策兰，还有那个什么荷尔德林，可是一点感觉也没有。依据大学的诗歌理论来判断诗歌的好坏和依据时尚杂志的三围来判断女人的美是一样的愚蠢。

马铃薯兄弟：有一个流行很久的命题，认为诗歌是属于年轻人的，而我现在越来越怀疑这个命题。你从自身的状态来看，是否在远离青春以后，创作上面临问题？你再回头看自己一路走来的诗歌创作之路时，怎么看过去和现在之间的变化？你如果要在过去和现在的创作中进行选择的话，你会舍弃谁？

于坚：这是二十世纪的谬论。我在二十年前就说了，我的诗歌不只是要影响青年，也要征服那些较为世故的人群。见《诗六十首》。很多诗人在不知不觉里面是为年轻人写作的。因此他们只可以影响某个年龄段，而不能影响文明。古代的诗歌不是这样，诗人是为人生而写作，因此他们的读者是没有年龄的。我好像从来没有过那种因为年轻而得意的心情。我一直都是这样，我假设的读者之一是那些我热爱的诗人。我有变化吗？也许在叙述方式的丰富上？我一直是如此，我最近刚刚出版了五卷的《于坚集》，收入的作品最早的是一九七五年写的。最后一个问题我没有想过，我越来越觉得我是同时置身于过去与未来之间的，我已经掌握了在时间中自由往来的语言方式。

马铃薯兄弟：诺贝尔文学奖似乎是中国文人们绕不开的话题，也有人在刻意否认它的重要性，你对此怎么看待？

于坚：我不认为这么大一笔主要是奖给一些老人的钱有多么值得期待。它是一个残酷的玩笑，库切先生获奖后说，他这辈子终于不愁钱了。啊，这个可怜的老头。

马铃薯兄弟：你通常如何安排每天的写作计划？可以描述普通一天的工作和生活情景吗？写作大概会占用你每天多少时间？

于坚：我是在世界的梦里写作的人。我六点就起床。当他们大多数人在写作的时候，我在睡觉，我晚上十一点左右睡觉。写作，我的感觉是最不占用我的时间的事情，我在写作的时候，感觉不到时间的存在。

马铃薯兄弟：你理解的诗歌在当代世界的生存空间在哪里？诗人的寂寞和清贫你不难看到。许多人离开了诗歌，许多人在以写作别的为生，你有没有感到生存的危机，有没有别的写作的计划？

于坚：还是在读者和世界之中，我们必须写出他们喜欢的诗歌。我们不能抛弃读者和世界。诗人的寂寞是诗人写作时候的寂寞，而不是作品的寂寞。那些离开诗歌的人也许是他们的作品太寂寞了吧？我好像没有生存的危机感，我一直都是在写诗，生活也不怎么阔绰，但我充实得很。我的计划是，到八十岁的时候出版我的第×本诗集。

马铃薯兄弟：进入人生的中年，当生命冲动减弱，是什么支持着创作？写作的动力在哪里？面对时间的流逝，衰老无以回避，你是否有某种深刻的恐惧感？你如何来解决这个问题？这对写作有没有什么影响？那些曾经坚持过的美学观念，是否也受到了冲击？是否有某种"回归"的问题？是顺其自然，还是与时间抗争，以维护自己曾经坚持的？

于坚：生活！生活！生活！我是如此地热爱着这世界、这人生。我当然怀着恐惧，我总是不安，那是创造的自由再次被剥夺的恐惧和不安，这也是我写作的一个动力。我将坚持一切，我将颠覆一切，如果它们妨碍了我的创造的话。

马铃薯兄弟：作为曾以反传统形象博得掌声的诗人，你现在对中国的传统诗学有没有什么新的看法？你认为传统对中国诗歌、中国文学的现代化是一种财富还是负担？

于坚：我一直是个传统的诗人，是崇尚"前进""维新"的时代把我看成了叛逆。我好像从来不在你说的这两极内想问题，传统对我来说，是自然而然的。我早年从背诵古代诗歌进入诗歌，从来没有觉得它们是所谓"古代"的，我记得我在昆明一个叫花箐的农场背诵王维的诗歌，觉得他写的就是我见到的世界。

马铃薯兄弟：这个问题和我问北岛的问题相近。中国当代诗歌中，有许多有才华的和有创造性的诗人，但他们大多处于一种自我生成或自我湮灭的境遇中，我们缺少一种真正可以鼓励诗歌写作的机制，甚至我们还没有一个具有公信力的诗歌优劣的评定者。就是说，我们尽管有学院，有作协，但他们二者真的是没有提供可心的好诗歌的评定标准。标准是散在个别诗人或小的圈子中间，或者在创作个体中，分散而不一致。我的意思不是强求一致，而是强调一种真正的诗歌价值观。我们没有。从这方面看,我们的诗歌是很低水准的。我们对真正的好诗人缺乏评判的机制,所以要有一种共同的敬重,也似乎是一种幻想。你看看吧,任何的诗歌评奖,都是一种偏颇和另一种偏颇。表面的热闹,利益的分配,别的好像没什么了。在诗歌圈子里都没有公信力,更不用说可以推及公众范围了。你对这个问题怎么看?

于坚:在一九六六年以后,在中国写诗是一件非常勇敢的事情。人们也许估计不到那场革命对人的影响。在人们对诗歌和诗人的尊重上,我是悲观的。诗歌评奖的公信度的建立是很复杂的问题,我不指望很快会有这种公信力的出现,这不是可以去做的事情,听其自然吧。也许各种标准的对立就是公信度。

马铃薯兄弟:在国内诗人中,你认为比较值得期待的比你年轻的诗人有哪些?

于坚:去看《大家》。

马铃薯兄弟:诗人之死,曾引起国内诗歌界的思考,你怎么看待诗人之死这个问题? 你对和你同属于第三代诗人的海子的创作如何评价?撇开他的悲惨不幸的结局,你认为他是不是一个值得享有很高地位的诗人?

于坚:诗人的死并不比他的作品重要。死掉,诗就好了? 真是荒唐。海子已经成为诗歌体制的一部分,说也没用,并不影响大学诗歌教授用他去代表诗歌的形象。但他确实不是当代诗歌的基本形象。

马铃薯兄弟:写作的朋友们公认的是,我们的诗歌教育状况是很糟糕的,教材似乎只选不好的诗歌,他们似乎只选好分析好讲的诗歌。好的诗歌根本无法进入孩子们的视野。这样恶性循环。诗歌教育培养了错误的诗歌意识，而那些受教育者就用这样的标准来看待诗歌，并且普遍培养了一种对个性化创作的不宽容心态。请为我们介绍一下，国外学校的诗歌教育情况。谢谢！

于坚：国外的教育我不知道。问题倒不是他们选了那些，他们可以选，但他们应该都选选，让阅读诗歌的人知道有彼此完全不同的诗歌，让读者去判断。北京大学有一个选家，编了一本给当代中学生阅读的诗歌，他选的年轻一代的当代诗歌几乎都是北大学生的诗歌。这也是一种诗歌教育啊。我不指望教育，那是要有权力的。

马铃薯兄弟：你是作家协会的作家，换言之，是个体制内的作家。前一阵，作家退出作家协会似乎成了时髦的风气，作为一个有自由精神的诗人，你还能在作协里坚守下去而没感到某种不适吗？你认为作家退会，是一种个别的现象，还是有某种更深层的问题包含在其中？

于坚：云南目前没有专业作家。我在云南省文联的文艺理论研究室工作，二十年来一直是《云南文艺评论》的普通编辑。我要负责组稿、印刷、排版，甚至发放稿酬和邮寄的工作。这段时间我干过的事情还包括办《他们》等等。卡夫卡也在体制内工作，"工伤事故保险公司"是资本主义制度的核心之一。这只是一个饭碗问题，不是拿卢布的问题，如果卡夫卡成为马克思主义者，恐怕也不会有《变形记》了吧，不会在柏林发传单，为李卜克内西写文件了吧？问题是你写了什么。我是《0档案》的作者。我会继续在这个单位待下去，为什么不？它会支付我的养老保险。吃饭的单位有那么重要吗，人们关心这些问题，为此自卑或者以离开单位为荣,都是中国式的撒娇,像"文革"时期的划出身、成分一样可怕。

马铃薯兄弟:作为一名诗人,同时在作协支薪。你对作协的作用怎么看?你认为,它可以为作家们做什么有意义的事?

于坚:我不关心这些问题。我关心的是我自己的写作,它变好变坏对我的写作一点关系都没有。我是七十年代开始写作的。

马铃薯兄弟:作为口语诗歌的代表诗人,你对口语诗歌有没有什么理论的思考?能不能用一句话比较准确地概括,什么是口语诗歌?

于坚:不知道。我只知道什么是诗歌,什么不是。

马铃薯兄弟:二〇〇三年,你在网上和韩东之间有过一次短暂的交锋,似乎旁观者并不能看出其原则问题,你怎么看那次攻防?那是一次纯粹的意气之争?

于坚:我记得我大多数时候是保持沉默。现在还是让我沉默。

马铃薯兄弟:在创作者眼中,我们的文学批评尤其是学院派研究和创作之间,好像总在游离着,或者说是隔靴搔痒。诗歌批评大致也是这样。你如何看待诗歌批评的现状?他们的成果对你的写作有影响吗?你理解的批评和创作最理想的关系状态应该是什么样的?近年比较有力量的诗歌批评文字大多出自诗人之手,包括你本人的一些文字,这是否是一种趋向?就是说,对诗歌的发言权,越来越需要具备诗歌创作的背景?

于坚:我没时间去想这些问题。我不关心这些问题,我在想什么,老挝的琅勃拉邦,那是一个天堂。

马铃薯兄弟：汉语诗歌处于一个不断现代化的进程中，但在你的心目中，现代化的比较成熟的中国诗歌，在形态上怎么样？是比较理想的吗？

于坚：您也许可以阅读一下我的诗歌。

马铃薯兄弟：许多写作者关心自己在诗歌史上的地位及能否进入的问题。文学史是否会以遮蔽一些优秀的诗人为代价？你认为，文学史由什么人来写才会做到基本的客观与公正？你对现在一些有关当代诗歌史的总结认可吗？

于坚：杨黎的《灿烂》写得不错，有点第三代诗歌史的味道。如果以为文学史就是如今大学里面一本一本用来评职称的那种就错了。我想象的文学史是今日大学诗歌教授做梦也想不到的某种东西。

马铃薯兄弟：我们的诗歌教育存在的问题太多了。那种教育和诗歌的现实几乎是毫无关系的。所以培养出来的学子，他们认为的好诗歌和诗人认为的好诗歌，简直风马牛不相及。这个问题怎么解决呢？我们一个诗歌的大国，现在弄的诗歌是很沮丧的事，诗人甚至和滑稽、可笑画上了等号。大众娱乐，一度很无知很愚昧地拿诗歌和诗人作为取笑的对象。这真是一种悲哀，一个对诗歌缺乏基本的敬重的民族，肯定是精神上出了问题。一个民族的文化素质，虽不以诗歌为衡量，但肯定也是一种参照。

于坚：我说过，在一九六六年之后的十年，这个国家看待一切事情的观点都是史无前例的。他们可以把所有河流都视为水利，可以把汉语改造为普通话，为什么不可以把诗人视为多余呢？曾经有过把编辑了

"诗经"的圣人孔子打倒搞臭的历史,你指望他们会尊重无用的诗人?

马铃薯兄弟: 为什么要写作,为谁写作,你为自己的读者考虑过吗?对你来说,你为自己确定的最重要的诗歌写作原则是什么?

于坚: 因为我听见怒江在云南的黑夜里流动,因为一九六六年的革命,因为我的耳朵。因为这是另一个春天……

自由、诚实地创造,目击道存。

二〇〇四年三月二日

我喜欢那种搞不定、说不定的感觉

王晓生 × 于坚

王晓生：这次把首届"新诗界国际诗歌奖·启明星奖"授予您，其实有点晚了，您已经多次获奖，并且是中国著名诗人了。各种奖项频频归到您头上，您自己认为是什么原因使得大家如此看好您的诗？您自己认为您的诗最有特色的地方在什么地方？

于坚：我颇怀疑今天的诗歌界还有几个老老实实在读诗的读者，什么"看好"，人云亦云罢了。许多自称"看好"的人们，我知道他们一秒钟也没有看过我的作品，我知道某些从不阅读作品就写文学史或者投票的诗歌界资深人士。我无可奈何，今天，"著名的诗人"就是真的名副其实？也非常可疑。我想读者应该因为这个奖而怀疑我，阅读吧，在这个可疑的家伙得奖之后。其实"获奖"的结果，恐怕正是把这个诗人无可救药地遮蔽起来，还读什么呢？一个名人罢了。著名的结果，恐怕就是名声越"著"，"著作"越隐吧，我其实内心深怀恐惧。我也许应该做些什么去破坏这种名声,但我知道,只会名声更大。世界的荒诞就在于此,开始就是结束,当你是无名之辈的时候,是因为你没有著作,当你声名昭彰之际,还是因为没有著作。著作和作者是两件毫不不相干的东西,我在这里领奖,光头被闪光灯照得雪亮,我的诗歌却待在遥远的黑暗里,寂静无声,等着发霉。

  我从二十世纪七十年代初期就开始诗歌的写作与思考,我的创作从未中断。我是一个历史上所谓"正常的诗人",而不是"时代"的诗人。我最近在巴黎塞纳河边的一个书摊与一个卖书的老太太交谈,她告诉我,她从一九四八年开始就在这里卖书,她说,她一直在这个位置是因为她喜欢前面的那座桥,喜欢看那桥上天空里的云。这个老太太在中国二十世纪的历史中是完全不正常的,谁可以守着一座桥卖书,从一九四八年到二〇〇四年?投机好像已经成为我国普遍的谋生方式,有谁真的会一辈子热爱什么事情?在二十世纪的中国,一个人能够把一件事情一辈子做下去,就是非凡的。在这个国家,生于二十世纪并且写作是困难的,写诗就更困难了,政治的、经济的因素不消说,每个时代都一样。最可怕的是,"文革"以后的中国人也许是中国历史上最势利的一类,当诗人拒绝成为任何意识形态的工具之后,他们就放肆地完全不尊重诗人了。古代中国,诗人再怎么无用,再怎么风花雪月,普通人还是很尊重敬畏的。写诗几乎没有什么有利的外部环境,为什么那么多诗人去写小说,这是中国现象。在任何方面,诗歌完全没有什么经济或文化、政治、世俗上的前途,连媚俗都找不到地方,诗歌唯有一意孤行,先锋到底。这个时代的借口之一是,诗歌没有读者,因此诗人活该饿死,赞同这个真理的时代,你能要求它在文化上有什么大气象?所以多年来,我一直守着我那份微薄的薪水不敢动弹,因为我知道这份工作至少可以保证我埋头写诗。我就像一个受虐狂那样为一份我并不喜欢的刊物工作了二十年之久,组稿、划版、发放稿费,去邮局寄刊物、政治学习……我没有混那份薪水,我是一个说得过去的普通编辑。我完全明白卡夫卡式的生活世界,这个世界虽然缺少"在路上"的自由自在,但它使我得以与这个国家的基本制度和普遍生活保持着世俗然而也不乏诗意的联系,我是一只诗歌的鼹鼠。写诗是困难的。我比较幸运的是,遥远的外省生活在许多方面都比中心地区正常得多,我一直在某种基本的、常识性、故乡和大地的氛围里面写作。也许我的诗歌用最基本的语词(我指的是,只有这些语词才能使人类维持基本生活所必需的交流)表达了最基本的存在,我精神深处有着某种与上帝创造的普遍性神秘联系的东西,我比较朴素,比较诚实,比较客观,比较喜欢观察,比较直接,比较底层,比较尊重……(这也肯定与我的身体、人生际遇有着具体的关系。)我正是席勒所谓的那种"素朴"的诗人。二十世纪的主要精神倾向其实是"感伤"的。席勒说,感伤的诗人"幻觉有力地驱逐了他的观察力,理念赶跑了他的同情心。他闭目塞耳,所以什么事情也搅扰不了他在沉思中的自我陶醉。……他的灵魂不为印象所苦。"在我看来,席勒描述的不只是某种类型的诗人,而是我自己的时代,我的生命深受那种通过行政手段推行的崇尚视而不见的当代文化之害。正是这种时代性的"感伤",令我的写作成为所谓"先锋派"的。但一切对我来说,实在只是我比较"正常"吧。我讨厌二十世纪全世界诗人都流行的

"自我"这样的东西,我的写作一直试图达到王国维所谓的"无我之境",这种努力构成了我的诗歌的所谓"特色"。

王晓生:您最初写诗与当时的"朦胧诗人"有什么样的联系?站在您的诗学观上,怎么评价朦胧诗人的作品?

于坚:可以说这种联系微乎其微。我从一九七一年开始诗歌写作,最初写作的是古体诗歌,我最终没有持续下去,但这种自觉而狂热的诗歌学习深刻地影响了我的语感和世界观。一九七五年我在工厂的一堆废钢材上坐着吃中饭的时候,有人给我看了用印蓝纸复写的抄在信笺上的《相信未来》,老实说,我不以为这样的诗歌多么惊世骇俗。在此之前,我已经秘密地阅读了惠特曼、歌德、莱蒙托夫、普希金等人的翻译作品。我是在常识的角度而不是"中国诗坛"的角度阅读这首诗的。相对于同时代的汉语普通话诗歌,《相信未来》确实不同凡响。但那时候,在我的意识里,没有"中国诗坛"这个小概念,苏轼、王维、李白、杜甫、惠特曼、歌德、莱蒙托夫、普希金以及我的朋友曾立(他是一位天才的诗人,他只写过一到两首诗,但令我非常嫉妒,我二十三岁的时候,发誓要超过他)都是诗人。在我看来,《相信未来》显然不如曾立。我的写作不是要反抗什么,更不是发表,那时候发表作品好像也是匪夷所思的事情。诗歌写作只是我个人自命清高的精神游戏,写诗使我在青工中鹤立鸡群,我很喜欢那种感觉。其实在七十年代,手抄本是文学作品传播的基本方式,我的很多早期作品,包括那些古体诗词,都是以手抄本形式在朋友中间传阅。我的诗一开始就不"地下",我诗歌的主题是继承古代诗歌的,关于自然、人生,写给朋友以及爱情,我的第一首自由诗是表现我在市区的一个公园里产生的伤感。我基本上不涉及政治性的主题，因为在我的文化修养里面，这种主题是次要的、二三流的，这种认识来自我对古代作品的大量阅读。一九七九年，我在昆明的一个地下诗歌沙龙里面看到了《今天》，《今天》诗歌隐晦地涉及了政治性的主题和自我。我阅读《今天》的时候非常激动，这种激动一方面是看到了同时代诗人最优秀的作品，一方面是这本《今天》把遥远的外省与首都在"地下"联系了起来。当时我也加入了一个叫作《地火》的地下文学刊物。时代忽然进入了我平静的生活，我成为一个很激进的诗人。我记得有一天晚上，我和几个青年诗人在一个老宅里一边朗诵高尔基的《海燕》，一边竖起耳朵听着，等着警察来敲门，因为我们刚刚得到《地火》已经被查封的消息。受风气的影响，我写作了一点政治性的作品，更多的是陷入"自我"迷恋，大学一年级，我成为一个"感伤"的诗人。我那些"感伤"时期的诗歌都是在手抄本上流传，我因此在当工人的时候，大学里的诗人就阅读了我的作品。但很快厌倦了，一九八二年，我重返自然。一九八三年，我那些关于云南大地的诗歌得到发表，因此在大学生诗歌里面引人注目。

朦胧诗是时代的产物，而不是诗歌的产物。它不像"卢骆王杨当时体"是诗歌发展的产物。如果二十世纪的诗歌发展从未中断，一直像三十年代那样发展，事情就是另外一种了。对我来说，朦胧诗就像一九七八年的思想解放运动一样，早就过去了，很遥远，它是一种审美化的意识形态。是的，有些作品并没有随时代失效，但就这几首还算不错的诗歌，就曾经是一个国家诗歌的主要形象，显然非常夸张。朦胧诗其实也遮蔽了很多人的写作，其实除了北京的几个作者外，在中国其他地方，过去的寂寞岁月已经孕育了无数天才，他们只是需要一个可以生长的空间。但那个时代空间实在太小，朦胧诗之外，在更封闭僵化的外省，诗人完全没有什么希望，除了那些最坚强、最顽固、最有力量的极少数天才，他们也还必须耐得寂寞。我记得当年在尚义街六号 我身边有几个中国最有天分的诗人，我们一起办了叫作《高原诗辑》的油印刊物，我的写作深受他们的影响，但后来他们都对成为诗人感到绝望，干别的事情去了。而在别的领域，那种天分继续有效。例如，我在《尚义街六号》里提到的朱小阳，他现在是中国最优秀的人类学者之一。在七十年代末和八十年代，我作为资深诗人旁观了朦胧诗的热闹，它怎样成为时代的宠儿，又怎样流亡了。我的同志在远离北京的外省默默写作，他们将要被称为第三代人。我最近再次看到已经发黄的《今天》，它出现在一个汉学家的手里，我发现它的封面上，"今天"这两个字，在一九七九年，就是用汉语和英语同时标出的。

王晓生：我好像记得您自己说过《尚义街六号》发表后，中国诗坛开始了用口语写作的风气。口语写作对您的诗歌写作意味着什么？口语写作与诗歌的深度是否矛盾？中国有"诗言志"的传统，您的诗歌写作和这个传统有什么样的关系？中国就是追求一种"意境"，获得的是一种优雅的阅读效果，在我看来，您的诗歌写作把这些都翻了个个儿。您自己怎么看待这些特色的？

于坚：我的《尚义街六号》一九八六年在十一期的《诗刊》头条发表。六年前，这个刊物发表了北岛等人的诗歌。在此之前，许多诗人已经开始用"非诗"的语言写作,口语是后来的说法。其实在八十年代,诗歌的公认的"诗的语言",就是朦胧诗那种语言,意象、隐喻、象征、高雅等等。可以理解,因为"文革"已经粗野到连"高雅"都要消灭的地步。官方诗歌的政治抒情风格已经逐渐式微,只是在行政方面它们依然代表着诗歌的正统,我的意思是,诗歌的正统已经暗中转移。第三代诗歌开始于八十年代中期,直接朴素的日常语言早已经为许多地下诗人所运用,但这种与朦胧诗完全不同的东西在发行量最大的官方刊物《诗刊》出现,确实非同小可。我的意思是,大多数读者和诗歌作者当年是通过《诗刊》而不是第三代诗人的地下刊物发现了诗歌革命的新倾向,但他们只是安静地接受了这个变化。因为第三代诗人的诗歌革命不是意识形态的,不是新的"思想解放",而是生活方式反映出来的生活态度和语言激情。我相信一九八六年的中国读者对此没有任何思想准备,他们私下看过那一期《诗刊》,他们只是轻蔑地说,这也算诗,他们接着还骂了一句:粗鄙!他们一定以为《诗刊》当年的主编是没有文化修养的白痴。整个九十年代,这种诗歌在现代派的美学标准那里,一直是"非诗"。记得在一九九〇年左右,文化诗的作者们(当时还不叫"知识分子")推崇的是两个标准:"纯诗"和"正派诗歌",针对的就是"粗鄙和没文化"。其实朦胧诗很容易得到诗歌读者的认同,朦胧诗重新复活了读者记忆里的诗歌的"风雅"。第三代诗人的写作,并不是什么语言学的转向。非诗,是生命的觉醒,是一种生活方式,我在一九八八年就说过,诗是"生命的具象",在人类创造的语言世界中,最接近生命的语言当然是口语。第三代诗人的诗歌最深刻的一点,它并不只是诗歌界的语言运动,朦胧诗呼应的是"思想解放",第三代诗人开始的是"生命自觉"。也许人们已经忘记了,第三代诗人有许多是中国最早的嬉皮士,我是昆明城里面最先穿牛仔裤留长发的青年之一。一九八六年在北京开诗歌会议,我们以在会场大跳迪斯科令正人君子目瞪口呆为荣,我们与金斯堡之流有着精神上的天然联系。朦胧诗的作者是红卫兵一代人,他们的压抑是意识形态的。我们是红卫兵之后的一代人,我们的压抑是生命的压抑。一个在七十年代到八十年代之间进入青春期的人好惨,一方面他什么都知道了,他知道什么都是可以干的,因为书籍解禁了;一方面他什么也干不了,因为全社会没有想干什么就干什么的氛围。

口语写作与诗歌的深度是否矛盾?如果你指的"深度"就是与感觉无关的玄奥,那么这种深度我非常不屑。如果诗歌是某种令生命感到压抑,而不是解放,把生命赶到图书馆和知识的分行测验中去的"深度",那么这种"深度"是肤浅而残酷的。美学历史也肯定过这种"深度",但它肯定不是在一流的标准上,而是在"诗歌史"的多样性上。我与中国诗歌的传统的联系可以说是血液中的,我的诗歌有非常强的韵律感,虽然它们并不把韵押于句尾。我受"词"的影响很大。"意境"?当然。每个时代的"境"不一样,如果一定要以农业文明时代的"境"来对比当代诗歌,那么工业时代的诗歌,如果它表现了"场"的话,它的混乱、嘈杂、粗俗、翻天覆地混合着血液和精液气味的在场,肯定没有什么风花雪月的意境了。意境就是"场",它是现场,也是气功的那个"场"。我愿意把"意境"留给古典诗歌,我的诗歌表现的是"场",当然可以理解为"意境"的新说法。优雅,要看是在什么"场"里面阅读,古代诗歌的优雅与它产生的"场"有关。你指望当代诗歌的"优雅"与古代一致?许多"感伤"的诗人这么做,结果并不是优雅本身,而是优雅的做作。何况,在我看来,古典诗歌最伟大的并非所谓"优雅"的效果,也许姜白石那样的诗人是如此,李白、苏东坡的诗歌给我的感觉从来都是对生命的激励、对人生世事的觉悟,与优雅无关。李白其实是一个惠特曼那样的诗人,我记得青年时代,我和朋友经常朗诵他的《将进酒》,一边喝酒,最后总是进入癫狂状态。有好几次都是最后跳到桌子上砸酒瓶、嚎啕大哭。他的诗歌有一种嬉皮士的自由精神,这样说或许容易明白,李白的传统在中国文化精神里面源远流长,魏晋那一伙儿怎么样,"垮掉的一代"为他们提鞋都不够格。他们是先驱,是老师。为什么加里·斯奈德那么喜欢唐诗,是因为优雅?他恐怕迷恋的是唐诗里面那种在美国物质文化里面很陌生的世界观。对古典诗歌用"优雅"来概括是非常肤浅的,而且暗藏着对"另类诗歌、非诗"的杀机的学院观点,我非常反感。根本没有学理上的证据,谣言一个。我以为这样说的人们真是对中国文化精神的糟蹋。也许庞德看出了"优雅",但庞德根本不懂。他是误读,他的东西大部分我读不下去,枯燥,卖弄知识,吓唬西方那些崇拜"理论之树"的读者。我觉得我的诗歌方向是一种文艺复兴,像文艺复兴从古罗马古希腊获得现代灵感那样,重新回到古代中国的文化精神,而对于今天这个自以为"新"的时代来说,却是真正的创造。

王晓生: 您有一个著名的诗学主张——"从隐喻后退",这对诗歌

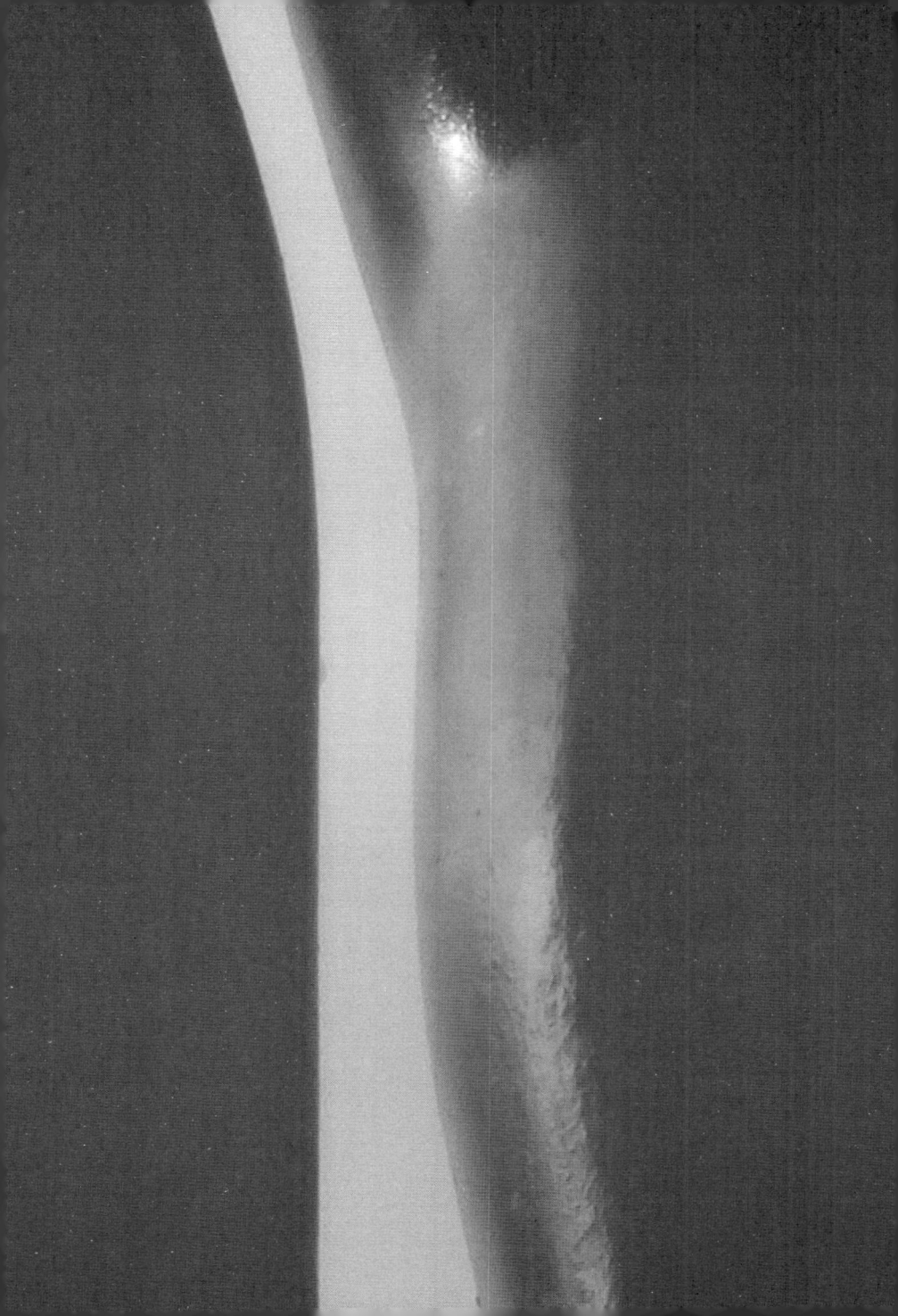

写作来说,是本体性的东西,还是风格性的东西?里面隐含了您自己什么样的诗学抱负?对中国旧诗来说,这种后退既是文化性的东西,也是语言性的东西,您能不能详细谈谈?

于坚:它当然不仅仅是风格,如果把二十世纪的"新文化"视为今天已经所向无敌的"全球化乐园"的一个普遍隐喻的话,我不可为而为之的,就是从这个令人窒息的隐喻中退出。我在我的《诗言体》这篇文章里具体阐述了我的看法。

王晓生:您曾经把写诗比作一种"面对世界的过程",应该如何理解这句话?您的诗歌有一股活生生的强大的语言繁殖力,这是否与展示诗歌"切削"世界的过程有关?您的这个追求现在几乎成了诗坛的主流倾向,您对此怎么看的?

于坚:我强调的也许是诗歌中的"细节"和语言流动的过程,世界在诗人意识里被抓住的语言瞬间。这并不容易。我试图用语言来翻译自然世界的开放出来的瞬间,这个瞬间恰恰是永恒的一种忽然开放。这瞬间是某个非历史的细节,是在知识里面无法把握的。它是瞬间的、细节的、当下的片段,但它绝不是一次性的,不是被固定的,这些因素东西并存在诗中,瞬间的但是不朽,局部但是整个世界。应该把"切削"理解为"过程",语言运动的过程,切割是语词就位的动作、过程,不是结果。

我觉得今天的主流好像是追求"一次性""一招鲜",与我所说甚远,我其实还是迷信永恒,迷信不朽的东西。我从来不迎合当下,对诗歌来说,它只是一堆材料。但是永恒绝不是先验的某种可以理论化的东西，永恒只是在瞬间可以把握。

王晓生：您的诗歌写作以一种粗粝、简洁、不安分守己的形象不断冲击着人们心中已经形成的固定诗歌观念，您自己心中有比较一致的诗歌观念吗？还是说不断挑战传统也挑战自己，就是您诗歌写作的动力？这样的话，您对您以后的诗歌写作有什么样的想象？这样的想象存在吗？

于坚：我的诗歌好像很优雅吧，看你是与什么作品对照了。你没有发现，那些更年轻的诗人的写作，例如"70后"，正在越来越使我这一代人的诗歌成为"优雅的"和"知识分子"的，这种变化非常有意思，它正是诗歌真正的内部变化。正是金斯堡们的写作令惠特曼成为经典，而当年，知道批评家是怎么骂惠特曼的吗？他们骂他农民、老土、粗俗。但我们这里当年那些为"优雅"而写的诗歌，好像没怎么生长，生下来就是"优雅的"，人到中年还是"优雅的"，令人担心哪！

任何观念只是有利于诗歌重新回到最基本的部分去，但基本的部分通常又是被种种观念遮蔽着，第三代、《他们》……难道不会成为他们自己的遮蔽物吗？我看已经差不多了，已经像朦胧诗一样遥远了，所谓"民间"也会把自己遮蔽起来的。我与这些已经毫无关系，与《0档案》《于坚的诗》已经毫无关系。我的意思不能理解为不断地反传统，我们应该尊重那些已经超越了时间的东西。超越时间是什么意思，就是它已经不是朦胧诗或者第三代、《他们》什么的了，它只是幸存的少数作品，文明的证据之一。与通常的看法不同，我把观念看成变化的东西和瞬间有效的东西。我相信不变的东西，就是变化、瞬间。我挑战的是我自己,在这方面我无所畏惧,重要的是激情,而不是去维护已经完成的什么。完成者与我有什么关系?对我自己的写作,我是一个喜欢"复零"的人,我不怕重新开始,也不担心肤浅,因为我没有什么"深刻"要维持。那是幸福的时刻,再次上路,前途渺茫,这种感觉很自由,很健康。我不想象未来,我喜欢在今天去做。我知道人生是无法一次搞定的,许多人总想把自己的生活一次搞定,所谓成功。但后来发现,人生非常漫长,非常的漫长,我喜欢那种搞不定、说不定的感觉,我在那首三十岁时写的叫作《高山》的诗里面怎么说来着:

　　一辈子也看不见地平线
　　要看得远　就得向高处攀登
　　但在山峰你看见的仍旧是山峰
　　无数更高的山峰
　　你沉默了　只好又往前去
　　目的地不明

二〇〇四年六月四日

我潜在的读者其实是些古人

李建立 × 于坚

李建立：谢谢您接受我的访谈。能谈一下您在八十年代前期的阅读视野吗？您认为朦胧诗给您造成了怎样的影响？比如北岛。

于坚：我的阅读活动开始于七十年代的地下阅读。一九六六年的禁书运动其实令许多优秀的书籍转入了地下、民间，重新以古代的秘密方式流通，许多书被禁止了，但最优秀的书也留了下来，脱离了图书馆和书店的垃圾堆，因为人们在暗藏它们的时候总是选择最好的，漏网的恰恰是那些最重要的书。我总是有渠道能够得到这些书，如果你热爱，你就会得到，那个时代造就了普遍的文盲，但也成就了一流的读书人。我认为在读书上，我是第一流的，我少年时期甚至背诵过字典。我的那些读书笔记今天可以直接拿去出版。我早期的阅读是中国古代经典，我全部背诵了唐诗三百首和许多宋词，包括《古文观止》，也看了《左传》《论语》，那时候我喜欢《左传》而不懂《论语》。在一九七三年左右开始大量阅读西方以及俄罗斯十八、十九世纪的文学，我说的大量，是有一本读一本，从第一个字到最后一个字。那些书前几页都已经不知所终，书壳是肮脏的牛皮纸，我记得那时候读书，我最头疼的就是要猜开头是什么，后来我发现对经典来说，没有开头也无所谓，中间撕掉几页也不影响。像《红楼梦》，读二十页也可以知道它的伟大，像《论语》，瞟一句也可以受用终生。早年，惠特曼的《草叶集》对我影响很大，在人生观上，我接受的是《约翰·克利斯朵夫》。西方现代派的作品我是在进大学后才陆续接触的，我的阅读比较正统，我是先有一个对基本的古典文学史的心灵感受，之后才进入对它反动的那些作品，我是顺着来的，所以我知道卡夫卡要说什么；对于巴尔扎克们的传统，罗布·葛里耶们的焦虑是什么。早年的阅读活动是生命和心灵的阅读，不是知识积累，不是为写论文不得不读的指定阅读书目，那是灵魂出窍的阅读。我在二十岁左右，完全是一个疯狂的约翰·克利斯朵夫。

我在一九七九年昆明的一个地下文学沙龙中得到《今天》，我当时很激动，我首次阅读到我自己同时代人的作品，此前，我是独自写作，根本不知道别人在写什么。他们的诗歌很现代，而那时候我的作品还是浪漫派的，我什么都是顺着走，先写古体诗，老老实实地学习平仄、押韵，填词（这些工夫其实后来都渗透到我的诗歌韵律语感中），后来放开写新诗，也是从浪漫派开始，普希金、惠特曼那一套。我在八十年代才渐渐找到自己的语言。《今天》令我震撼，但对我的影响不大，我已经阅读过那么多经典，自己也写了好多年，我有我自己的审美标准，我其实已经不喜欢太象征的东西，我热爱的是契诃夫这样的作家。我已经从古典文学领悟到"以物观物"的原则。《今天》其实立即成为我要超越的一个东西,它倒是令我可以有个比较,意识到我自己的诗歌,以前我没有这个语境,我只是去与古代作家对照,老实说,看过《今天》,我是暗中有些骄傲的,如果这就是我时代最优秀的,那么我离他们并不远。

李建立:作为一个重要的文化事件,一九八六年的"现代主义诗歌大展"已经进入当代文学史,您对此有何评价?

于坚:其实一九八六年的大展只是第三代诗歌运动的尾声。第三代诗歌运动发端于八十年代初期,地下阶段至少有五年,风起云涌是在一九八五年。在水面上是看不见的。八十年代初,许多第三代诗人已经在办地下刊物,我一九七九年在昆明参加《地火》,一九八〇年在云南大学参加《犁》,在昆明尚义街六号与那首诗歌中写到的朋友办了《高原诗辑》,后来在云南大学又创办了《银杏》,大都是出两期就被命令停刊了。外省诗人也是一样。吕德安在福州办《黑色星期五》,韩东在山东办《老家》。到一九八三年左右,这些地下诗人都已经彼此有联系。第三代诗人许多都是八十年代的大学生,当时甘肃兰州有个刊物叫《飞天》,编辑张书绅是个有眼力和有胆识的前辈,当时我们的作品很难公开发表,只有这个刊物打着支持大学生习作的旗号发表我们的作品,在这个刊物上,许多第三代诗人得以互相认识,开始联系。因为它发表作品总是要登出作者在某大学某系某级。可以说,当时在中国很有影响的"大学生诗派"是第三代的前身。在一九八四年左右,第三代诗人已经打破地域,开始全国范围的联系。《他们》的成员来自南京、昆明、西安、福州、上海等地，就是一个证明。《他们》在一九八四年开始酝酿，一九八五年出来，立即成为著名的民间刊物，到一九八六年它已经是老牌民间刊物了。那时候，《他们》诗人、《非非》诗人、上海的《大陆》《撒娇》《海上》、城市派都是密切联系的。燕晓东和尚仲敏办的地下的《大学生诗报》，更是集结了当时各大学的诗歌精英。第三代诗歌是南方的诗歌运动，当时北京很沉寂，朦胧诗在《诗刊》得志，成为当代诗歌的新主流，《倾向》是在八十年代末期才出现的。许多人把第三代视为"诗歌运动"，这是受了一九八六年的"现代主义诗歌大展"的影响，他们只看见了表面。徐敬亚当然是当时地下诗歌的一个积极推动者，我与他在八十年代初期就建立了联系，他在深圳搞"现代主义诗歌大展"用的是运动的方式，宣言、广告什么的。当时这个大展征集诗歌流派的消息传出，许多诗歌流派一夜之间出现了，比如当时大展上有个云南的"黄昏主义"，我知道就是为参加这个大展在数日之内拼凑出来的。但组成第三代诗歌的核心的民间刊物，其实已经存在多年。运动特征，也许在局部地区比较明显，比如四川，杨黎最近出版的书《灿烂》对此有精彩的记录；但对于《他们》，我们从来不是运动，而是一群自视甚高的诗人的作品的集结和展示。"现代主义诗歌大展"的功绩在于，它使一个时代的诗歌从地下浮出水面。于是，先锋派诗歌的活动空间扩大了，不再是中世纪风格的秘密诗歌社团，而进入整个中国的阅读视野。其实，第三代诗歌已经在震撼那个时代的诗歌壁垒，一九八六的八月，我和韩东、翟永明、阿吾、车前子、宋琳等一大批南方诗人纷纷北上，受《诗刊》邀请参加青春诗会。这次诗会的结果是老牌的《诗刊》首次集中发表后来被称为"第三代"的诗人的另类作品。《尚义街六号》这种"非诗"的东西公然成为这个刊物的头条。与深圳的现代主义诗歌大展彼此呼应，在诗坛的普遍的朦胧雅驯的诗歌风气中，确实是一个历史性的转折。

李建立：徐敬亚曾说，"大学生诗派"对朦胧诗产生了"巨大的反叛和承续，引渡了当今一大批新兴的中坚"，作为该诗派的主要成员，请您介绍一下当年"大学生诗派"情况。

于坚：他说得对，没有八十年代初期的"大学生诗派"，就没有后来的第三代诗人。"大学生诗派"出现于二十世纪的八十年代初期，主要诗人是当时在校的大学生。八十年代是一个伟大的时代，坚冰在被打破，启蒙、思想空气活跃，敢为天下先、使命、对自由和真理的追求是时代的潮流。大学生是那时代的青年精英，并非今日的枯燥试卷培养出来的豆芽。那时代进入大学的很多人是自由思想者、异端分子和另类，是那一代青年中的天然领袖，八十年代初期的中国大学集中了国家最有思想和创造力的青年。诗人也是如此，当时中国最有创造力的一群诗人在大学里，但不是什么学院派，他们是中国最早的嬉皮士，是最先穿牛仔裤、留长发、跳迪斯科、听摇滚音乐、热爱崔健、谈论性解放和黑色幽默的那一群人。值得一提的是，朦胧诗一代恰恰没有这些举动，他们穿着像老干部，喜欢用美声唱苏联歌曲。大学生诗派，首先来自各大学的地下诗歌社团，这些社团当年无不惨遭被停刊处罚的命运，解散了又重新集结。许多刊物是用丝网油印的，纸张粗糙质量低劣，但印在上面的诗歌是那时代真正可以称为诗歌的东西。甘肃《飞天》"大学生诗辑"

的出现，为这些诗人提供了发表作品的机会，也使他们能够联系起来。我与许多后来的第三代的联系就是在一九八二年左右建立的。大学生诗派的高潮是一九八四年，当时许多学生地下刊物都向全国性影响发展，影响最大的是重庆的燕晓东和尚仲敏等人创办的《大学生诗报》，我那时与他们频繁通信。兰州大学封新城办的《同代》也颇有影响，这个刊物促成了我与韩东的联系。徐敬亚一直是大学生诗歌活动的推动者，他在吉林办的刊物也是一个主要阵地，还有潘洗尘、吕贵品等人，当时东北是大学生诗歌活动的一个重镇。因为诗人之间彼此获得联系，到一九八四年左右，许多诗人建立了社会关系，诗歌活动进一步向全国性的民间刊物发展，大学生诗派随着一大批中坚人物离开大学而逐渐式微。

李建立：请谈谈八十年代在昆明的您与"他们"诸人的来往情形。

于坚：这个已经谈得很多，可以参考我的其他谈话。

李建立：有人曾把当时诗人们频繁奔走与"文革"中红卫兵的串联进行过形式上的比较，请谈谈您的看法。这是源自对文学的狂热，或者干脆就是一种生活方式或意识形态？

于坚：我想，各种因素都有。那时代多么的封闭，所以任何极端方式的交往都有道理。我今天回忆起来，那时代的诗歌活动很像凯鲁亚克的《在路上》中所描写的情景。一九八六年编《新诗潮》的老木来云南找我，之后我们一起北上，在成都会见了许多诗人，喝酒，打架，讨论诗歌。后来我又去西安与丁当见面，又去太原参加青春诗会，最后到北京，一群诗人全睡在老木家里，亲如兄弟。那时代，只要写诗的，都是朋友，许多人分文不名，可以揣着一摞诗稿到处蹭饭。画家、诗人都混在一起,写小说的很奇怪,他们没有生活方式,也不办地下刊物,乖乖地在官方刊物发起文学运动,寻根什么的。我最近在美国认识一位老嬉皮士诗人,颇觉气质有相通之处。八十年代,金斯堡作品已经零星介绍到中国,金斯堡对于我,也许作为生活方式比诗歌更重要,生活方式本身就是一种反抗。

李建立:有人说大展本身就显示了八十年代诗歌思潮的运动特征,也有人干脆用第三代诗歌运动来指称八十年代后期的诗歌写作,您觉得当时大展及相关的一系列事件是否和这代人的运动情结有关?

于坚:我已经说过,运动要看指的是哪些情况,相对于《他们》诗人,运动并不存在,更谈不上运动。如果第三代诗人列十个名字,有一半与《他们》有关,你说这是一场运动?而且已经过去了二十年,我们不是还在写作吗?当年的红卫兵在哪里?这不是运动,是一个压抑太久之后的生命活动,喷发、灿烂。那些搞理论的没有什么创造力,他们一定要把事情套用术语才开得了口。运动是什么?我憎恶运动,我是彻底的个人主义。

李建立:当时有很多诗人,前后或同时属于不同的诗歌团体,甚至有些团体的宣言差异甚大,您对此如何看待?仅仅和地域或友谊有关吗?

于坚:对于诗歌团体,我一向是被动的,是他们选择我,而不是我主动渴望结盟,从来都是。这当然有许多因素,诗歌标准、友谊。至于今天的文学社团,我感觉缺乏早年我们那些文学社团的纯洁性。当初《倾向》还在酝酿的时候,老木与我商量过,希望我也参加,但我拒绝了。何小竹当年专门到昆明，要说服我加入《非非》，但他没有遇到我。后来《非非评论》出来，还是把我列为编委。现在的诗歌社团，大多只是团结起来造势而已，所以容易作鸟兽散。

李建立：相对于八十年代大量仅具有轰动效应却缺乏审美价值的作品，您当时有相当多的诗作沉淀下来，至今让人频频回读，您对这些早期作品——尤其是形式上一点也不混杂的（相对于九十年代的《0档案》等）——怎么看？

于坚：我从开始就是以古代诗歌的最高标准要求自己的，我潜在的读者其实是些古人。我当然是一个今天的诗人，我表达的也是我时代的生命现场，但我感觉得到在变化的今天与永恒之间有着某种联系，我相信可以超越时间的不朽的诗歌，我相信如果那些古代作品可以活到今天的话，在历史以外，一定有永恒的东西。我的写作就是获得这种永恒性，从这点上说，我骨子里从来都是古典诗人。我不是一次性的诗人，我不追求一次性的快感，虽然我强调诗歌应该能够在当下感动，就像古典诗歌依然可以在今天感动。我最近重读屈原的《哀郢》，觉得那是为今天的中国写的。我从来不玩写作上的聪明，我总是有感而写，为心灵的感动而写，而心灵，正是一种永恒。

李建立：和朦胧诗相比，后朦胧诗在民间自觉形成的发表、流通和评价机制更为完善，您认为这对之后的写作有何意义？

于坚：没有什么意义。一九七二年我开始写作的时候，完全是一个人，我的对话和判断都是与那些永远不会说话的诗人进行的。我通过阅读体会他们的作品，获得我自己在写作上的自信。说实话，我认为发表、获奖、出版乃至文学史，都是与诗歌无关的事情。白搭，我以游戏的态度对待这些事情。七十年代，没有这些，没有发表，没有流通，没有什么乌烟瘴气的诗歌评论家和文学史，并没有阻碍我的写作。诗歌有自己的神仙脚，它自会在大地上找到道路。那些东西只在世俗的意义上有效，对诗歌创造是无效的。秦始皇焚书坑儒，一切文化机制都破坏了，但并不能阻止诗歌继续生长。都以为那是中国历只最黑暗的时代了，但后来又出现了许多比那时代更黑暗的时代，而诗歌并没有衰落。在秦以后汉语依然出现了那些伟大的诗歌，诗歌真的是最了不起的。诗歌真的是可以独往独来、一意孤行的，不需要任何东西来支持它。要知道，我是在"文革"时代成为诗人的。我作为一个诗人，是从一九六六年夏天的某个下午，跟着我父亲把他所有的藏书都烧掉的时候开始的。回想起来，那个夏天我永远难忘，我记得父亲拉起窗帘，我们蹲在地上，把书一页页撕下，扔到面盆里，火光把整个房间照亮了，那是一个令我获得神启的时刻。一九六六年是汉语历史上所遭遇的最严峻的时刻，使命因此再次降临到诗人身上，布罗茨基那句诗怎么说来着，"它在我们中间寻找骑手"。

李建立：在九十年代的诗学讨论中，"叙事"是一个被不断提及的关键词，您认为近二十年来诗歌中的叙事性因素有哪些变化？

于坚：我不知道。我最早的叙事诗是《三乘客》，是二十年前写的。九十年代初我开始"事件"的序列写作，那已经不是叙事而是叙述。世界本来没有什么事情，世界是无数的片段、没有逻辑关系的片段，世界的核心是"散"，而不是集中。叙述，是最基本的写作，从《诗经》时代就已开始，只是语速不同。我们时代的叙述必须要有一种故意的、形式上的、因此不可避免的"做作"的慢。《诗经》的叙述节奏很快，但它是真正的慢。今日诗歌的叙述在形式上看起来很慢，搜索前进，其实暗示的是这时代生活的贫乏和分秒必争。

李建立：您好像一直都比较赞同用"第三代"来标注八十年代中后期的一批诗人，可很早就有人提出"代"的说法有着浓重的进化论色彩。对此，您怎么看？

于坚：我其实对怎么是"第三代"一直是稀里糊涂的，都这么叫，为了说话方便，也就这么说。命名嘛，约定俗成，很难说一定要怎么对应。语言与世界并不对应，"树"一定是这个发音？你叫"代第三"也可以，总之先要有某个东西，叫什么都可以。"第三代"可不像后来的那些命名，在我看来完全是在命名空气。几个人同年同月生，就是一个诗歌群，真是笑话！为什么大家热衷这种代际命名，肯定有世俗的好处。第三代可不是第三代自己命名的，是第三代中的某人有这个说法，而且那说法中的第三代并不是诗歌的第三代，而是杜勒斯的第三代。可以去看杨黎的《灿烂》。我在八十年代很长时间中都不知道自己是第三代，我们从来没有为这个命名沟通过，四川人喜欢这么说，也就是自己说说，我不知道。可不像现在的命名，是大家想好共同通过。再来慢慢往里面塞货色。事情过去多年后，我才逐渐知道并接受了"第三代"这个说法的。那个秋天果园滚滚，然后，在冬季的火炉旁边，人们说那些果实是"第三代"。我不反对这个命名，总得有个说法嘛，听起来不错，不像"朦胧诗"是个美学倾向上的概括。第三代是什么？就是二十世纪八十年代中期活跃于中国的一群地下诗人的作品。第三代是一个个彼此完全不同的诗人和作品，而不仅仅是"令人气闷的朦胧"。

李建立：您有一个著名的说法"站在餐桌旁的一代"，请您解释一下其内在含义，特别是在多大程度上与话语权有关？那么，今天您又怎么看待您这一代？

于坚：我这个说法是社会学意义上的，并非命名诗歌的什么代。我指的是红卫兵之后，在"文革"时期处于童年和少年的这些人。就是姜文的电影《阳光灿烂的日子》、王朔的小说所描写的那些人。他们不是红卫兵而是红小兵，不是"知青"而是"小知青"。这些人出生于二十世纪五十年代中期到六十年代中期。他们经历了"文革"，但只是"文革"的旁观者，没有明确的社会身份。他们中间很少有政治人物，但受到使命感和理想主义的影响，同时又有局外人、边缘人的尴尬。他们中间产生最多的是诗人、作家和艺术家。在电影上他们是第五代，在诗歌中他们是第三代，小说中他们是所谓痞子文学，在艺术上，他们是所谓新潮美术。这一代作为特殊的身份很少被谈论到，我恐怕是中国少数几个意识到这一代人存在的人之一，很难对这一代人做整体的判断，他们只是一群人而已。作为文学艺术，他们或许成就辉煌，但作为普通人，他们已经完全消失了。红卫兵、老知青可以以明确的身份特征继续存在，例如出版可歌可泣的"青春万岁"系列丛书，张罗各式各样的"老知青饭馆"、联谊会，等等。"70后"也有许多鲜明的身份符号，卡通、网络、麦当劳什么的。而这些人夹在总是光荣正确的红卫兵和舍我其谁的"70后""飘一代"之间，不老不小，一群灰色的小人物，没有标志,总是赶不上时代的快车。

李建立:一个老问题:请谈谈您对传统的看法。诗人自己发明和建构的传统对写作有何意义?您回到唐诗宋词的努力多大程度上在您的写作中体现出来?

于坚:在一九六六年以后,传统在中国已经被"彼岸"化了。传统已经成为一种黑暗中的精神资源。当我说到传统,这是一个象征,而不再是手边的现实。所谓回到唐诗宋词只是一个精神性的倾向,而不是当下的语词运动。中国新诗与传统的关系,有点像美国当代文化与欧洲古典文化的那种关系,一方面,我们自己创造了当代传统,另一方面我们总是生活在彼岸的阴影下,因为那是一个穿越时间,不因为当下过时、消亡而死去的彼岸,它为我们暗示着所谓永恒。当然你可以不承认那个标准,对它视而不见,但世界的一切都承认它的存在。服装、饮食、生活方式,不知不觉总是以它为尺度,至少在最有价值的领域肯定是这样。我最近访问了纽约,我非常喜欢这个自己创造了自己的传统的城市,我惊奇地发现,那些屹立了一百多年的摩天大楼和布鲁克林大桥已经生锈,呈现出古典的美,古老的钢铁上泛着忧郁的回忆之光。我记得有个下午我和吕德安站在布鲁克林大桥下面哈得逊河岸上,火车驶过时落日在抖动,我仿佛觉得似曾相识,仿佛我曾经在那些废弃的车间和停车场中度过少年时光,而在知识中我一直感觉它们是新的,是崭新的没有历史的现代。是的,纽约日日新,但这个已经成为一种传统,二百年之间的各种"新"彼此辉映,"后新"并不取消"前新",与传统的欧洲比起来,自有魅力。而彼岸相对于纽约与欧洲,那是一个地理事实。有一个传统是无法超越的,就是纽约也要保留住像熨斗大厦这样的古典建筑,保留一些坐标,它才呈现得出历史。我奇怪的是,在纽约比在巴黎更感觉到历史的存在,巴黎仿佛是一个没有历史的过去,而纽约是一个充满历史的现在。新诗这一百年的小传统就像一个纽约,我们在很长时间中颠覆传统,结果只是使它彼岸化,传统并没有消失,它依然在黑暗中,作为一个精神大陆,支持着我们今天的写作。我无沄想象我可以在没有李白、杜甫、王维、苏轼的汉语中写作并获得自信。我在青年时代已经刻骨铭心地把这些人的诗歌作为精神上的父亲和靠山。我的写作是建立在对这些伟大的诗人们的迷信上的。新诗并没有凭空地创造出所谓全新的"诗歌标准",就像好酒的标准并没有因为时间沉逝而变成以咖啡的味道为准那样。就是我们抛弃汉语,像越南等地那样,用新造的拼音文字写作,传统依然要影响我们,就像我在越南所看到的,普通人民在拼音文字之外继续着的儒教风格的日常生活和表情。传统不只是诗歌的事情,它是全部文明,是一种无法通过具体的摧毁行动消灭的精神性的东西。"文革"之后在这个国家依然出现诗人,就是因为传统在作用。何况我们一直置身于汉语的历史中,你要彻底抛弃传统 恐怕只有一个办法,就是不用汉语写作。这些字可是从老子、庄子、李白、杜甫一直用到现在的。古代汉语其实在某种意义上并不存在,至少对我来说是不存在的。温故知新,我最近阅读王阳明的书,其快感就象一九七四年我在工厂阅读列宁的《共产主义运动中的"左派"幼稚病》,而我从王阳明的学说见识到前者的可怕偏见。我说到传统的时候,是指新诗应该回到那种光荣、尊严、自在和牛×,不是曾经有过的,而是我们自己创造的，同样级别的牛×。在中国当代的这种文化氛围中，我是比较压抑的，什么都是西方正确，政治、经济、文化甚至诗歌。在西方，承认中国古代正确，唐诗、寒山的正确（可笑的正确，寒山怎么可以代表唐诗），而今天，则是一个错误。而在中国，一百年来最时髦的事情就是反传统，我觉得这个已经成为最大的媚俗了，而传统到底是什么，没有人关心。只要反就好，复零就好，从我开始就好。

我开始写作的时候，以古代汉语诗歌为范本，因为我不认为它是传统，它是天经地义。我从这里出发去作为一个新诗的当代诗人，顺理成章，因为我从来没有以为自己是一个革命者。如果我说什么回到传统、回到唐诗的时候，那是相对于我自己时代的可怕蒙昧的一种无可奈何的肤浅启蒙。

李建立：您认为八十年代和九十年代诗歌写作足以构成断裂吗？为什么？

于坚：都渴望要断裂，二十世纪的时髦。在二十世纪，大家都害怕自己与过去有什么藕断丝连。我则在写作中寻找个人与过去的联系，我是把"文革"视为我个人传统的一部分的，视为我不可多得的最重要的文化遗产。为什么要断裂呢？又怎么一厢情愿地断裂呢？做秀而已。"复零"似乎历史就不存在了，那只是按了一个键而已。今天的诗人似乎都喜欢那种"世界从我开始，以前一片黑暗的"新文化姿态，因为我来了，历史才曙光初现，摆脱了在黑暗中的徘徊。民间如此，知识分子也是一样。当年江青最喜欢这样表态。我唯一知道的是，我个人的写作，已经跨越了七十年代至九十年代，我断裂过吗？没有。在纽约，有位昆明的老朋友说我二十年来的诗歌没有什么变化，我觉得是对我的高度肯定。是的，我的写作开始就是结束，我的所谓变化，只是从各方面去丰富完成我自己而已。

李建立：世纪交替时的诗坛论争已经告一段落，您现在去看当时的一些说法，是否认为有意气之争的因素？您认为双方的收获应是什么？

于坚：我们可以争论了，不是吗？不再是被逮捕、流放、开除的噩梦。这个争论是有价值的，不在诗歌上，是在二十世纪的思想史上，而且随着时间，将越来越有价值。我认为它是二十世纪七十年代以来中国最有价值的诗歌争论，是朦胧诗的那场争论无法相提并论的。大家终于发现，对于诗歌，不同的诗人有完全不同的判断标准。因为在这个争论之后，二十世纪确立起来的常识，在"拿来主义"支持下的愈演愈烈的——无论左右、无论什么、从日常用品到制度到主义到诗歌，都是"西方一切正确"，在诗人那里最先被动摇怀疑了。也许许多人早有怀疑或者已经否定，但他们没有如此大声地说。我注意到诗人们都开始大谈李白、杜甫，就像他们在一年前到过去一百年之间都在大谈姓马的斯基或者姓布的斯基那样，在一九九八年以后。这是新一轮的浅薄，但比过去已经僵硬的深刻要有活力、要新鲜肉感得多。拿来主义的鼻祖鲁迅如果活在今天，我估计他会欢呼这个争论。批评界关于这场争论的议论，我只想说，他们不配评论这场争论，无论是历史眼光还是学识还是智慧。

李建立：和八十年代相比，您怎样看待当下诗歌写作的处境？这足以对写作本身构成影响吗？

于坚：没有什么影响，我是宠辱不惊。写作，写作，直到写不出来为止。

李建立：请介绍一下您近期的写作和生活情况。

于坚：无可奉告。

二〇〇四年十一月十一日

中国的威

欧亚 × 于坚

欧亚：您刚从瑞典回来，那是一个怎样的诗歌节，有意思吗？跟外国诗人的交流顺利吗？

于坚：这是在瑞典南方一个叫奈舍的城市举办的"奈舍国际诗歌节"。该诗歌节已经举办二十多年，邀请世界各地的诗人参加，但每次人数不多，十几个吧。此次同行的中国诗人有伊沙、尹丽川，是诗歌节直接邀请的，不是通过汉学家或者华侨。除几位当代瑞典最杰出的诗人外，还有美国、挪威、冰岛的诗人，还有柬埔寨的诗人。因为语言不通，交流比较有限，但很有意思。一个早上我们在喝咖啡，美国诗人Padgegt穿过草地走过来，他是纽约派的一位老诗人，几年前与人合作翻译当代中国诗歌，他非常喜欢，其中一位诗人的作品他印象深刻，有一首写到一条"鱼"，他并不认识作者，看了我的诗歌后，虽然没有鱼那首，但他断定这个诗人就是我。是你吗，是的。真不敢相信。这是缘分。这次诗歌节的主题是"中国当代诗歌"。还举办了一个中国之夜。伊沙的诗歌朗诵是哄堂大笑，尹丽川的听众情绪比较激动。我的作品听众先是缓慢地微笑，继而大笑，最后沉默。从听众的反应可以看出，他们从此次诗歌中感觉到的中国不再是那种不食人间烟火、没有日常生活的很难懂的东方神秘主义，真正的诗歌就像盐那样，是世界普遍的基本元素制造的，而不是怪力乱神。我们的诗歌让他们尝到了中国的咸。

欧亚：谈谈国外诗人的生存方式，跟国内的诗人相比。

于坚：差不多，都不能以写诗生存。要靠干别的事情挣钱。我认识一个年轻的法国诗人，一边打工，一边背着旅行袋到处走。诗歌是没有钱的，有钱的诗歌是很可疑的。日本诗人谷川俊太郎对我说，他在日本有七所别墅，可他是通过写剧本、给摇滚乐队写歌词等方式挣来的，并得到大公司的诗歌奖，奖金比诺奖还多。我写了那么多年诗，基本生活靠的不是诗歌，而是当编辑。否则，诗可能都是写不下去的。

欧亚：汉语诗歌是否拥有了独立而成熟的品质或者说汉语诗歌是否已经成为一个独立有效的发音器官？

于坚：可以肯定。从鸦片战争以来，感到处处不如人，把西方作为标准，"拿来"已经成为文化特点。这使当代诗歌在无形中不正常地坚持了一个高要求。在正常的状态下，诗歌只是一种自得其乐，据说韩国有三百多万人在写诗，写诗就跟爱好茶道和插花一样，并不是一定要写了去获个什么奖。而中国诗人则一直憋着口气似的。一方面，对西方诗歌如数家珍，另一方面，他们逐渐重新意识到古典诗歌的伟大的传统的生命力，因此当代诗歌的营养来自两个传统。而西方诗人对中国的诗歌传统知道得很少,对当代诗歌更是一无所知。中国诗人一百年来都是按照世界一流标准来要求自己,已经形成了一个传统,而且无形中使诗歌的质量达到了一个很高的水平,只是我们还在妄自菲薄。当代西方的诗歌最高水平,在二十世纪五十年代前已经达到高峰,那时候西方从工业革命到现代社会变化,生活充满活力,因此出现了一批大诗人。而在现代化完工后,现在写诗大都是生活在别墅里,用牛奶和面包喂养大的一代,他们对历史和存在缺少关心,享乐主义盛行,迷信技术,生活中也缺乏令人激动人心的事件,诗歌多是在形式上玩花样。而中国正处于伟大悲剧和喜剧交替出现的生动时期,使中国诗歌拥有巨大的心理的、历史的、当下的文化空间和悲天悯人的气度。中国是今天世界上最大的一个工地,充满着各种可能性。当代中国诗歌坚持着诗歌对存在的古老追问,悲天悯人,其追问甚至是对全球化的怀疑;已经完工的卫生整洁的西方诗歌中,这种追问已经非常微弱,诗歌似乎只是环境保护、绿色组织的一大部分,诗人已经丧失了先知的力量。我相信中国当代诗歌在世界诗坛已经占有并将有越来越重要的位置。

欧亚:北岛没能获得诺贝尔文学奖,不少中国诗人很痛惜,您有什么感想?

于坚:诺贝尔奖对于一个写作者来说是个很庸俗的事。一个班上谁最关心奖学金?最穷的那几个。我这里说的穷不是说经济,而是说智慧。卡夫卡会关心这种鸟问题吗?对于伟大的作家,是他的写作提升了文明,而不是什么奖提升了他的写作。99%的作者都对此不感兴趣,只有0.1%的人热衷于此。我属于这99%的作者之一。这是个当代问题,古典作者是没有这个问题的。中国诗人老关心这个奖,可它跟你自己的写作有什么关系呢?靠获奖来提升中国当代诗歌在世界的位置,这也是一个当代思维,不是很可笑吗?李白会想这样的鸟事情吗?不是已经有人得奖了吗,难道中国文学就发生了翻天覆地的变化?我个人的写作难道要靠某个人得奖才能证实?在瑞典时,我们去波罗的海的龙马岛拜访了据说是获奖呼声很高的诗人托马斯·特朗斯特罗姆,我只问了他一个问题,最近写诗没有。他回答说这个夏天写了四首诗。这跟关心一个农民现在在种什么是一样的。诗人还是应该只关心写作,不要对那些庸俗的事情耿耿于怀。

欧亚:不少读者喜欢你的作品,可却怀疑它们是不是诗,您想说些什么吗?

于坚:五十年代以来的文学史,为当代诗歌建立了一个庸俗的标准,诗被视为是宣传或抒情的工具之一。这个建立过程得到舆论工具强有力的支持,通过课堂、书籍、刊物等,在读者的阅读习惯中,已经成了一个普遍的诗歌标准。在某些时候,它的影响力比中国古典诗歌所确立的标准还要强大。当代读者是在这个标准下培养出来的,因此我的诗被大多数人视为非诗也是理所当然。一方面他们感动,一方面他们又觉得我的东西和教材里对诗歌的定义不一样。

诗歌的标准问题从古至今都在讨论,每个诗人都有自己的标准,每个时代的说法都不一样。从读者角度说,诗是读出来的,什么是诗,什么不是诗,没有一个固定的定义。诗不是一个公式、概念所可以简单归纳的,它跟世界是一种感觉的关系,什么样的诗歌感动读者,这跟读者的人生境遇、文化修养和阅读经历有关。但重要的是要能打动，打动不了读者，而诗歌理论认为它是诗的东西有什么意思呢？诗不能只是写给那些喜欢为诗下定义的文学理论博士教授读吧？诗歌的标准不是根据教科书或者某个权威所确立的。真正的诗歌，读者可以感应。任何从理论出发、从概念出发的诗歌标准都是毫无意义的。《诗经》里面那些作品刚刚出现的时候，谁以为它们是诗，并且是经。诗歌在先，诗歌的非在先，孔子的肯定在后，诗歌被承认在后。先是那些特殊的语言感动了，活下来，才被界定为诗，而不是先有一个凭空的尺子。诗是采于野，而不是采于教科书。白话诗正在经历它的诗经以前那个在野的时代。

欧亚：汪国真写的也是诗吗？因为他拥有自己的读者。

于坚：也可以这么说，小诗也是可以小感动某些读者的。他有部分的读者，但真正的诗歌是活在时空长河中的鱼。有的东西却只拥有短暂的生命，小感动，你要说那就是诗的一种，也无可厚非。但打动一个青春期小范围的读者的作品和能够打动整个世界的作品毕竟不同。歌德感动了全世界，他的作品是盐。

欧亚：您怎么看海子和顾城的写作？

于坚：我认为他们都是年轻的还没有长大的诗人，写过一些不错的东西。但绝不是大诗人，从厚度和广度来看，他们不能和艾青这样的诗人相提并论，离开了那些环绕他们的那些戏剧化的事件，诗的成分还有多少？

欧亚：有人认为口语即大众，谁都能来两笔，作为当代诗歌口语化的创始者，您怎么看？

于坚：幼稚，肤浅。口语是诗歌的基本元素，诗歌从口语中诞生，口语不是诗歌流派。唐诗在开一代风气的时候被视为不雅，后来却进了庙堂。人们说"诗雅词俗"，柳永把词写到"有水井处皆咏"的地步。而在苏东坡之后，词又变成了文人的专业写作，又被看作雅的东西。现在很多人对文学的基本历史都不了解。从日常语言中激活诗歌，不仅是中国古典诗歌如此，当代诗歌如此，其他语言也是如此，可以去看看王佐良的《英国诗史》。

欧亚：还有人认为口语写作就是先锋写作甚至只有口语写作才是诗歌，您怎么看当下口语诗歌的盛行？

于坚：这是诗歌回到正常状态的标志，但这并不意味用口语写的就是诗。有人认为诗的好坏是因为用书面语或者口语写的。不对。诗无所谓用什么语，用书面语也能写出好诗，如艾略特的《荒原》。当年江西诗派如黄庭坚，点石成金，也有许多好东西。

不要把诗看成随便可以达到的东西，那是跟李白、杜甫、但丁开玩笑。诗是最高的语言，文明之光。外国人说起李白，不只是说一个诗人，是在景仰一种文明。有些年轻诗人急功近利，以为用口语就离诗不远，这是一种幼稚的想当然。

我为什么选择口语？我只是找到了自己的道路。七十年代，我遍读了能看到的古今诗歌作品，最后发现最适合表达我自己内心感受的语言方式。一个诗人身体状况、知识结构、生存背景不同，声音也不一样。诗人要顺应这个声音，不要为了先锋而先锋，为了成名而违背自己内心的诉求。

我厌恶那些口水诗。口语是鲜活的，是可能创造诗歌的，而口水诗是打着诗歌革命的幌子，既糟蹋了诗歌的声誉，又比日常语言更缺乏诗意的东西。

欧亚：不少人以为口语写作缺乏想象力，您怎么看这个观点？

于坚：真正的诗人不存在想象力缺乏的问题。想，就是思想；象，就是现象、事象、世象。语言不是世界本身，语言就是想象世界。事实上越有想象力越像世界。不能把想象力和幻想混为一谈，幻想并不是想象，那是不负责任的胡思乱想，我信口就可以说一大串，"一个马桶飞向太阳，落下来，带来了鸦片战争"，哈哈。玩弄语言技巧，连作者也不知道在说什么，自欺欺人。罗布·葛利耶的现代派再怎么折腾，也不能到巴尔扎克、雨果那种代表法国文明的地步，现代派经过一个世纪的折腾，其在时间中的小，其乖戾越来越清楚。年轻的时候什么都可以试验，我也玩过自动写作啊种种小玩意儿、小机关，但伟大的作者只是顺应了天命。想象非常困难，而幻想是很容易的。想象，这个象由世界管着，想象要对世界负责，而幻想天马行空、不负责任，"太似为媚俗，不似为欺世"。世界也不是现实本身，是比现实更大的东西，象，是恍兮忽兮，其中有象。现实只是世界中能够被我们感觉到的那些部分。

欧亚：您说诗人是作为人而不是作为"诗人"生活在世界上，那诗人又是什么呢？

于坚：诗人只存在于他的作品里面。我非常厌恶那些诗写得一塌糊涂，在现实生活中却自命不凡的人。我们怎么知道歌德是一个诗人，李白是一个诗人，我们并没有和他们生活在同一个时代，是因为我们读到他们的诗。诗人存在于诗歌中。

欧亚：写诗对你意味着什么？

于坚：我写诗不是为了当诗人或成名，我在写作中获得快感、存在感，这是其他活动没法比拟的。写得比较好的时候内心很舒服，走在大街上，阳光很美好，感觉自己充实地活着。如果写诗只是为了谋生，改变生存处境，那做什么都比写诗快。

欧亚：十七八岁时，你对朋友说，我将会成为中国的歌德，现在还这么想吗？有压力吗？

于坚：歌德是一个隐喻，就是写到最高境界。既然还未达到最好，就永远不会放弃，当然是自己以为的最好。我那个时代，现代派还没有在汉语里出现，我还不知道卡夫卡这些人，我只知道歌德，像十九世纪的诗人一样。我的文学修养是从古典到现代，有相应的时间段，比较完整。我记得我年轻时期，完全是一个十八九世纪的梦游者。

歌德对我没有压力。作为当代诗人，如果艾略特、希尼跟我用同一种语言，那就太可怕了。如果李白现在生活在昆明的一个公寓里，那太可怕了。翻译的诗歌的牛×说到底是汉语的牛×，汉语要容纳得了莎士比亚，他才进得来，莎士比亚恐怕无法进入某些小语言。翻译诗歌对我没有什么压力。因为我的好诗标准是从汉语来的。另外，中国古典诗歌与白话诗之间巨大的鸿沟使得古代诗歌对当代诗人来说是营养而非压力。因为白话诗歌的李白，现在还没有出现，还有待于我们自己去创造。

欧亚：这两年诗歌界事件迭出，其肇始可以追溯至被称为"新诗分水岭"的"盘峰论争",作为这一自朦胧诗以来最大的诗歌论战的主要参与者,你是怎么回首这段历史的?你怎么看近年以年代划分的诗歌命名?

于坚:盘峰论争不是一个有预谋的事件,它是偶然的事情,包括我出席这次会议,都是出自偶然。但这次论争正是中国诗人对自鸦片战争以来一百多年的"拿来主义"的反思,也是中国诗人在全球化格局中对自我身份的重新确认。我以为其中至少隐含着对国际诗人、汉语诗人、世界诗人这些身份的认同。在我看来,汉语诗人必然是一个世界诗人。李白就是例子。他是不动的,他不存在接轨的问题。而国际诗人只是使用了汉语这种工具的诗人,他需要不断去适应国际文学的变化,去接轨。其实中国前几年到西方去的那些诗人,我以为都是国际诗人。世界诗人待在祖国的一个小镇上,如福克纳,他也是世界的。

欧亚:有人认为中国的先锋写作团体"下半身"也是一种颓废的享乐主义,同时被认为是一种容易复制的写作,您怎么看?

于坚:对于当代中国年轻一代的诗歌写作,"下半身"是一块最有活力的磁石。"下半身"我理解为一个隐喻,它强调的其实是生命力、原创力和诗歌的生殖力。当然这不局限于"下半身"团体,包括那些跟他们有联系的年轻作者,我认为未来中国年轻一代最优秀的诗人会从其中产生,事实上已经出现了,只是还需要时间和量。

题材的相似跟生活经历和生活环境有关,但生活环境并不重要,狭小偏僻的环境并不是写作的敌人。有质量的生命在任何环境里都会有灵感,重要的是生命的质量。容易复制是因为生命没有质量,如果是河流那就复制不了。

欧亚：您怎么看当下流行的强调无意义的"废话"写作？

于坚：相对于过去把语言看成强大的意识形态工具，诗歌是最有效、最及时的工具。先锋派诗人强调诗的无用性是有历史意义的，极端的说法就是认为诗是废话。以往我们的诗总是抒情言志，强调要有意义，而生活中大部分时间是灰色的、毫无意义的，并不是非黑即白，在那种背景下讲无用性、讲废话是有针对的，但诗不仅仅是废话。我喜欢说诗是为人生的。我反对那种空洞的灵魂，那是"死魂灵"。人不能没有人心，不能没有生活立场，诗应该有态度。有态度就不是废话，愤怒、悲伤、高兴、担忧、怀疑……我的诗不是废话。废话其实也是一个价值判断，并不如它自以为的那么纯粹。什么是废，什么不是，还是有图纸吧？废本身就是一个价值判断。

欧亚：您刚刚当上了伊沙、崔恕的"唐"诗歌论坛版主，您常上网吗？喜欢网络交流吗？

于坚：网络是非常好的东西，取消了编辑部的行政权。发表可以自由，直接面对读者，同时也是对诗人最大的考验，当你直接面对读者，没有刊物什么的庇护。在刊物发表，读者的先入之见是，那是"通过了"的，其实什么通过？几个编辑而已。直接上网，通过把关的是你自己。有些诗人，我相信他们不敢上网，因为他们难以承受这个压力，他们的声誉并非来自于读者的阅读和喜悦，而是来自刊物的"通过"。多少垃圾就是这么通过的。

我不喜欢那些匿名的发言，说话不负责任，造谣诽谤。有力量的诗人不必匿名。

网络的活跃，也使得传统的诗坛日益被抛弃，当代诗歌的核心已经转移到网上。我想将来，作者不必给编辑投稿，编辑可以从网上选取那些有影响的作品，网络是一线，纸质是二线。如果一家刊物漠视网络，也就必将散失市场。

欧亚：听说您去年出的《便条集》卖了十万多册，您关心市场吗？

于坚：此书没有标明印数，出版社只给了五千册的稿费。我不关心市场。诗人关心的是写作，我相信那些有感觉的作品必然会有读者，读者就是市场。诗的市场在于征服了多少读者，歌德征服了整个民族，他的市场就是整个德国。写作者自己不必去关心市场，有质量的写作就会拥有辽阔的市场。

欧亚：听说您演过戏剧？

于坚：不是传统的戏剧，在传统的戏剧标准下我永远进不去，我普通话都说不好。那是九十年代在牟森的戏剧车间，吕德安、朱文、贺奕、吴文光、金星都是里面的演员。这是所谓"残酷戏剧"，后现代的，戏剧和生活的区别只在于一条线，这条线就是舞台，空间变了，日常生活搬上舞台就成了戏剧。就像杜尚的那个小便池，放在博物馆中就成了艺术品。在舞台上不是演戏，讲的是自己所熟悉的日常生活。这种戏剧与当代诗歌是相通的。戏剧组合的是日常生活场景，是真实的现场。诗来自日常语言，也是一种划线，但并非轻而易举，绝非日常用语的简单分行，要以上帝之手将这些原料，加以不可知的组合。

欧亚：现在大家纷纷标榜先锋，仿佛先锋是诗歌写作的最高价值甚至唯一价值?

于坚：先锋就是创造的时髦说法。并不是朝前面的就是先锋，并不是方位，而是实质上创造了什么。如前面所说，相比柳永，苏东坡可以说是某种后退，但是呢？创造才是写作的价值所在。在先锋旗号下的许多东西其实非常平庸，还不如不打这个旗号的那些平庸诚实。今天中国的先锋与八十年代已经不是一回事情，已经没有八十年代先锋诗歌的种种压力，一些人只是利用人们对这个旗号的误解迷信（例如知识分子写作利用汉学家对这个旗号的八十年代情结）来达到很平庸的生存目的而已。

二〇〇六年十二月五日

再谈隐喻

朱彩梅 × 于坚

复活隐喻

朱彩梅：于老师，您好！最近一直在看您的书，像《一枚穿过天空的钉子》《人间笔记》《拒绝隐喻》等等，我在阅读的过程中不断产生一些疑问，想请教一下您。比如说，您在诗学著作中提出的"拒绝隐喻"，可以说，人所周知，在汉语里面，汉字是音、形、义相结合的文字，只要使用汉字就意味着在隐喻，如"道""一"等。这也就意味着，只要运用汉语创作，拒绝隐喻是不可能的，这也可算是一个文学常识，而您作为一个有着丰富创作经验的诗人，何以会提出要"拒绝隐喻"呢？

于坚：很好，你提出这个问题，说明你对汉语诗歌已经有自己的独立思考了。汉语是起源于巫。苏美尔人的楔形文字是用来记音、做生意的，要求准确、清楚。她后来发展出的拉丁语系是一种线性发展的文字，这种文字通过各种语法上的限制，例如阴性、阳性、时态、辞格，

力图使语言准确，更逻辑化、概念化，分类更严格，使语言不容易产生模糊性。比如像用中文和英文写的合同，英文一般来说总是说什么就是什么，准确无误，但中文就非常含糊，可释性较强。这是因为汉语最早是起源于巫术，汉语是用来跟神灵对话的，是巫师召唤神灵的一种语言，汉字最早就是将巫师的卜辞记录下来。它不强调精确，而是强调感觉、力量。无论你如何胡言乱语，只要能召唤神灵到场就行。汉语不是线性的，它是圆的。就像维特根斯坦说的，意义即用法。汉语要看在哪个语境里，同一个汉字，在不同的语境就有不同的意义，李泽厚也说过，中国文化与巫有关。

汉语是用来跟灵魂交流的，它天生就带有象征性和隐喻性，它不是直截了当地直指事物，而是一个隐喻就是一个本体。例如，一块石头，它不是神的暗示，而就是一个神。这个行为是象征性的，但这个象征不是意义的转移、相似，而是直接就是。言此意彼是后隐喻，诗就是这种隐喻，但在最早的巫术、神话里，是直接就是。神灵是一种并不存在的东西，没有事实，但你在事实中感觉到它。最早的隐喻是那个事实就是神。比如一个雷，人用雷这个名呼唤它，这个名就是这个神。隐喻是一种对神灵的召唤。在中华文明五千年的发展中，隐喻已经成为汉语的一种本性，汉语就是隐喻的，中国人都是通过隐喻的方式来说话。隐喻已经成了一种语言工具，大家有话不直说，而是旁敲侧击，尤其是在利害关系上，所以听话者要听话听音，听弦外之音。

五千年来，隐喻的发达使汉语的模糊功能过强，古代中国的诗人们在运用隐喻写作方面已经达到了一种辉煌的极致。作为一个运用现代汉语写作的诗人，我觉得隐喻对我的创作来说是一股巨大的压力，因为语言本身是一种创造性的活动。你之所以写作，是因为至少你在语言上要有所创造，你要使汉语更为丰富，你要创造出新的不同的说法来，而不是陈词滥调，重复别人说过的话。第一个说"女人像春天的花"的人是新颖的、有创造力的，如果我也说"女人像春天的花"，这种隐喻就相当陈旧了。

隐喻在汉语五千年的发展中已经成为一种最日常、最普通、最庸俗、最媚俗的思维方式，作为一个独立的有创造性的诗人，他应该对这种写作的方式有所怀疑。但是，作为一个汉语诗人，他的宿命又是永远逃不脱隐喻。

我所说的拒绝隐喻，它只是一种方法——一种作为方法的诗歌创作。有人以为拒绝隐喻是一种本体上的拒绝，其实在本体上你无法拒绝隐喻，但是我在通过写作的过程中，用一种新的方式来隐喻。实际上，拒绝隐喻的过程正是复活隐喻的过程。比如我的《对一只乌鸦的命名》，我是把乌鸦从"天下乌鸦一般黑"的古老象征里面回到一只鸟，这个写作过程中就是一个拒绝隐喻的过程，同时它也是复活隐喻的过程。其实我在写作中拒绝隐喻的结果只是为了复活隐喻，通过我的写作把汉语从已经麻木的隐喻里激活，就像我写一只乌鸦，如果我还写天下乌鸦一般黑，读者就会觉得平淡无奇，但是通过我的写作，乌鸦重新活过来。比如说，三十年代的诗人臧克家，他写到乌鸦就说"鸦背上驮着的黄昏"。他这种写作只是把古人笔下的乌鸦用另一种方式再说一遍，他对乌鸦没有一种自我的独创性，在我的写作里面，我实际上是创造了一只我自己的乌鸦。

朱彩梅：您的意思是说拒绝隐喻不是拒绝隐喻本身，只是把拒绝隐喻当作一种创作方式。

于坚：是的，只是一种方式，一种复活隐喻的方式。我觉得，到今天，汉语已经不能再召唤神灵了。五千年来一直如此说，说来说去都磨腻了磨油了，现在需要一种方式把它变得粗粝，然后她才可以召唤神灵。乌鸦这个神灵在我的诗里重新归来！我这种拒绝隐喻，其实也正是要回到原始隐喻的"直接就是"上去。乌鸦就是乌鸦，它本身是有力量的，不需要解释，负载很多的意义，要把压着它的那些掀开。乌鸦其实是一个"直接就是"的神话。

朱彩梅：于老师，您刚才谈到西方的英语是一种实用的语言，中国古代的汉语是对神灵的召唤？

于坚：对，汉语起源于对"无"的召唤，西方语言却是起源于"有"。

朱彩梅：那么就实用这一点来说，西方语言确实是明显的实用，但是中国古老的巫术本意也是为了祈祷风调雨顺、平安、丰收等，那么，这不也是一种间接的实用吗？

于坚：是的。汉语是对"无"的召唤，"无"中生"有"，它通过"无"的方式来祈祷"有"；西方则是另外一种方式。中国讲究天人合一，你看中国"有""无"相生的太极图，"有""无"之间是混沌的合为一体，他们之间的界限是曲折的、互渗的。但西方的"有""无"之间若要画，那则是一根直线，它的宗教是宗教，诗学是诗学，二者之间缺乏一个过渡，宗教与诗学、艺术之间是分裂的，而中国的是合在一起的。你进教堂里去，你信仰上帝，教堂里的那一套东西是日常生活的禁欲，它不鼓励日常生活里的寻欢作乐，而中国人的"天人合一"不像这种规定，它既强调你要敬畏神灵，也强调你要在大地上美好地生活。只是到宋之后理学的兴起，天人合一才偏于"天"多一些，变为"存天理，灭人欲"，这也导致了中国今天的一些问题。汉语一方面实用，而它又无时无刻不是诗意的，比如：你好！问候，很实用。但"你"是人尔，"好"是女子，里面暗藏着诗意，不仅仅是"How do you do"，这只是声音、意义，没有女子、一个人所暗藏的赞美。

朱彩梅：于老师，在诗歌中，您创造出一只自己的乌鸦来？

于坚：我在创作时是根据对这只乌鸦的感觉来创作的，并不是我虚构的，我只是回到已经被人们遗忘了的那只乌鸦。文明是一种语言的诠释，从最早的乌鸦到"天下乌鸦一般黑"，从最早的天边升起的那个球体，变成"太阳就是毛主席"，这是一个隐喻升华的过程。"文革"时，当你说到红太阳，没有人会认为你说的是天上的红太阳。我是重新退回到语言出发的那个点，回到具体事物，我是从历史回到最初的命名，回到非历史。从公共的乌鸦回到我个人的具体的乌鸦，好像原始人第一次所见那样。所以我说隐喻是一个后退的过程。

朱彩梅：像乌鸦这样的事物，它在汉语中虽然背负过多沉重的文化隐喻，但还没有完全僵化至死，而有一些在人们头脑中已经形成固定隐喻意义的事物，比如，月亮。中国人一说起月亮，就是李白的"床前明月光"，那作为一个出生在李白之后的诗人，您在写作中如何超越他，重新获得一个自己的月亮呢?

于坚:隐喻到了李白是极致了,他的隐喻是神话式的"直接就是"那种,比他同时代的诗人高出许多。我有一句诗,在汉语中,李白就是月亮。作为一个李白之后的诗人,你要如何写作?有很多人就顺着李白的路子写下去,但是我的写作将会是一种新的方式。至于如何创造一个属于我自己的月亮,这是无法言说的。它是黑的,是在写作里面自由发生的,这不能通过理论来总结。

朱彩梅:那您面对您之前的大师,像李白、杜甫,会不会感觉到有一种巨大的压力——也就是"影响的焦虑"呢?

于坚:不会有这种感觉,也不会是这种感觉。可能有很多诗人是这样的,他们有压力,但我没有。我天生就是另类,李白这样写,我就不会再这样写,我很自然地会用另一种方式来写作。在写作上,内容、意思是有限的,但怎么写是无限的,每个时代只在于找到它独特的说法。李白这些人给我的是启示,他们是"圣经",谁会感到"圣经"有压力呢?

好诗评在隐喻中,像写诗一样写诗评

朱彩梅:于老师,我这个假期看了一些中国当代文学批评的书,但我感觉很多批评都是从历史、社会、政治、思想或者宗教等文学之外的视角去进行的文化批评,而不是从文学本身的审美、艺术性出发。

于坚:今天的批评比较讨巧,它不愿意得罪人,他们不敢像古代的批评家那样,好就是好,不好就是不好,现在的批评家不敢说,他怕说错话。他们也没有一个评判标准，没有标准是因为他们没有阅读经验，我知道他们不读书，像布鲁姆那样读经典他们做不到。而对于我这样的作者，在读书上我就是一个布鲁姆，他们怎么评论我的作品呢？所以他们喜欢说一些虚玄的话，现在这种批评已经泛滥成灾，太糟糕了！这也是我相当鄙视中国当代批评的原因之一。

朱彩梅：对于文学专业的很多学生，比如我们中国现当代文学，以及其他很多专业的研究生来说，进行文学批评那是绕不开、躲不过的，您能否给我们一些建议呢？

于坚：我觉得，你们这一代人应该回到古人那里，你觉得这个诗好就是好，不好就是不好，直接说，不用去分析。

朱彩梅：有时候看到一首诗，感觉是真真切切地被它打动了，觉得它很好，但是却无法从理论上找到所谓的根据。

于坚：真正好的诗，其实是不可阐释的，它自然呈现在那里，说任何一句解释的话都是多余的。这一点，中国古人早就已经觉悟到。从中国古人的点评发展到今天的这种文本细读，是受西方文化的影响。西方文化是任何事情都要问个为什么，打破砂锅问到底，是热衷于解释、思辨的一种文化。说实话，我从没有见过对一首诗解释清楚的文章。往往是，那首诗只是一个入口，后面就完全无关了。从文本世界独立出去，独立批评，与文本无关，我赞成。这也是一种批评，如果批评朝这个方向走，那么批评家也就不能要求什么权威性了。任何诗都可以是入口，现在许多批评家就是这样，把垃圾、下三滥的东西作为入口。入口嘛，好坏是无所谓的。许多批评文章很势利，垃圾，但用一大堆术语包裹起来，很是震得住那些崇拜术语的。而这些术语，你发现，写庞德、艾略特他是用这一套。你刚才说的这个问题，我认为在今天，中国的诗歌、文学批评，严格地说，你如果真正想做的话，你不能只是像西方那种批评模式一样，你要回到中国古代那种感悟式的点评，在两者之间找到一个新的点，才能解答你刚才讲的那种困惑。不能平论，你就说个"好"也可以。像中国古人评诗，就是在诗后面点评一下"好""不错"，我觉得这才是真正的诗评。他的标准不是概念，而是让读者在阅读作品中感悟到，比如《唐诗三百首》，如果今天谁把新诗如此编出一本，而流传得下去，首首耐读，他就是一流的批评家。批评家对某作品如何溢美其实都是人微言轻，他选哪些作品才是关键的，读者也是一大群内行啊。如果布鲁姆那本经典也把他自己系上某博士或者他舅舅的长篇小说放进去，说个天花乱坠，而且是布鲁姆式的，也一样人微言轻。

朱彩梅：之前我也看过一些中国古代诗词评论作品，像钟嵘的《诗品》、司空徒的《二十四诗品》，还有严羽的《沧浪诗话》、王国维的《人间词话》，以及金圣叹的一些戏曲点评，我觉得他们的评论大多是感悟式的点评，或者在文学与文学之间做一个相互印证，并且，很多诗评写得像诗一样。

于坚：今天，真正要在文艺评论上搞出点名堂来，视野一定要开阔，而且一定要对现在大学里面这一套持怀疑态度，好好地多读一下中国古代的文艺理论，看看古代的文艺评论家。对于诗歌来说，你评论它，其实只能用一种隐喻的方法。因此，中国古代的诗人的评论写得跟诗一样；如果你要直截了当地分析一首诗的意味，那就会变得干巴巴的。

朱彩梅：是的，我在看《沧浪诗话》和《人间词话》时，就觉得他们写的诗评也像诗歌一样动人。

于 坚：诗是来自感悟，你评论它也是一种感悟。好的诗就像一个美女，无论我在旁边跟你描述如何如何，写上一篇论文证明她是美女，但那都不是那个美女，你要直接看到她，就知道她美不美了。这涉及对二十世纪当代文化持怀疑态度的一个问题，现在，人不能顺着这个文化走，你们要对文化有一种质疑、追问的态度，这才是做学问的道理。

于 坚：现在的批评家，你可以看看谢有顺的评论。

朱彩梅：他的著作我看过一些，像《话语的德行》《此时的事物》，有时也看他的博客，我感觉他的批评有很强的主体意识和感性色彩，创作因子多，但是现在我们学校要求的论文是必须有一个系统、框架。

于 坚：我觉得你随便怎么写都可以，只要我觉得你写出了一种你个人的见解。学生写论文不在于论文本身，而在于在研究这个问题的过程中，你对文学研究有了一些方法上的东西，这些东西会潜移默化进入你以后的学习中，这才是最重要的。当然，能够有所创新那更好。

朱彩梅：对于汉语诗歌，我以前也像身边的很多诗歌爱好者一样，比较偏爱古代的，觉得古典诗词写得很美，而对现当代的一些作品则有一些抵触，后来广泛地看了一些新诗，像穆旦、郑敏等九叶派的，朦胧诗和"第三代"诗歌，我改变了对现当代诗歌的一些看法，现当代诗歌中其实有不少好作品。

于 坚：其实我们现在的诗跟古代的是相通的，只是形式不一样，骨子里面完全是一样的，在我觉得，李白、杜甫这些诗人都是我的朋友。他们的诗跟我对世界的感受是一样的,但是也有一些诗人,他们受西方文化的影响,他们认为写诗就是从普通人抒发感情脱离出来的表达,或者是扮演上帝的角色,诗人变成牧师,或者一味表现所谓的自我。我是一个相当反对自我的诗人,我觉得自我是一个非常小的东西,凭什么你认为读者会去了解你那个小自我,小自我你放在抽屉里就行了,这个时代因为讲自我讲得太多了,很多人都以自我为荣。回到李白,你能感觉到什么是自我吗?他的自我消融在永恒和宇宙中,那是一种气势,而不是偏见。他们不是自我的诗人,中国古代有个比较自我的诗人就是李贺。

朱彩梅: 噢,李贺,他的诗有很多常人难以想象的奇谲意象。

于 坚: 是的,但是李贺永远不可能有李白和杜甫那么大的名望。他喜欢玩语言游戏,不过,从文学史的角度来讲,李贺也有他的价值。

虽然我喜欢信手拈来地写,但是你们现在还年轻,不能太随意。作为一个研究生,你们还是要学会写论文,像我这种写作方式,写论文就不能这样了。这是今天的大学教育很令人头痛的一个地方,它不是教你一个人要有灵魂有感觉,鼓励你的天才和创造力,而是通过一种量化的模式,把高的矮的都变成武大郎。所以,为了能够顺利毕业,很多有天分的学生也委屈一下当当武大郎,你们也不例外,这是我对你的忠告。

朱彩梅: 感谢于老师!我会记住您的忠言!

于 坚: 好吧,那我们今天就到这里。再见!

二〇〇七年八月三十一日

诗不仅仅是声音的狂欢

高巍 × 于坚

高巍：您怎么看把诗歌唱出来的方式？

于坚：现在还很难说，但是可以尝试。同样的东西，在中国也许让人们觉得很新鲜，但是在国外其实这样做很普遍。美国诗人金斯堡、鲍勃·迪伦的诗经常都是自己说唱的。英语叫作Rap。

高巍：那么您觉得中国的诗歌是否合适于这种形式呢？

于坚：其实非常合适。因为汉语本身就是富有音乐性的语言。汉语中的四声、平仄和轻声，与古代五音"宫、商、角、徵、羽"是有关系的。汉语读起来，本身就具有音乐性，所以有说唱的传统嘛。二十世纪流行的朗诵其实比说唱狭隘单调得多。我在国外参加一些诗歌节的朗诵，只是我用正常原声把诗念出来，外国听众就说音节太美了，像唱歌一样，我并没有故意强调朗诵，就是汉语音律本身的魅力。

高巍：但是在中国，诗歌和音乐脱离了那么久，这次将二者相连，会把诗歌带回到大众文化之中吗？

于坚：这中间有两点需要明确。第一，诗歌与音乐从来没有脱离，因为汉语的音乐性，没有音乐性的汉语诗歌不存在，只是有些诗音韵流畅，有些诗拗口而已。第二，活动所达到的效果也很难预期。需要看是哪些诗歌参与到活动中，有些诗歌本身就适合朗诵，具有标语口号的特征，能够让人仅仅通过声音就理解意义，可以形成一种声音和表面性的狂欢；朗朗上口，易记易诵其实更适合于标语、口号、广告。但是更多的诗歌并不见得是这样的，汉语诗与拉丁语诗不一样，它不仅仅是拼音，汉语形声义不可分离，诗是文，而不仅仅是声音。朗诵其实取消了字，使诗成为拼音。诗在古代就是文，文不仅仅是声音和意义，这是汉语不同于西方拼音文字的特点。这种特点让即使操着不同方言的人们仍旧能够通过字进行交流。这也是我对"唱响诗歌"存有一些质疑的主要原因之一。

高巍：那么您是否认可"唱响诗歌"这种活动？

于坚：作为一种丰富诗的传播形式的探索，我认为是可以的。但是我希望在演唱的现场能够同时将字幕打出来，不要让诗的声音与字脱离，不应该是纯粹地听，言是听的，但诗不是言，看字是很重要的。

二〇〇七年十月三十日

作品要面对的是时间，时间可不给你什么奖

杨东城 × 于坚

杨东城： 从华语文学传媒大奖年度诗人奖再到鲁迅文学奖，这些奖项对您坚定地走诗歌的道路是不是一种鼓励？

于坚： 我不需要任何鼓励，冷落、批判对我也一样是无效的。其他方面可以妥协，在写作上我一意孤行。写作是我自己热爱并选择的，通过写作我获得存在感。这是我个人的存在先于本质。

文学奖鼓励的是文学事业，获奖者只是偶然被选中而已，别太当真。作品要面对的是时间，时间可不给你什么奖，所以杜甫说"千秋万岁名，寂寞身后事"。

借此机会，我想谈谈鲁迅。

一九六六年我十二岁，秋天的下午，父亲拉起窗帘，在卧室里秘密烧书。我看着那些美丽的书籍一本本化为灰烬，内心迷惘。我家书架上最后剩下的书籍中，有一套《鲁迅全集》，我少年时代有许多时间，是

在阅读鲁迅作品中度过的。

作为二十世纪中国新文化的旗手，鲁迅是一个伟大的变革者。鲁迅不仅仅是变革者，也是最杰出的作家。鲁迅们的写作使白话文的写作合法化了，在他和他那一代作家之后，用白话文写作，已经天经地义了。

二十世纪中国新文学的主题与古典文学不同，古典文学的主题可以用李白的一句话来概括，那就是"大块假我以文章"。二十世纪文学的主题则是批判以及"生活在别处"。

批判，从更内在的意义上来说，就是从世界中出来。自从鲁迅那一代人的写作之后，中国没有人能够再在世界中混沌地写作了。我们的写作是从世界中出来，再回到世界中去。鲁迅为中国文学带来了人，对人的批判是他开创的一个伟大主题，文学因此成为中国生活的一面镜子。他是为人生的作家。

没有变革就没有新文学，但变革的结果必须是文学的产生。中国文学已经有五千年以上的写作经验。文学并非横空出世。鲁迅不仅变革了文学，也重建了文学的常识。鲁迅的写作激活了汉语，激活了汉语身体的繁殖力。

在中国，文学具有宗教的作用。文学就是文明，以文字照亮心灵世界。文章为天地立心，鲁迅的写作创造了中国文化的现代灵魂。

汉语不再是清末那种墨守成规、日薄西山、失魂丧魄的面貌。摧枯拉朽、青春激荡、意气风发，在二十世纪，吸引青年生命者，莫过于文学。文学不仅仅是抒情诗歌和风花雪月。文学重新成为中国精神世界大解放的旗帜，二十世纪的民族复兴乃文学所领导。鲁迅的写作重建了汉语的青春气息、批判力、幽默感、讽刺力量、愤怒、悲剧精神以及对未来的信心，极大地丰富了汉语的表现空间。

作为一九六六年开始阅读的读者，我的幸运是，通过对鲁迅的阅读，我意识到何谓中国新文学的经典。我意识到，写作必须有直面人生的勇气。

鲁迅是我写作的指南之一。我从一九七〇年的冬天开始写作诗歌，我一直试图继承的是"为人生而艺术"。谨此表达我对鲁迅先生的敬意。

杨东城：在二〇〇〇年上海主办的百名批评家推荐二十世纪九十年代十部代表性作品的活动中，于坚成为排名第一的当代诗人，您现在怎样看待这种成就？

于坚：批评家只是读者的一部分，职业读者吧。我更重视的是普通读者的看法。有一天我在游泳池里遇到一位读者，他说，我的诗改变了他人生，这就够了。

杨东城：您曾说，诗歌的声音已经降低到草叶的高度、泥巴的高度、盐粒的高度、甲壳虫和稻米的高度，今天的人们只有贴近大地，才听得见诗歌的声音。您现在是不是感到有些孤单？

于坚：在中国，写诗已经成为声名狼藉的事情。开汽车比写诗光荣得多。开着奔驰那就名正言顺可以羞辱诗人了。在孔子时代那可不敢，肉食者鄙。我深知我的写作是在一九六六年的革命之后。那时写作，肯定与过去五千年不一样了。写作就是文化世界，而诗是文的核心，是最高的写作。"文革"是对文化的革命，在"文革"之后写作是一个需要巨大勇气的选择。我父亲是一位文学才子，一九六六年秋天，我跟着他把自己家里的藏书烧掉,他目光炯炯地告诫我千万不要写作,几乎告诫了二十年。我拒绝了我父亲的忠告,这是我一生最大的拒绝。

我早已充分意识到写诗的背时,孤独就是存在,我喜欢孤独。

杨东城:能简单谈谈您过去创作诗歌的经历吗?

于坚:我一九七〇年的冬天开始写诗,第一首诗是填词。我专心写了大约两年的古体诗词和古文。后来才开始新诗的写作。在中国遥远的外省、边疆,书籍和资料非常匮乏,而"文革"又全面禁书,这使我生活在二十世纪,却像古典诗人那样学习写作。早年对我影响最大的是民间暗中流传的《唐诗三百首》、王维的《辋川集》、《古文观止》和《史记》。西方文学给我的影响来自俄罗斯、法兰西和惠特曼。契诃夫是一位永远不会过去的作家。有的作家只适合于青年时代阅读,比如泰戈尔,我曾经对《飞鸟集》刻骨铭心,我与朋友在一九七六年秘密刻写印刷了这本书,出版了十一本。杜甫和苏东坡是永远不会过去的诗人。《论语》《老子》《史记》,值得一读再读。那时代没有文学刊物,也没有所谓文坛,我最早的作品都是在朋友之间传阅,这是古代的方式。一九八〇年进入大学后我才知道西方现代派文学的存在,那时我已经写下上百首诗。八十年代是一个激情的年代,我写了大量诗歌。一九八三年,我与韩东、丁当相识,创办了《他们》。九十年代,是我写作的重要时期。我写下了《0档案》《飞行》,争议不休。二〇〇〇年十二月,人民文学出版社出版了《于坚的诗》,这也许是二十世纪出版的最后一本汉语诗集。二〇〇一年,云南人民出版社出版了《便条集》。二〇〇三年,青海人民出版社出版了《诗集与图像》。《只有大海苍茫如幕》是二〇三年到二〇〇六年之间的作品。我同时也写作散文,最近的散文集是《火车记》和《暗盒笔记》。

杨东城:《只有大海苍茫如幕》,现在很难再看到这种如此有气势和有力量的诗歌了,能谈谈这组诗的创作背景吗?

于坚:二〇〇五年的春天,我去渤海旅行,与我想象中的大海完全不一样。我少年时代通过地理课知道渤海,但现在我看见的渤海完全是末日的景象,令我迷惘。自然仍旧是有力量的,海水污染了,辽阔继续,依然是惊涛拍岸,这令我更深刻地意识到何谓"天地无德"。我曾经担忧大地之死,其实在终极的意义上,会终结的是人,人与大地的对立使人处于危险的境地。人只是物种之一,而不是大地。如果人也像今天的大地那样被污染的话,人早就消亡了。人以为牺牲大地可以保全自己,但人类不知道,他们永远比永恒少着一口气。

杨东城:很多诗人已经不再写诗了,比如说舒婷,现在食指也很少写了,那么想问您,到底诗歌带给了您什么,让您如此执着?

于坚:他们不写了吗?我不太清楚。我想这是一个中国问题,是中国的现代传统。从八十年代到今天确实有许多诗人放弃了写作,其实五十年代也一样。我记得涅克拉索夫有首长诗叫《谁在俄罗斯能过好日子》,这是二十世纪的世界目标。干什么都是为了过上好日子,写诗也一样,日子好过或者难过了,就不写了,无可厚非。人们总是有各种借口停止写作,革命啦、战争啦、市场经济啦,写作不是被选择为存在,而是机会。我只是一个常识意义上的诗人,就像一位农民,种地而已。海德格尔说,他活着,他画画,他死了。这本是一个常识,但二十世纪是一个全面反自然的世纪,许多事情都不自然了。

杨东城: 您诗歌的语言都是来自于心灵的流露,还是也有写作上的技巧?

于坚: 两者都有。前者是天性,无法习得,养着就好;后者需要自己不断地学习、觉悟,子曰:"三人行,必有我师焉。"

杨东城: 技巧是重要的吗?雕琢技巧或者醉心于技巧的创造往往忽略了技巧或形式给诗歌带来的内部精神,您怎么看这一问题?

于坚: 诗是通过语言招魂的艺术。没有灵魂的写作玩弄语言,而才子们又往往忽略如何说的智慧。

在中国,诗具有宗教的作用。中国精神的核心不是宗教而是文化。中国是通过文来引领精神生活,文章为天地立心。在古代,文就是诗。诗人如果放弃了"为天地立心",写作就无足轻重了。现在许多诗无非是自我的人微言轻的戏剧化,却埋怨读者冷落。通过诗的形式顾影自怜无可厚非,但也就别指望大众的喝彩了。古代写诗的人比今天多,但没有人太关心自己是否被冷落,写诗首先是一种个人的文化修养。不学诗,无以言嘛。

杨东城: 诗歌中有趣的现象是一个词语的构造,一个好句子的产生,都会有愉悦的快感,您是追求一个好句子还是整体的节奏?

于坚: 我喜欢的是王国维所谓的"有篇无句",这是混沌之诗,重要的是创造一个语言的场,而不是苦吟一二名句。炼句是古诗的风气,有句无篇,主要是贾岛这一流诗人的风气。在杜甫那里,炼句是次要的,文以气为主是主要的,气就是场。过度锤炼的结果是使某些句子脱离语境孤立出来,所以有名句选。现代诗更像格律诗成熟前的"古风",篇终接浑茫。

杨东城:模仿是诗人的硬伤吗?

于坚:写作开始的时候都是模仿的,模仿其实是深入经验,身体性的阅读,没什么可耻的。

杨东城:您说现在诗坛的冷清和当今的物质丰富是不是有关系?

于坚:诗坛很冷清,但写诗不冷清。许多人在诗坛外默默地写着,像养石养兰花那样,将写诗作为个人修养者大有人在。

诗坛是现代社会的产物,这必然使诗人陷入自以为是的小圈子。

杨东城:我觉得诗歌应该是有血液的,她带着人生命中最激情的东西,当物质生活充裕时您还会有这种血液和写作的快意吗?

于坚:诗肯定不是贫穷的产物,也不是富贵的产物。诗的冲动与经济无关。歌德一生衣食无忧。生计不成问题,诗的品格才不会只停留在无产者的愤怒层面。富贵于我如浮云,诗人因此可以与宇宙精神独往来。

杨东城:可否谈谈在创作时的感受和心态?灵魂和生命都是诗歌中最为沉重的东西,而生命于人只有一次,您在创作中灵魂会产生巨大的震撼吗?您是否认为诗歌就是生命最大的热情?

于坚:是的。诗人要对人生世界怀有巨大的热情。而这个热情是没有是非的,是对世界本身的热情,是意识到"天地无德"的热情,而不仅仅是对所谓盛世怀有热情。热情,不仅仅是亮色,也是卡夫卡那样的灰色,卡夫卡的绝望就是一种伟大的世界热情。

杨东城：一首诗歌可能是读者和作者之间交流的通道，也是座桥梁，您是怎么去建筑这座桥梁的？

于坚：读者是基于文明史的一种阅读经验，诗人要建立与历史的联系，而他的写作力量却来自非历史的原始冲动。我认为，有效的写作其实并非标新立异，旁枝逸出很容易，顺着文明的主干生长一毫米却很难。伟大的诗人都不是所谓标新立异的，当时也许是，但在时间的长河中，你发现不是，李白的写作在当时"世人皆欲杀"，而在文明史中，却是基于"大雅久不作"（李白诗句），是为了回到文明的"正声"。

杨东城：诗歌和生活的关系，您是怎么看的呢？

于坚：写作这个行为本身，是从世界中出来，作为世界精神的代言者通过文（纹）文化世界，为世界文身嘛，而作品却要回到世界中。或者说，写作是创造一个作者的世界，而这个作者虚构的世界与世界之间绝非格格不入，写作是出世，作品是入世。

杨东城：您认为诗歌中最深刻的是什么呢？

于坚：不知道。

杨东城：您认为诗人生存的土壤是民间好还是仕途好？

于坚：无所谓，听其自然。古代中国的仕途可没有今天那么声名狼藉，许多大诗人都在仕途上奔波过。民间是一个比那些自谓民间的小圈子广阔得多的地方，重要的不是你置身何处，靠什么谋生，而是你写下了什么。作为资本主义异化的批判者，并不妨碍卡夫卡在这种异化最严重的公司中作为最优秀的职员工作一生。

杨东城：您常去国外参加一些诗会活动，说说国外诗人的生活状态吧。

于坚：一般来说，他们很少因为写诗而自命不凡，比较低调。生活就像诗一样的雅致、朴素，像金斯堡那样的狂热的诗人已经不多见了，其实他们那一代诗人对西方现代化异化人性的反抗已经失败，现在的诗人看起来更像一种热衷于自我修养的动物，如中国明清的诗人那样。诗歌不再是反抗的武器，而是生活的乐趣之一。

杨东城：文学创作中，诗歌是离身体和心灵最近的，您怎么看待"身体写作"这个现象？

于坚：身体是存在的载体，没有身体就没有一切。身体就是大地。中国二十世纪以来受本质主义的影响，不重视身体，任何事情从观念主义出发。观念主义正确，身体遭殃，请看看今天大地的状况，许多宏伟的东西发展起来了，道路高速，河流、湖泊却死了。许多基本的事物被摧毁了。没有大地，圣经、民主制度、诗歌都是虚无。海啸一来，一片白茫茫啊。

杨东城：诗人的情结里经常有悲剧，容易走极端，比如海子，您怎么看？

于坚：这是二十世纪诗人受西方文化影响的结果。自我迷恋，将死亡悲壮地戏剧化地从世界中分裂出来。对于我来说，死亡并不存在，所谓死亡只是世界的变化，五行而已。如果你知道庄子所谓的"吾丧我"，你就不会将死亡戏剧化。生死的分裂，是现代的观念。

杨东城：如何看待现在流行的口水诗？比如前些时候热炒的"梨花体"。

于坚：无足轻重，可以忽略不计。在这个铁一样的世界中，诗是每一种力量都可以轻易粉碎的东西。诗人们却把自己想象成一支别动队。这种顾影自怜与过去美人幽草式的顾影自怜其实一样。

杨东城：生活和诗歌的距离之间有虚无感吗？

于坚：不知道，这是黑暗问题。

杨东城：创作诗歌现在对于您来说意味着什么？谈谈您现在的生活状况，读者都很关心一个一直坚持诗歌创作的优秀诗人的生活。

于坚：只意味着我是于坚。我大学毕业后被国家分配去一个文艺评论刊物当编辑，现在也是这里的编辑。

我的写作不是一场自我表演，所以没有收场的时候。这是我的存在方式。我并没有坚持什么，我只是作为于坚在做于坚想做的事而已。

二〇〇七年十一月十八日

我不负责解释,我只表达我的感受

云南大学东陆通讯社 × 于坚

云南大学东陆通迅社（以下简称"东通"）：您的大学是怎么过的？

于坚：我们那个时候，和你们不一样，"文革"刚结束，那时没学校，那时候我被分配到工厂，干了十年。那时除了毛泽东、鲁迅等人的书，别的都是禁书，看托尔斯泰是用牛皮纸包着，上面写着"物理"俩字，看完了再传给别人。我们那一代是一种挤压了多年的思想爆发的一代，那时大学是一个天才汇集的地方。我经常不怎么上课，上课不是最重要的，主要是自己读书，读完了互相讨论，学校里有不同的沙龙。一个喜欢文学的人，不可能说你只喜欢文学，而应该涉及哲学、人类学，世界的一切都应该了解。大学生活的几年是我生命最辉煌的几年，就像秋天的银杏树一样。朋友之间的这种交流往往能把一些精华的东西给你。非常好玩吧，这种好玩还在于那时的学校比较左，弄不好的话是要被开除的，我们搞社团，系领导是非常不高兴的，认为是给他找麻烦。

害怕学生在一起结社会闹事，其实我们就是要写诗而已。我们办社团要冒着很大的压力。但是，那时候的我们，大家在一起像兄弟姐妹一样，就像毛泽东同志所说的，恰同学少年，风华正茂，指点江山，激扬文字。

东通：思想的这种融合，对您在第三代诗歌之中起到一个领导作用有影响吗？

于坚：第三代诗歌，是批评家强加给我们的帽子。我们那时候，哪知道是不是第三代啊。当时的大学生的作品很难发表，文学刊物普遍不接受我们的写作方式，他们喜欢郭小川、贺敬之那样的写法，而我们是比较关注普通人的生活的。像《尚义街六号》关注的就是在座各位的普通的正常的生活。这样的诗你当时发表不出来。当时甘肃有一个省级刊物叫《飞天》，这个刊物当时有一个编辑，非常开明，他在《飞天》上开了一个专栏叫"大学生诗苑"，专门发表各高校大学生的作品，发表我们在当时不能发表的诗歌。它刊登上我们的名字，如云南大学八〇级于坚的作品、山东大学哲学系七八级韩东的作品。刊登出来后，我们就根据这个地址相互通信，这样整个中国大学的诗人就相互认识了。大学生诗人跟朦胧诗的美学观点是不一样的。在一九八三年左右出现了一个写作高峰，第三代诗人的说法出现应该是在一九八九年左右。很多人大学毕业后继续写诗，在社会上办刊物，一九八六年我和韩东等人办了《他们》，四川杨黎等人办了《非非》等等，这些人最后就被叫作第三代。其实以"代"来命名诗人最早应该是兰州大学封新城，他办了一个刊物《同代》，最先提出"代"的说法，他称我们为一代人，而那时我们是没有"代"这个观念的。四川有些诗人办了一个叫《中国现代主义诗歌内部资料》的刊物。那里面也提到了第三代的说法。

东通："他们诗群""第三代",您觉得是什么呢?

于坚：第三代啊,这和我们所受的教育有关,"文革"过来的教育是一种不告诉你生活真相的教育,它总是把这个世界描述成光明的阳光灿烂的,但是你真实的世界和你听到的是不一样的。就像你们父母告诉你们的世界和你们面对的世界是两个世界,这是中国教育的当代传统。而这些也影响到文学,文学所表达的世界和我们真实存在的世界是两个世界,文学是歌功颂德的,而存在又是另一回事情。当时诗歌的主流大都是歌功颂德,我们认为这种写作只是宣传,不是写作。我们要表现真实的世界,我们每个人的表达方法也不太一样,但有一点是共同的,就是表达作为普通人在世界上的真实存在。这和朦胧诗也不太一样,朦胧诗要表达的是对时代政治压抑的反抗,而你也看不到普通人的日常世界。《尚义街六号》是一个转折。

我们父母那一辈人,他们对生活的态度永远是一本正经的、严肃的,像雕塑一样高高在上的,而我们是喜欢幽默的。"文革"是只有对错而没有灰色地带的,而我们恰恰认为世界最丰富多彩的就在这些灰色地带里。我们那一代人的写作是受到了"垮掉的一代"艾伦·金斯堡等的影响。艾伦·金斯堡的作品、萨特的存在主义,像这样的书,对我们来说简直就是圣经。还有黑色幽默。什么是黑色幽默?就是你已经要被吊死了,而你还在问这根绳子是用麻做的还是布做的,牢不牢啊。这是人生的一种荒诞感、一种无所谓无可奈何的态度,后来发展为王朔式的调侃。

东通：您是在否认你父母那一辈的生活吗？

于坚：起码我认为他们生活的世界对我们来说很压抑。

东通：那您觉得您是把人从这种生活中解放出来了吗？

于坚：我觉得不是把人从生活中解放出来了，这不是我写作的目的。我的写作只是要呈现这个世界，至于你是否获得了一种解放，那是你的事情，我不负责解释，我只表达我的感受。

东通：这是不是就是您说的任何人都是有形象的，唯独诗人是没有形象的？

于坚：上帝从来没有创作过丑人，也没有创造过美人，上帝只是创造了人。许多人以为诗人形象就是苍白修长的那种，这是一种很糟糕的审美观念：把人划分为各种类型，美的、丑的、对的、错的；划线站队。把人符号化了，他为你加上一个标签。诗人只存在于他的作品中，诗人的样子在诗歌里。

东通：诗人不是牧师、上帝人格典范式的角色，那您觉得诗人的角色应该是什么？

于坚：每个诗人对这个的理解都不一样，诗人应该和普通人没什么两样，应该像个正常人一样热爱生活，对生活负责任。该负的责任他要负，你如何风流如何潇洒如何愤青，你到诗里面去搞，不要在生活中。我发现现在的很多年轻人，对诗人的理解太表面化了，认为诗人就应该长发飘飘，在生活中不拘一格那才是诗人，那是错误的。其实诗人的那种自由、那种想象力、那种不拘一格应该是在诗里面的。许多诗写得差的人看起来就很像诗人,诗写得好的人,他看起来就很正常。我去美国访问,哈佛大学东亚系举办我的诗歌朗诵会,希尼作为哈佛大学的驻校诗人也同时在楼下演讲,我的朗诵会完了我去听他演讲。这个诺贝尔文学奖的获得者,根本看不出来是所谓诗人,那就是一个很和蔼的外国老头,和一般人一样打着领带。如果他走出去,你根本看不出来他的外表有任何不同凡响之处。我作为一个诗人,在现实中就是平庸、正常,热爱生活。普通人认同的价值观我都愿意遵守。孝敬父母,尊敬长者,我觉得你的反抗应该在作品里。当然不排除这种年轻人的狂傲。但是诗人应该是一个正常的善良的人,他不应该是一个坏人。他应该是站在人性的善的一面。

东通: 那您觉得年轻时候的那些经历对您的诗歌有影响吗?

于坚: 是的,我觉得这是很重要的一点。

东通: 于坚最初是被"诗人"这个标签框定,那现在"诗人"这个角色在您生命中扮演着怎样的角色?

于坚: 这肯定是我自己选择的一生的角色。

东通: 那您现在刊出的诗集很少了啊?

于坚: 你们也许没有看到,我最近的诗集是二〇〇六年长征出版社出版的《只有大海苍茫如幕》,去年作家出版社也出版了我的诗集《在漫长的旅途中》。我一直在写啊,诗集这个东西不是你想出就能出的,有很多因素。像我最近的一些诗,也有被退回的,因为不符合刊物的发稿方针。不是说你成名了,你写的每一首诗就好,有时你也会写出很烂的诗。这种和语言的斗争永远都不会停止,我会一直写下去的。

东通：为什么您认为是和语言的斗争呢？

于坚：因为语言在我们来到这个世界的时候就存在的。语言对于诗人是先验的。你要表达同样的心灵经验，但是要用个人的语言来表达，就要和公共话语、陈词滥调做斗争，创造新的说法。文学是形式的历史。从这个角度上说，就是和语言的斗争。诗人要创造语言，但这个创造是在过去的语言的历史中衍生出来的。一个诗人，他的写作能在语言的大树上长出一毫米的东西就已经很了不得了。李白写了一生，他将汉语"明月"赋予了"故乡"含义，很了不起。

东通：您说您写诗是在关注人的生存状态，那摄影是您的一种观察工具吗？

于坚：你首先要沉浸在这样一种状态下，你对人生是一种认真的态度，但是你也应该从人生中出来。当然，前提是你要写作的话。你应该和人生有一种距离，一种观察的距离。就像法国小说家莫泊桑一样，他教学生写作就是带学生去咖啡馆描写所看见的场景。写作，一方面你要拼命地去生活，不管生活给你的是你喜欢的还是你不喜欢的，你都要热爱它，你得对生活有一种辽阔的爱，而不是只爱这一种生活而不爱那一种生活。如果你只爱一种生活，那你就放弃了来自其他生活世界的写作资源。沉浸于人生中，你是咖啡馆里某个喝咖啡的人。另一方面，你也是莫泊桑带来的学生，从一个局外人的角度去观察生活。写作必须具有这两种态度。因为你只沉浸在生活中，你只是和生活水乳交融，但写作是把世界对象化，从世界中出来，审视，思索，回忆。

东通：您观察了那么多人的生活，您觉得人生有什么意义？

于坚：这没有标准答案，有时你觉得有意义，有时又觉得没意义。不要只追求人生的意义，不要只是A到B的线，而要把这条线看成一个过程。我是一个存在主义者，我不会想人生有无意义，有意义你得过，没意义你也得过，那是不可思议的事情。我十六岁就投入了生活的最底层，当木匠，这不是我选择的，但我就去了解木头的纹理啊，我觉得很开心。你必须要热爱你置身其中的存在，因为人的命运不是你自己能够决定的，有很多偶然性的东西。我认真地生活过，经历过，这又丰富了我写作的资源。就像你现在的专业一样，你可能是被迫接受了这个专业，家长啊，为将来谋饭碗考虑啊，你本心不一定喜欢，但既然你已经被抛入这个存在，你可以主动接受这个事实，热爱这个事实。

东通：生活在昆明，怎么来发现它的美呢？

于坚：这个不能由我来告诉你，而是你来感受、发现。进入任何地方先抛弃你以前的想法。你要想于坚一直待着的地方一定有它的魅力。

东通：魅力，这是您留在昆明的原因吗？

于坚：这是我的故乡，而我是一个不能离开故乡的人。现在的教育就是一种消灭故乡的教育。现在作为故乡的昆明已经被消灭得差不多了。但是这里有我的朋友，他们是活着的最后的故乡，如果我去别的城市，我得重新建立这种关系。那你只能建立一种功利性的关系。但是像现在我还有这样的机会，六点有人约我和他去吃饭，没有任何目的，只是因为他从小和我一起长大，想念我了，世界美如斯。

东通：那您写诗的时候，是不是经常回忆过去的生活？

于坚：写作就是一种回忆，写作永远在生活之后。你拿起笔，生活已经过去了。写作是一种回忆,但是这种回忆嘛,当你拿起笔你以为你在写生活,其实你已经在虚构了。写作是一种对个人经验的回忆。

二〇〇八年一月

玩弄修辞、意象的诗人,只能算二流

木叶 × 于坚

木叶:还有印象自己的第一首诗,或者第一阶段诗歌的状态吗?

于坚:七十年代初,我写诗是从中国古典诗歌进入的,我一开始是写七律、七绝,还有填词,写了两三年以后才开始写新诗。第一首是填词,词牌是采桑子,内容已经忘记了。

木叶:我能冒昧地问一下,现在能够背一首自己写的古体诗吗?

于坚:这个记不住了。

木叶:有文本留存吗?

于坚:抄在笔记本上,有的。

木叶:对以前的创作是不认可的,还是对自己有一种帮助?

于坚:那个时候中国最流行的诗人是毛泽东,他就是写古典诗词的,所以我一开始写诗是受了这样的影响。古体诗词一般来说我觉得是比较老气横秋的写作手段,年轻人之所以开始写这个诗也是受到领袖的影响。后来我读了新诗,觉得古体诗词很束缚我的青春激情,特别是我后来接触到惠特曼的《草叶集》,我觉得这才是一种真正可以宣泄我生命力的形式,我就从此再也不写古体诗了。

木叶:记得柏桦也非常喜欢毛泽东,写过《左边》,在港台有出版。他早年也是写古体诗,慢慢转到新诗,特别喜欢唐代诗人张祜。不知道你比较欣赏的古诗……

于坚:我最喜欢的诗人是王维,《辋川集》,我几乎全部都能背下来。

木叶:现在能背的还有?

于坚:明月松间照,清泉石上流……莲动下渔舟……一下子想不起来了。当时《唐诗三百首》、一部分宋词、《古文观止》我都背过,但是好多年不背了,可以慢慢想起。

木叶:王维那种意境跟我读于坚先生诗歌的感觉,不一样。至少我觉得你的这种诗歌叙事性非常强,而王维的诗歌大多是一种直接抒情,或禅意加抒情,真正叙事性的东西好像不多。

于坚:其实我觉得是一脉相承的。除了王维,还有陶渊明,我觉得中国古代这一路的诗人,他的叙事,不是像现在这种展开得很具体,戏剧性很强,而是点到为止。但是他也是通过描述一种事实,然后暗示你说的那种禅意。这不是诗人故意的,而是读者感觉到禅意。诗人只是记录世界本身,这个记录当然不是照片或自然主义、现实主义式的,我指的是诗来自一种世界经验。表面上比如说"明月松间照,清泉石上流"只是描述了一个事实、一种经验,这种诗没有经验写不出来,想象力到达不了，但是我们在这里所感觉到的东西不仅仅是事实本身，还有超越经验的东西，这与读者的修养、道行深浅有关，道行浅的可能以为它就是事实，就是大白话。这种诗是真正中国的，西方这种诗不多，寒山翻译过去后，美国有些诗人悟到了这一点。陶渊明、王维和李贺是不一样的，王维、陶渊明这样的诗人是存在的诗人、道法自然的诗人，叙述自然的事实，但是里边隐含着很深的禅机。而不像李贺，他是玩一种词汇的组合，想象力和修辞的狂欢。王维的诗是看见世界，然后从内心流出来的东西，很自然的东西。李贺也看见风景，但他是超越现实地看，想入非非，喜欢升华、夸张，追求的不是朴素，他看见这个写下一句，看见那个写下一句，回到家里再组合成一首诗。宇文所安写过一本研究唐诗的书，他把它叫作"筑诗"，就是这种诗是用语词的砖砌起来的，他的写作是反自然的，不是道法自然的东西。李贺在文学史上是一个不能忽视的诗人，但是和王维、李白、杜甫这样的诗人比起来，我觉得他就是一种玩弄修辞、意象的诗人，只能算二流。道法自然和反自然一直是汉语诗的两个向度。前者是经验的、历史的，后者则是空间的、当下的。未来诗歌我觉得是后者的时代，前者只能知其不可而为之了。

木叶：是否可以这么讲，于坚先生其实还是注重从读者的接受上来看诗歌？

于坚：我觉得我比较关注的是经验，因为我认为作者必须和文明的经验有一定的关系，就是你要有一种普适性的根本的东西，而不是说仅仅是个人对世界的私密看法。我主张的是文章为天地立心，因为人皆有心，心是先验的，诗是心的记录。古人说"立心"，诗就是把心通过文

字立起来的那个东西。李贺的诗不是立心,而是造文,也是中国文明的一路。

木叶:咱们讲讲当下的诗歌,《尚义街六号》是一九八三年左右的?

于坚:一九八五年。

木叶:其实那个时候叙事诗在第三代诗人里边很少见,《尚义街六号》走得比较前列。

于坚:当时中国新诗的现状,朦胧诗是主流。朦胧诗就是有点李贺的那种东西,那种组合意象的东西。

木叶:朦胧诗有点儿像李贺?

于坚:它就是有点像那个流向的东西。朦胧诗早期对主流意识形态的反抗就很文雅,越到后来就越成为筑诗了。我耳朵不太好,我主要是通过眼睛和这个世界发生关系,我是看见世界,而不是去想象这个世界,我后来为什么喜欢摄影、拍纪录片,都是有关系的。那时公认的诗就是朦胧诗。朦胧诗的争议不是围绕着是不是诗,而是看不懂,对于诗的认定,人们是没有异议的。《尚义街六号》当时写出来的时候,周围的朋友都认为这不是诗。他们认为这是很好的东西,但是要在我的名字框了黑边之后才能发表出来。

木叶:这是谁说的?

于坚:李勃。《尚义街六号》的朋友。那时候中国的诗是抒情的,或者说它是强调意象的,它很少有面对事实本身的东西。我那时候描写的就是我周围的世界,但是,这个世界并不是一种就事论事的流水账式的记录,而是里边流露着我对人生和世界的感悟。调侃、反讽,就是今天中国已经流行的这种东西，说不定就从那首诗开始的——在那个时代，中国人已经丧失了幽默感，没有幽默的诗。朦胧诗里找不到一首作者自我调侃或者调侃朋友的诗，更别说调侃的是时代了。《尚义街六号》是以一种幽默的态度来对待时代的严峻的。

木叶："老吴的裤子晾在二楼/喊一声胯下就钻出戴眼镜的脑袋"，这的确是一种很幽默的状态。

于坚：其实中国古代有把朋友写进诗的先例，比如《酒中八仙歌》写的就是一伙儿哥们儿在喝酒。比如李白调侃杜甫："何故别来太瘦生，只为从前作诗苦。"这样看，我实际上不是走在前面，只是和中国古代传统重新接轨……我那些朋友都是非常优秀的。

木叶：好几个现在已经成名了。

于坚：他们有名得不得了，呵呵。朱晓阳现在是北大人类学研究所的副所长、人类学家。

木叶：还有纪录片导演吴文光——老吴。刚才提到朦胧诗里缺乏幽默，我们接触到朦胧诗更多是从北岛那里开始，那我想知道于坚先生怎么看待现在的北岛。宇文所安其实对北岛是有批评的。

于坚：其实我在八十年代，在《尚义街六号》的时候就说过，朦胧诗是一种城市青年很矫情的写作，那是有很浓重的学生腔的东西，那时候他们都是青年，实际上他们对人生、社会、历史的感悟，我觉得是不成熟的，有一种青春的激情和首都文化沙龙圈子里的优越感，那时代确实能够唤起被压抑的一代人心灵的呼应。但是，作为诗来讲，我觉得是不太成熟的。

木叶：那么怎么看待北岛，他一直在写，在国际上呼声又那么大，多次获诺贝尔奖提名。

于坚：我觉得国外的汉学家对中国文学的深厚、辽阔缺乏了解，他们只懂普通话嘛。朦胧诗人肯定是一群诗歌天才，黑暗时代中的光，我一九七九年第一次读到《今天》是很震撼的。朦胧诗是在北京的，在北京那里较容易和西方搭上线，西方首先注意了朦胧诗我觉得也是正常的。其实那时在外省有很多诗人在写，像我这种，北岛在写的时候我也在写，但是我们的诗歌一经冒出水面时就变成"第三代"，（同代的）都是比我年轻的人。我在遥远的外省，这有很大的关系。

木叶：但是外省其实也成就了你。

于坚：对，外省因为远离中国的政治中心，比如说在中国南方，诗人更关注的是日常生活，怎么过日子，关心的是爱情、人生这些正常的东西，时代和意识形态对我们来说是一个次要的东西。就不像朦胧诗，灵感主要是来自于那个时代对人的压力。朦胧诗里看不到人生，主要是时代。我的诗完全是来自大自然和日常生活的，就是和人生有关的。二十世纪的中国文学基本上是反生活的，生活是一种罪行，生活被各种主义、乌托邦的尺子折磨得遍体鳞伤。"文革"说到底就是对日常生活的革命。

木叶：这一点很重要，就是说较早地把日常生活带进诗歌，于坚的作用蛮大？

于坚：我觉得也不是我一个人，上海的王小龙也是一个这样的诗人。当时我看到他的诗，还有韩东、丁当的诗，有一种"心有灵犀一点通"的感觉。因为那个时候的诗要么就是写对黑暗中国的愤怒，要么就是写一种模糊不清的、想说这个但是又不敢明说的那种，更多的是歌功颂德，诗歌没有人生，没有生活世界。所谓的朦胧，或者就是一种意象的组合。那种直截了当地表达存在，表现人生场景，巴尔扎克《外省生活之场景》那样的东西很少。包括性，"那年纪我们都想钻进一个裙子里/又不肯弯下腰去"，这些是朦胧诗完全没有的。我觉得长江以南的地方是更热爱生活的地方，是过日子的地方，北方更关心形而上、革命、时代、广场、主义这些东西。

木叶：那时代比较有名的事件，是海子的自杀，后来是顾城的杀妻自缢。

于坚：顾城、海子我认为都是非常青春的诗，比较适合年轻的读者，充满着浪漫诗意的那种憧憬。我认为诗是没有年龄的，我的第一本诗集是《诗六十首》，在前面的自序里就说，我的诗不单是要征服年轻的一代，也要征服那些较为世故的人群。我那个时候就不是为年轻人写诗，是在为所有的人写。我认为诗没有年龄。如果你的诗只是中学生、大学生喜欢的话，我认为是有问题的。

木叶：然后，有一个很大的论争，知识分子写作还有民间写作（盘峰论争，1999年），把于坚归入民间写作。时隔十年了，再回望，想法会有所变化吗？

于坚：我觉得这种争论首先它是中国五十年来第一次不是由官方对诗人的一种讨伐，在这个之前的所有争论都是官方对诗人的一种批判，包括对朦胧诗的批判。但是民间和知识分子的争论，是第一次诗人之间的争论。这个争论，当然有诗人们的意气用事，但也在争论一些很重要的问题，比如说诗是崇尚天才、道法自然，"诗关别材"还是崇尚知识。其实说远点，这个争论从宋代就开始了。而更重要的是其中所引发的一些东西，在今天我认为正在成为一种共识。比如对汉语危机的警觉、对全球化的焦虑，十年过去，我认为那样的争论应该是一种写诗的兄弟之间的争论，不是你死我活的阶级斗争、政治斗争。现在很好，又回到各写各的，各行其道，好不好让时间、读者去说话。

木叶：我觉得两方面在争论，但潜在之中还在互相学习，于坚先生是否也在用一种"知识分子"的或者说一些共同的语言、技巧在书写？

于坚：其实你要说常识意义上的知识分子，我肯定是，毫无疑问。但反感那种"知识分子优越感""文凭优越感"。有些诗人不明白诗是高于知识的东西，他以为诗也是一种知识。孔子不是说嘛，"多识于鸟兽虫鱼之名"，我认为孔子对诗的理解不如老庄，中国最好的诗歌骨子里是仙风道骨，而不是儒家那一套。"知识分子"所喜欢的那些诗我都读过，我觉得语言有各式各样的可能性，写作也有各式各样的向度。我反对用一种写作来唯我独尊，这也是当时和"知识分子"争论的起因。因为本来八九十年代大家都是朋友，但是可能私下并不服，这个是自古以来就存在的，不重要的，每个诗人都是自己的纳粹嘛。大家也不会去公开褒贬，相信酒好不怕巷子深，相信"桃李不言，下自成蹊"嘛。大家都是在一个共同的、所谓先锋派的写作群体里。但是，知识分子写作的批评家后来就率先要出来清场，搞唯我独尊，只有知识分子写作，少数几个写得像某某赫斯、某某德林才是明灯，其他都是泥泞，这个是争论的起因。反过来，说到所谓民间这些诗人，如果认为只有"民间"才是老大，我也是坚决反对的。我介入这些争论是基于我的自由主义立场。要创造一种道法自然的写作生态，谁好谁不好，那是时间和读者的事，和你诗人没关系。不能说诗人自己用话语权暴力强迫人家承认，我是坚决反对这样的。

木叶：来自内部的争论，而不是外边政治的强加。这是好的。

于坚：对，它是诗人内部的争论，也是对诗歌标准的争论。因为诗歌标准过去一直由权力来决定，已经成为真空。

木叶：那我就沿着这个问题问，于先生心目中什么样的诗是好诗？

于坚：一首诗是一个场，召唤灵魂的语言之场。诗就是那些可以蛊惑人心的语词。当你被蛊惑的时候，你就进入了一首诗。那些语词经过诗人的组合，具有返魅的力量。读一首诗就是被击中，而不是被教育。一首魅力四射的诗是一个塔。塔的基础部分人人可进可懂。个人的修养（心灵、感觉、阅读积淀、知识结构）决定你可以进入诗的哪一层。诗最核心的塔顶部分，只有少数读者可以进入。但如果只有这个高处不胜寒的少数，没有下面的基础，塔就飘在天上。齐白石说"太似为媚俗，不似为欺世"，媚俗的诗只有一层，欺世的诗只有飘在天上的尖。好诗是，其最大的一圈是引车卖浆者流都明白的汉语，其最小的一圈是禅。好的诗歌是七级浮屠。深度属于最小最核心的一圈，最基础的部分，那个外延只要懂汉语都可以进去。一座塔是一个立体的场，也可以用佛教的"坛城"来比喻。"汉魏古诗，气象混沌，难以句摘。"王国维所谓"有篇无句"，是新诗气象。一首诗就是一个语言的场，"篇终接浑茫"。

就是语言已经被创造成为一个场,进入"意有所随,不可以言传"的境界。主题、意义、情绪、修辞、深度……都是小于场的东西,而这个场是心的在场,语言在这里已经消失,所谓"得意而忘言"。又说到玄学了,确实,心是什么,在中国经验里,这是大家都知道的,但无法定义。论语讲的就是心,但孔子始终只是在说心在人生中的不同状态,"六合之内,圣人论而不议"。

诗是语言创造的一个存在之场,离开了这个场,诗就不存在。

木叶:补充问一下,就在"盘峰论争"前不久(1998年),朱文、韩东有个"断裂"问卷,第七个问题为:"你是否以鲁迅作为自己写作的楷模?你认为作为思想权威的鲁迅对当代中国文学有无指导意义?"你书面回答:"我年轻时,读过他的书,在为人上受他影响。但后来,我一想到这位导师说什么'只读外国书,不读中国书''五千年只看见吃人',我就觉得他正是'乌烟瘴气鸟导师',误人子弟啊!"我的问题分两方面:一、今天怎么看"传统"与"断裂";二、不同年龄与心态的你怎么看待文学的鲁迅、思想的鲁迅与作为一个人的鲁迅?

于坚:断裂是韩东的观点,我并不完全认同。你说的那个书面回答,其实很简陋,我当时并不知道这是要登在报纸上的,只是想到一点就写下来,那个问题下的空白也就够写这么多字。如果我知道后来会拿去发表,我是要说得更全面的。答问卷嘛,总是有点语出惊人的心理。"乌烟瘴气鸟导师"是鲁迅自己骂别人的话,我读过他的全集。我从来不以为写作必须与传统断裂。我冷淡过传统一段时间,但从来没有断裂。文学观念可以反动,但语言无法断裂。"五四"一些革命家很明白这一点,他们意识到根本的断裂只有废除汉字,但他们做不到。如果汉语拼音化了,汉语今天会是什么局面?惨不忍睹。那意味着《四库全书》只是一堆废纸。给你讲个故事吧,我去年去日本,与日本青年诗人交谈,语言不通,但可以通过写繁体字进行一点简单交谈,日本青年诗人后来问翻译,他懂日语?他们以为汉字的正体字是日语!

我是肯定鲁迅的,尤其他的短篇小说,他是真正有水平的作家,不一定是《阿Q正传》,而是《在酒楼上》《范爱农》这些。他是一个典型的中国作家,与乔伊斯、普鲁斯特、卡夫卡对文学的认识不同,他是属于中国文政合一这个传统的。他写作"疗救"的想法其实与古代"以文治世""先天下之忧而忧"是一致的,他像杜甫一样,是为了"再使风俗纯",他是要文以载道的。我青年时代很崇拜鲁迅,因为他是唯一的中国作家,在那时有限的可阅读的书里面,他的作品是我以为真正可称为文学的那种东西。但在我青年时代,"文以载道"成为泛意识形态,文学沦为说教工具,这令我对"载道文学"非常反感,受到西方那个"纯文学"传统的影响。但我也看到,"纯文学"在中国泛滥的后果是,文学被边缘化了。西方文学不必担心文学被边缘化,乔伊斯《芬灵根守灵》根本不担心边缘化,就是写给教授、字谜迷们看的。文章为天地立心,"立心"的事有教堂负责呢。资本主义、市场再凶恶也不会导致世界末日,有新教伦理在呢。但中国不同,精神秩序靠的就是文化,尤其是文人,靠的是"文章为天地立心",纯文学使文学成为知识分子的一个专业学科。我肯定鲁迅"立现代中国之心"的努力,但我也意识到他的矛盾,"为天地立心""文以载道"本身就是五千年以来"中国书"的大传统，五千年不只是吃人。鲁迅是个耐得住读的作家，就是他的杂文，也随着时代的变化，别有新意。文以载道，往往容易被意识形态利用，以此一时彼一时的主义、立场来取代。另一方面，对人的无情批判也容易导致对人性多样性的蔑视，冷血。满世界都是尼采的"超人"还了得，纳粹，不就是要把所有犹太阿Q都灭绝掉嘛。阿Q们固然不幸不争，但中国精英也一贯以此作为自己冷血的借口。汶川大地震，重新回到"生命高于一切"，不容易啊！鲁迅语录在"文革"时代非常流行，利用的就是他对人的无情批判这一面。鲁迅自然无须对此负责，伟大的作家总是阴阳同体、正反兼备的。林语堂们只有博爱这一面，格局小得多。但伟人的只言片语对于我等后生的影响，也是一言难尽的。我早年读的是中国书，还只是入门，接受鲁迅后，真的是一本中国书都不看了。后来逐渐对此有所反思，重新发现中国思想，这有一个过程。没有"文革"对中国古典思想的全面否定，我不会在今天越来越意识到老子、孔子是已经被彼岸化的中国"圣经"。

木叶：于先生很重要的一个作品，应该算长诗了，《0档案》。有一个很重要的批评来自张柠，"词语集中营"。《0档案》我看完之后觉得非常好。自己觉得这个作品它有什么遗憾的地方吗？

于坚：我觉得没有什么遗憾的，因为我写任何一个作品都是用尽全力，韩东也是这样的，我们对写作是非常严肃认真的。

木叶：但是"词语集中营"其实也含有一定的批评意义在其中。

于坚：这个不仅仅是词语的集中营，它就是"文革"的集中营。因为每个经历过中国二十世纪生活的人都可以从里边感受到那种压抑感，是吧？我本来以为它只是中国现场的人才可能写出来的东西，离开中国的现场可能就好像变成"中国特色"的东西，但实际上不是。《0档案》后来翻译成法语在巴黎《PO&SIE》发表，副主编穆沙先生非常喜欢这个诗，将它在头条发表，他说这个诗应该给法国的中学生看。我当时听了很吃惊。他认为里边写的东西就是没有中国那种背景，它也是一种人类经验，因为在法国也能感觉到档案对个人生命的控制。可能它的形式不是中国这样的，但是那种控制本身，对生命的异化、档案化本身，他能够从这里边感受到。

木叶： 这个蛮有意思的，我还想讲一些，还有一首就是讲乌鸦的，《对一只乌鸦的命名》。因为国外很多大师写过乌鸦，像爱伦·坡、斯蒂文斯等。

于坚： 太多了，卡夫卡就是乌鸦先生嘛。

木叶： 这种抒写其实等于想回到原初状态，对一个东西的原始认知，不带任何的所指……很多人也觉得这种创作还是有点儿西方化。

于坚： 其实我的写作有很多向度，我也尝试反自然的写作。说到底，写作如果道法自然的话，就要承认"天地无德"，如何写就是"天地无德"。如何写没有什么是错误的，重要的是，是否"为天地立心"，在立心这点上，我接受儒家的思想。我有时候也对语言本身进行一些思考。我觉得乌鸦除了你说的对能指和所指的破解之外，它也隐含着其他的东西。它也和中国的现实是有关系的，因为那个是一九九〇年写的，那时候反正也是我个人状况、心境不太好的时候。乌鸦对于我，不是爱伦·坡意义上的乌鸦，绝对是中国意义上的一个乌鸦。

我就是一个乌鸦，我想说的只是我本来的黑，并不是我故意要针对某种庞然大物，或者是什么社会。我就是那个黑，但是我也逃不脱这种命运。

木叶："下半身"也是世纪之交很热闹的一件事情，主要是引入性。这里边有很多成员，有一些，像尹丽川写得非常好。对于这种概念性的东西和实绩来讲有什么想法？

于坚：其实世纪初以来的诗歌，最好的诗人，我印象最深的主要是"下半身"的。

木叶：二十一世纪以来好的都是"下半身"？

于坚：不都是，"下半身"这个概念并不重要，重要的里边出现了我认为比较好的诗人，不只这些，其他的我可能没看过。朵渔，沈浩波、尹丽川、盛兴、方闲海、巫昂，水晶珠链、旋覆……是吧？还有……

木叶：水晶珠链算"下半身"吗？

于坚：准确地说哪几个，说不清的，因为他们没有那种入会的手续什么的，就是这些人在一块玩。但是实际上，它多少和我也有关系，我曾经在《棕皮手记》里说过"中国当代文学没有下半身"之类的话，

木叶："下半身"这个词是从这儿来的吗？

于坚：有人说"下半身"是从我这里来的，我不知道。

木叶：这句话的原文我想听一下。

于坚：就是说中国当代文学没有下半身。

木叶：这是《棕皮手记》里边的是吧？

于坚：好像是吧。

木叶：其实刚才讲《尚义街六号》里边也有身体暗示，但是于坚的作品好像没有像他们这样直接把这个东西放大，或者说用这种明目张胆的方式来表达？

于坚：这可能和我这个人的修养有关（笑），我这样的人不太容易直截了当地讲。其实"下半身"，本来这是一个非常丰富非常有魅力的写作方向，但是他们其实还是将下半身意识形态化了。

木叶：也有它的问题。

于坚："下半身"成了一种攻击或者发泄的写作对象，我觉得有很多写的是很不自然的。我最近看了巴西诗人安德拉德一些写性的诗，他生前没有发表，死后才发表。荷兰有个导演就把这个诗拿到巴西去，写得非常直接，阴茎这样的词都是直接出来的，但是他写得很有感觉。电影里有个读者的评论非常牛，说他虽然写的是性，但是他写得"很害羞"，写性能够写出害羞的感觉，那才是真正地写下半身。但是，大部分"下半身"的诗，我认为可以说完全是下流、不入流、没劲。性是一个非常有深度的东西，是人类生命里边最有深度的一个部分，但是写到下流我觉得非常容易。

木叶：应该让他们听一听。顾彬说中国作家写的作品，中国文学是垃圾，但是他跟中国诗人的对话非常愉快。那几个诗人的名字里是不是有于坚？

于坚：没有，但是我和他也是认识的，我觉得他说的中国作家的这一部分，很多话我是同意的。

木叶：比如说？

于坚：比如他说他们老是在打麻将，没有什么思想……对某部分中国作家来说，我觉得确实是，但是我认为他接触得太有限了。我认为我知道的中国作家和他说的完全不一样，比如说韩东、朱文、顾前这样的小说家，还有金海曙、贺奕……

木叶：好多都是"他们"这一系嘛。

于坚：也可能是我有所偏爱吧，但是我觉得他们的小说确实写得很棒，不是我一个人这么想，但是我估计顾彬可能都不知道这些人。他知道的都是明星作家，他把明星作家、少数的明星看成了中国作家，我觉得这是他的幼稚之处。

木叶：刚才也提到没有思想这个观点，但是有些人就认为作家是不需要思想的，可能此思想非彼思想，那么于先生怎么看？

于坚：我不用思想这种词，我觉得作品应该是有灵魂的，而不是说你只是在玩弄你的叙述技巧，你的小说读完了让我们想起罗伯·格里耶，想起图森，然后批评家就认为，你这个和图森怎么怎么。我觉得那种小说是非常狗屎的。我对这种小说非常鄙视。我觉得不管你写什么，你是要为这个民族的语言召唤灵魂。我觉得我们没有时间来读那些只有大学教授评论家才能够搞清楚的东西。而且小说相对来讲它是一种更为通俗的东西，我觉得九十年代的小说，变成一种先锋派的各种写作技巧的实验，导致今天读者逐渐抛弃先锋派的小说，而一些不入流的青春小说取代了它们，也是必然的，没办法的。

木叶：你刚才提到先锋，很多人都将于先生列入先锋诗人，第三代诗人很大程度上是一种先锋。你对先锋小说持一种什么观点呢？比如说典型的先锋小说家，余华、苏童。

于坚：苏童的小说我觉得不错，但是余华的小说我不喜欢，一开始我就不喜欢。

木叶：为什么？

于坚：我认为是一种写作上的聪明，是一种很聪明的写作。

木叶：记不起来是谁说的了，小说家不能太聪明。

于坚：我觉得如果你太聪明的话，离心就太远了，心和聪明是两个东西。离本质性的东西太远。

木叶：平常自己读不读一些刚刚翻译进来的很流行的作品，不一定是通俗的，比如诺奖得主帕慕克的《我的名字叫红》，或者说奈保尔的？

于坚：诺贝尔文学奖的书我看得很少。但是奈保尔的我看了，我觉得奈保尔不错。

木叶：苏童也很喜欢奈保尔。

于坚：《我的名字叫红》我倒没看，就我看过帕慕克的一两本来讲，不是全部，我认为是二流作家的作品……但有一个前提，就是我只看过的一两本。

木叶：两本是？

于坚：我看的是《伊斯坦布尔》，他的自传。我认为他对人生和世界的看法，对我来讲，比较简单，没有那种复杂和丰富。

木叶：这倒也是。好像好多人对他不是特别看好，甚至认为，在他之前也是类似书写方式的。艾柯，他很厉害，但是他没有得诺奖。

于坚：艾柯他写的很短的那种随笔，我认为非常好。我看了一本叫

《带着鲑鱼去旅行》,我认为那本书很好。

木叶:那真是,外国人很怪,人家是学者,还写小说,还写专栏,专栏写得都是通俗易懂,老百姓也能看,你有知识能看出更深的来。

于坚:说的就是,西方的前卫作家写小说都是一本正经的,把它作为论文去写,那种不叫小说,叫小说论文,但是他放下架子,回到本真的时候可以随便写,反而他本真的东西都出来了。包括卡夫卡都有这个毛病,卡夫卡《K》什么的,我有时候就觉得是小说论文,但是《卡夫卡日记》我留下永远难忘的印象,非常放松,非常随便。

木叶:他说上午战争,下午游泳什么的。

于坚:我觉得这是德语作家、英语作家的毛病,俄罗斯作家没有的,俄罗斯作家有点像中国作家,写作是一种天人合一的东西。

木叶:这是什么意思?

于坚:俄罗斯的作家的小说既有那种悲悯的,就是对命运的关注,又有小说的那种非常一流的叙事技巧,读他们的小说,你可以置身在一种命运之中,而不是在审美距离地看这个作家在玩什么花样……我觉得现在这种罗伯-格里耶式的作家太多了。罗伯-格里耶是一个相当不好的作家。我以前就读过他的东西,现在我认为他基本上是在写一种关于小说叙述的多种可能的论文。

木叶:刚才提到俄罗斯,我想追问一下,刚才提到人家那种置身命运之中,他其实有对抗的精神在体现,大家也会反思,同样是一种"共产主义"体制,或者说这种状况,为什么人家的作家那么能够敢于进入公共语言、公共社会和公共的状态,而中国当下作家都是一种失声。

于坚：也不要用整体这样的概念，我觉得还是有这样的作家，朱文的那个《弟弟的演奏》，写的是那个时代年轻一代的生命状态，写得非常好。

木叶：因为他其实是有一种……

于坚：对，又有了那种。你可能说的是对历史的反思不够，是吧？但我觉得诗人完全不一样，我们在这方面没有什么愧对读者的。

木叶：那还是没有像帕斯捷尔纳克写出《日瓦戈医生》这种把民族史剥开，然后又把自己扔进去的这种状况的作品出来。

于坚：我觉得不能简单地比较，一个是我们的写作还在进行，未来是难以预料的，而且继续在写作的人、写得很好的人，不是一个两个，都在写。你说的帕斯捷尔纳克是已经完成的文学，而当代文学还在继续。我想当代文学，一个伟大的作品必须和它的时代之间有一种距离，可能作家还需要这个时间吧。"文革"离我们很近，我们这一代人就是"文革"之后的作家。我二十年前、三十年前，可能对那只是一种单向的愤怒，或者是别的。但是，我到五十岁，我看"文革"，我觉得那是一个非常开阔的东西。现在我觉得我慢慢可以写这些东西。而在这个之前，我个人并不是没有写，我可能没写长篇小说，但我写了很多诗。

木叶：那我想问一下，帕斯捷尔纳克写诗又写小说，而且小说也很出色，如果看什么西川、王家新还有于坚，都主要是诗歌，还有散文，没有进入真正小说叙事的领域，为什么？

于坚：我觉得小说说到底主要还是一种西方写作的样式，中国现在还很少这种标准意义上的西方式样的小说。中国的传统的写作，实际上我觉得它是一种更为丰富、复杂的散文，它不是严格地要按照典型化塑造人物的这种东西。我觉得从潜在来讲，小说也不是汉语作家的写作习惯，你不能说我这个散文是通常以为的那种散文，我觉得我的散文是很重要的，你可以说那就是我的小说。

木叶：这观点很有意思。其实很多人都认为于坚的气场很大，因为他写的散文可能有点行走的概念在其中，把整个疆域都写入其中，等于是又有点民族和地方特色，然后再加上诗性，是不是有意往这个方向走？

于坚：因为我是一个中国诗人、中国作家，中国的传统写作已经渗透在我的血液里了，这种是不知不觉的。现在我也想，这种写作从《论语》就开始，就是行走式的。《论语》就是在路上的箴言。它是孔子跟他的学生到处去行走，行走在大地上，有所感悟，随便说出来的话，记录下来。

木叶：其实《史记》也是，司马迁曾到很多地方考察。

于坚：二十世纪我们很多的观点都是从西方来的，衡量当代中国作家的写作，有些对不上号。实际上我们不是说没有你说的帕斯捷尔纳克那样的作品，而是已经出现，但不是那种方式。如果说影响人心的力量，我觉得并不弱。因为不是大家所期待的所谓长篇小说，大家认为好像就没有冲击力了。可能我觉得过一百年，人家看今天的中国当代文学，认为是一个伟大的散文时代，那也未可知。

木叶：这种自信，有种感觉是对自己的一种相信。

于坚：如果一个作家面对五千年的浩繁的文简，你没有一种天赋的自信的话，敢写吗？不敢写。

木叶：还是顾彬讲的，他说中国的小说没有进入世界文学，但是中国的诗歌进入了世界文学。

于坚：我觉得后者也很可疑。我觉得进入世界并不是中国写作的一个方向。

木叶：也不是说"进入"，他的意思就是说中国当代诗歌"是"世界文学。

于坚：我觉得这个说到底，爱看就看，不看拉倒，我的读者是那些说汉语的，我是为说汉语的人写作的。至于那些非汉语的人，他愿意看，或者不愿意看，那是另外一回事。所以，至于说中国诗歌是不是进入了世界视野，我觉得也很可疑，可能就是进入了顾彬的视野吧。顾彬是以世界自居的，他自己认为他就是世界，他认为他是世界的代表。

木叶：咱们换句话说，谈谈汉学家，刚才你说顾彬代表欧洲德国的地区，美国有翻译家葛浩文，还有正在研究唐诗的宇文所安。关于这些汉学家的评论，你关注吗，在意吗？

于坚：这几个人我都见过。但我看得比较少，我知道得很少，我觉得这是不重要的。宇文所安对唐诗的研究是很认真的。现在很多作家很在意这个作品能不能翻译出去，我觉得我的作品首先是给我父母看的，给我的朋友看的，如果他们喜欢，这个对我是第一重要的。我走在昆明的街上，有时候会遇到一个人站着和我握手，说我看了你的书，改变了我的人生。我觉得这个对我来说是最欣慰的事。其实我不太相信翻译，翻译其实就是用译者自己的语言来转述原作，而真正好的作品是无法转述的,那是一个场,怎么转述?翻译作品真正好的,那译者其实是个作者。

木叶:我前几天就采访韩东,他提到一个话题也蛮有意思,他认为如果说中国当代诗歌,有一个拿到世界上,跟世界级的大师相比不丢脸的诗人,是杨键。

于坚:我觉得韩东他是一个心地非常坦荡的人,他不吝惜这样的字眼去夸奖他热爱的诗人,这点我非常敬佩韩东,我认为一个作家就是要这样。

木叶:他还说远远超过自己的作品,自己的作品不能跟他比。

于坚:对,人要有这样胸襟,这点我非常赞成,他没有嫉妒之心。其实韩东是很自信的家伙,自信,所以不吝惜赞美别人。

木叶:但是具体诗歌怎么样……这个判断本身就是另外一个东西。

于坚:我也很喜欢杨键的诗。但是我觉得这种判断,它是一个未来的事情。韩东作为当下的作家,他做这个判断我觉得是非常真实的,不是那种夸张的东西,他这个话不是说过一次。

木叶:其实民间也有一种说法,不知道是谁,就说杨键是"当代杜甫",说到底杨键还很年轻。

于坚:我想杨键他是不会在乎这种话的,如果一个诗人要靠这种话来增加自己写作的信心,那这个写作很可疑。

木叶:杨键有一条特别好,就是人和诗是一条路上的,你看到人,看到诗。

于坚:对。对。他是自然的,完全不做作。

木叶：还有，面对这种泛娱乐化的存在，别说诗歌，小说都越来越边缘，于坚有没有一种焦虑感？

于坚：我觉得很多作家或者说知识分子把语言玩成了一个象牙塔里边少数人的游戏，这种风气的弥漫，是使文学边缘化的一个原因，不能去怪读者。中国是一个缺乏宗教传统的社会，它是靠文化来引导人生的。那么，作家在古代是文人，古代的文人不只是写诗，文人是写诗写散文什么的，写一切的东西，还要关心政治。你看苏东坡，为什么中国古代的文人，他既是文人又可以是政治家，是因为文人本身追求文以载道、入世，文人是塑造人生、呼唤灵魂的角色。可能西方人是政教合一，中国是文政合一，文化和政治合为一体的。天人合一这个根在中国真的是很广泛。古代作家的写作不是一个玩弄文字技巧的东西，但是也有例外，比如说贾岛、李贺，但是整个来讲，文人就是要为天地立心的，就像杜甫那种伟大的诗人。先天下之忧而忧，他们的作品有广泛的影响力，但是二十世纪我觉得受西方文化的影响，写作就逐渐地变成一些专业性的东西，变成一种作家的智力比赛，放弃了对灵魂的召唤，所以被边缘化了。

木叶：我觉得，一个焦虑来源于自己和传统的断裂，另外一个焦虑来自于国外的影响，就是说我们的技巧很多，就像小说一样的，新诗其实也来自国外，这个双重的焦虑是否在于坚先生这里存在？

于坚：我一直在调整我的写作，不断地思考这个写作怎么重新回到天人合一。

木叶：我看到你好几次写的文章都是在往古代走……

于坚：有很多古代说得很清楚的东西，今天被西方的理论搅了以后就变得很玄奥了。过去诗人的写作本来是有宗教那部分功能的，与灵魂有关系的。但是现在的写作是和超现实主义、后现代、狄兰·托马斯、语言学有关系。一个普通的读者，和这些知识东西没有任何关系的人，就无法进入你所谓的文本。所以说成了一种知识的炫耀。往古代走，并不是说去写格律诗，而是获得一种精神上的历史感。

木叶：补充问一下，沈浩波五月六日在博客上说，去年于坚跟伊沙绝交，是因为伊沙在一首诗中嘲讽了于坚在人民大会堂参加作代会时合影的情形，这实际上是中国诗歌界一直存在的对于体制化写作的蔑视和质疑，是对于坚为求名利的最大化而日益体制化写作、献媚化写作的质问，是体制外与体制内两种不同写作精神的交锋，是对当年的先锋派如今深陷体制化写作的不满；而于坚与沈浩波的绝交，则是因为沈在一篇质疑诗人杨克的网络回帖的末尾，对于坚的东方复古主义进行了批评。我想，关于"名利最大化""体制化写作""献媚化写作""东方复古主义"，于坚先生或许有话要说。

于坚：哦，他们怎么能这样说呢！我和他们认识都在十年以上了，他们还在上大学读书时就与我联系了，我一直对有才气的年轻人怀着善意、关心和尊重。他们来电话或去昆明我家里找我请教，我也耐心解答，我家就在文联，还喝过我的茶呢！他们都知道我大学毕业后就分配在文联文艺理论研究室编刊物，人民大会堂我又不是第一次去，一九八六年全国青年文学会议，就是在那里开的。我那些作品都是在文联大院的宿舍里写下的哦，他们不是一直都在叫好吗？在琢磨吗？都是口语！

我一直都这样的啊,为什么十年二十年前不说?在帮助青年诗人成名上,我也做了不少事情,他们有些诗是写得不错的。现在是怎么了?不说一日为师,起码也是语重心长吧?我可没有像我那个时代的诗歌长者对待年轻的朦胧诗人那样对待他们,年轻一代居然给我戴帽子!唯我独尊、党同伐异、戴大帽子这一套真的太老旧腐朽了,改革开放都四十年了,我还以为时间已经塑造了另一代人呢!在自由主义、宽容这一点上,我先锋得还真够孤独。我还是保持沉默吧,我害怕杀熟,害怕大义灭亲,中国的现代经验,熟人一旦起义,过去交往的历历,就都是把柄,会被理直气壮地揭发的。

看看老庞德评论惠特曼,庞德说:"任何人,只要他曾写下惠特曼'夕阳下的微风'里面那样的句子,就不得不热爱他。"唉,我们热爱谁?我们只想革命。这是中国,许多事情真的是无可奈何。

木叶:有没有另一种焦虑——我的作品当下读者不看了?

于坚:不看就不看嘛,不担心这个。这种可能对于我来讲,过去、现在都不存在,因为我想象的读者是更为广阔的,既包括比如说父母、朋友、同学,也包括李白、杜甫这种,是一个更为辽阔的东西。

木叶:什么意思?李白、杜甫没时间读了……

于坚:我把他们作为一种潜在的读者,我会想我的诗写了他会怎么看,我可以想象,我是不是在他的水平上写的。我其实是为想象中的读者写作。

木叶:这其实是另外一个概念,比如说李白、杜甫,还有一些诗人,比如说王维,其实已经成为一种经典,成为一种传统,他们是为中国的诗歌立法。

于坚：可以这么讲，但是简单地讲，他就是我诗歌上的祖先，他就是我的爷爷，已经死去的老祖。我从来没有感觉到他们已经死掉了，只是觉得他们在冥冥中看着我。

木叶：还有一个，庞德说过技巧是对人的真诚的一种考验……

于坚：一个诗人当然要不断地锻炼他应用语言的能力，年轻的时候《新华字典》我是背过的。我都忘了，我母亲告诉我的，我小时候就拿着字典看，这是最基本的，必需的。你说《对一只乌鸦的命名》也是有技巧在里边的，但是我觉得这个不是写作的根本。因为作家就像古代部落的巫师，灵魂不安的时候需要巫师去解释天文地理的，召唤你的灵魂，使你重新安心。

木叶：很多人说《九歌》，认为就是一种"巫祝之诗"。

于坚：对，屈原就是一个大巫师。如果你在那里装神弄鬼，叫成那样，呼喊成那样，做了一番动作什么也没有召唤出来，那么部落就要把你边缘化，抛弃了。

木叶：这个问题还可以往下讲，就是说相信神吗？

于坚：我是有神论的。

木叶：是泛神论吗？

于坚：对，泛神论，我是相信，你必须要尊重神灵，而且我这种不是书本上来的知识，我在云南那些部落里边，我亲眼看到的那些东巴教的巫师做法事时发生的神秘变化。巫师在作法的时候，他创造的那个场，使你感觉到某种……并不是说他把什么弄弯了，把什么搞断了，不是那种，那种太低极。

木叶：牛顿研究科学很大成就了，最后又去信任神了。就是说你到达一定高度的时候，你发现是有一个"第一推动力"：谁在最初启动了宇宙。

于坚：爱因斯坦最后说他的相对论，就是一首诗嘛。

木叶：就是说文学创作或者整个散文、诗歌，有没有一个梦，或者换一个词，野心？

于坚：我觉得所有的野心都是在写作的过程里边，写作就是我的白日梦，我写东西的时候完全是做梦的状态。

木叶：写作的时候完全是做梦，最主要是写诗的还是写散文？

于坚：写散文的时候也是一样，周围的事情完全忘记，那种感觉和东巴教的那些巫师作法是一样的。

木叶：就现在如果你这边，右边这里是在用助听器，前面已经提到一点儿了，这个耳朵对于创作的影响，其实往往不利的因素反而引向一种好的存在状态？

于坚：我觉得这是天助我也。

木叶：是两只耳朵都有点听不清吗？

于坚：对。两只都有点弱。

木叶：这是从什么年龄开始的？

于坚：五岁的时候打链霉素。我病得差点死掉，肺炎。医生说这个小孩会死的，我母亲是哭着求医生，后来用过量的链霉素，到七八岁上小学，发现我耳朵有一点毛病。但是不是特别严重，十六岁进工厂分工作，告诉厂里自己耳朵不太好，结果说耳朵不好正好去当铆工，那是最响的工种，当了十年工人结果耳朵更差。戴上助听器问题就比较小了。

木叶： 那么就影响了你观察社会的能力了？

于坚： 不知道，我眼睛很厉害。可能因为中国文化是习惯于听的，聪明，聪在前，明在后，听话要听音，言此意彼，不太注重事实本身。

木叶： 但是也总说"眼见为实，耳听为虚"。很强调眼睛。

于坚： 眼见为实，耳听为虚，这两个比较平衡的时代，天人合一的时候，中国是一个最正常的社会，但是有时候某一极会占上风。我觉得"文革"以来的社会就是"耳听为虚"，特别是五十年代，离开事实本身，完全靠想象力，变成国家社会历史的方向，五十年代亩产万斤都是靠想象的。我的耳朵是对那种历史的纠正，不听，看。

木叶： 我最后问点儿日常的生活，这其实是一个娱乐化的时代了，自己很远离上网，远离游戏，远离电视？

于坚： 没有，我是很正常的，这个时代生活的一切我都很乐于体验的。游戏我不打，没有学会，但是我会上网。

二〇〇八年四月十三日

诗的无用性、非工具性正在经受严重考验

《竞报》× 于坚

《竞报》：地震后，诗人包括网友写了成千上万首诗，可谓全民皆诗，你怎么看待这样一个全民抒情的现象？

于坚：作为二十世纪后期中国诗歌历史的见证者，这种情况对我并不陌生。诗在很多时候只是一个大众的抒情工具，这是中国的特色，尤其是二十世纪主流文化的特色。我曾多次目睹这样的全民皆诗现象。那种环绕着一个题材的全民皆诗，完全取消了诗歌上天才匠人、独创性、自由思想、意义深度和专业水平。在"文革"时期达到高潮，曾经创造了假大空文学，成为噩梦般的语言暴力。

当然，这次地震引发的"地震诗"是自然的、发自内心的，其整体质量与过去的集体抒情不能相提并论。抒情是汉语的传统功能之一，汉语本来就是"诗语"，为什么中国有世界最多的诗人，这不是因为天才多，而是语言决定的，达到通常的"诗"的模糊性、隐喻性有天然优

势。"地震诗"再次证明这种优势,关键时刻,每个人都可以来一下。

集体抒情是二十世纪的产物,它不在于诗歌作为独特的语言艺术本身,而是通过诗歌这种分行押韵的形式来表态,表达立场。是否发现,此类诗更适合朗诵。汉语本身是一种泛诗性的语言,诗一直具有工具性的一面。诗言志,作为儒家宣传自己学说的一个策略,就是把诗作为一个工具,科举考试的一个重要项目就是命题作诗。二十世纪受苏俄诗歌的影响,诗通常被作为宣传活动的主力军。斯大林说:"语言是工具、武器,人们利用它来互相交际、交流思想,达到相互了解。""文革"以来的新诗以及整个当代文学受这种观点影响至深。

二十世纪后期复活的中国现代诗歌的现代性和先锋性在于,拒绝这种工具性,诗就是诗,诗是一种语言的无用性存在。这也是韩东提出"诗到语言为止"、我提出"拒绝隐喻"以及杨黎提出"废话"的出发点。

当年我与知识分子写作一个很重要的分歧,就是知识分子写作强调首先是立场,其次才是诗人。而我认为,诗高于知识,高于一切立场。

某些批评家指责我们是所谓世俗化写作,现在可以看出来,我们其实一点也不世俗。什么是纯诗,过去我很反感这个说法的矫情,其实我们一直都在坚持着纯诗。也就是诗的作为语言的一个最高存在的无用性,如何从泛滥的日常语言、书面语言的功利性回到那种纯粹的无用性,正是诗的奥秘和魅力所在。

大众的集体抒情是自然的、诚实的、感人的,这是传统,当然也是势不可当的。"文革"时代,这种集体抒情被利用,产生过可怕的后果。

许多自命朝着先锋一路狂奔的诗人也淹没于这一集体抒情中,如此世俗,令我惊讶。从朦胧诗到第三代,中国的现代主义诗歌一直很孤独,但一直在生长,我一度以为现代诗在中国已成气候,诗歌的生态空间已经很辽阔,但一夜之间,我发现诗的空间其实依然很小,本质上的现代性其实只是一座孤岛。

《竞报》:很多诗人也写了很多诗,有人说地震成了诗人笔下的题材,你怎么看待这种说法,灾难文学这个概念成立吗?

于坚:"灾难文学"是很糟糕的说法,为了这种文学经常被激发,是不是要感谢灾难呢?常识以下的糟糕,如果这些说法成立,新诗自一九七九年以来的思想解放就白忙活了。如果这些说法得到那些一贯声称从艾略特、里尔克、庞德、奥登、荷尔德林、拉金、迪兰·托马斯、希尼……这些诗人的写作中获得营养的诗人们的认同,那么我很怀疑他们的写作动机。这是一个写诗的黄金题材吗?可怕。地震、灾难当然可以作为题材,但数万诗人一起写,而且这么快就写出来,就出版,就发表,就朗诵,不觉得太戏剧性了吗?这里显然有着对诗的根本不同的理解。

我最近看到有个报纸说,欢迎该省的记者从地震灾区回来,他们为全省人民争了光,这些地震诗歌是不是在为诗歌界争光呢?

《竞报》:网友写了很多诗歌,有人说中国诗歌复活了,而且会持续繁荣起来,你怎么看待这种说法?

于坚:在诗歌上,我没有看到什么复活,集体抒情倒是复活了,但我估计也就是一次性的。因为时代在进步,人们对合唱对"啊!"已经不再盲目崇拜。"啊!""诗朗诵"总难免有股酸兮兮的馊味。写诗的自我感觉良好,但在读者方面,恐怕没有那么热闹,我很担心那几万册匆忙印出来的诗集、专号的结局,如果不作为千古流传的精品制作,仅仅是诗歌界的表态,去捐款恐怕更有价值。

《竞报》:专业诗人的诗作为何没有平常网友的诗歌作品流传广泛?

于坚:在集体性的业余抒情中,要取消的就是专业诗人,取消独唱。许多诗人写了一辈子,依然是业余诗人、合唱团成员。我肯定这种意在"引人注意""争光""表态"的写作方式,百花齐放嘛,我不认为只有独白才是正常的,以宽容和谐为基础的现代社会,要容忍诗歌各式各样的抒情或者反抒情、拒绝抒情、诗或者非诗。集体抒情无可厚非,只要别令那些坚持独白的诗人感到窒息就行。中国过去的诗歌历史我记忆犹新,集体抒情最后往往成为超越并摧毁诗歌的绝对正确、绝对力量,而诗歌本身不存在了。在集体抒情中,存在的是集体而不是诗。

《竞报》:前几年,从"梨花体"事件开始,就有人说中国诗歌已经死了,您觉得这是不是有人在诋毁诗歌,或者误读诗歌,你觉得中国读者对诗歌的认知处在一个怎样的水平线上?

于坚:在我们时代,诗确实面临着巨大的危机,但不是在梨花体之类的肤浅层面。喧嚣夸张的东西其实都是不能认真的东西。"有人认为",这些人是谁?就算一万个,了不起了吧,但依然是人微言轻,任何诋毁都无损泰山。今天诗的危机是汉语五千年历史上从未有过的。古老的、建立在诗性上的汉语今天正面临着毫无诗意、取消地方性、抹平生活细节的全球化商业平台的巨大威胁。诗的边缘化,其实是中国作为地方这个文化传统本身被边缘化的前兆。作为汉语的灵魂，诗的无用性、非工具性正在经受严重考验。

这个时代衡量一切的尺度都是"有用"。诗歌被冷落，是因为它坚持了"无用"。"文革"时代的那种集体抒情，最近三十年越来越少见，令习惯于将那种集体抒情视为诗歌的读者们很失望。对于我来说，如果一九六六年以来的集体抒情重新复活，那才是灾难性的。

《竞报》：关于大众对诗歌的认知。有很多网友说，这首诗把我感动了，这首诗让我哭了，你是不是觉得读者的欣赏水平仍然停留在感动阶段？

于坚：诗当然要感动读者，但感动也是不同的，语言本身的感动和意思、情绪唤起的感动是完全不同的。前者很困难，后者很容易，不需要什么语言才能，敏感善于捕捉就行。前者是时间性的、永恒的；后者是空间性的、一次性的，很容易，每个中学生都可以做到。我早在二十年前就在《棕皮手记》里说过，在中国，诗大多数时候只是这种东西：这里有诗人吗，站起来朗诵一首。业余通过诗词即兴，是汉语诗歌的一个世俗传统，但汉语诗歌也有专业传统。二十世纪汉语诗歌的现代性就是对这个专业传统的重建。诗不是招之即来、挥之即去的抒情临时工。即兴式的写作在二十世纪一直被"文革"式的意识形态宣传作为工具。如果有人自命为现代诗、先锋派，那么你的现代性在何处？说这些，真是令我觉得现代诗的历史在复零。

《竞报》：您觉得地震对您的写作有什么改变吗？

于坚：没有。但令我意识到，中国的现代诗真的是任重而道远。

《竞报》：网上流传最广的一首诗，是《孩子快抓紧妈妈的手》，据说一个公司的老总看完这首诗后，为四川灾区捐了六百万，也被评为最有价值的一首诗。请您简单评论一下此诗。

孩子快

抓紧妈妈的手

去天堂的路

太黑了

妈妈怕你

碰了头

快

抓紧妈妈的手

让妈妈陪你走

妈妈

怕

天堂的路

太黑

我看不见你的手

自从

倒塌的墙

把阳光夺走

我再也看不见

你柔情的眸

孩子

你走吧

前面的路

再也没有忧愁

没有读不完的课本

和爸爸的拳头

你要记住

我和爸爸的模样

来生还要一起走

妈妈

别担忧

天堂的路有些挤

有很多同学朋友

我们说

不哭

哪一个人的妈妈都是我们的妈妈

哪一个孩子都是妈妈的孩子

没有我的日子

你把爱给活的孩子吧

妈妈

你别哭

泪光照亮不了

我们的路

让我们自己

慢慢地走

妈妈

我会记住你和爸爸的模样

记住我们的约定

来生我们一起走

于坚：很动情，也就是一次性的，话说得很顺。有两句代替孩子去指责爸爸，爸爸有点无辜。爸爸的拳头对于人生来说，也许并非只有负面作用，但这么写能够立即动情。模仿的是孩子口气，诗的内在逻辑显然是不在现场者的想象。而且是绝对正确的立场，只是未免平庸。"把爱给活的孩子吧"，恐怕有数万诗人都这么说，不是吗？

煽情自古以来就是诗歌的一个用途。能够令一个公司老总捐款六百万，很有用啊，价值不菲！这就是我们时代对诗的期待或者诋毁。诗今天更倾向于分行的意思捕捉比赛，看谁的意思更动人，更狠，更煽，也就更有用。如果这是诗的标准的话，我自愧不如，我写的都是无用的废话。在这种大众赛诗面前，沉默的诗人们真的是很做作，但谢天谢地，时代进步了，能够容忍这些在死亡面前只会哭泣的少数无用之辈。

二〇〇八年六月二十一日

我的八十年代

虞金星 × 于坚

虞金星：于老师您好，感谢您百忙之中抽出时间来接受我的访谈。这个访谈的栏目叫作"回望八十年代"，我想就请于老师谈谈您的八十年代吧。对于我这样的一九八〇年以后出生的一代来说，您八十年代的经历，恰恰是我们的记忆之外的地方。但我想八十年代，对您甚至您的同辈人来说，可能都是最难忘怀的十年时光。

看您在您的五卷本文集后面附的创作年表，一九八〇年，您进入大学读中文专业，并第一次在公开出版的正式刊物上发表诗歌，一九八九年，您出版您的第一本诗集《诗六十首》，这一头一尾间，可以说有着一种奇妙的历史感。首先想先问一个俗套一点的问题，这十年间，您最难忘的事情有哪些？

于坚：我们可以随便聊聊，和年轻人谈话我还是觉得很高兴的。

说到八十年代我最难忘的事情，我想应该算是一九八九年的那场风波。此外，应该还有我的大学生活。

虞金星：谈到大学，一九八〇年您开始在云南大学就读中文系。能讲一下您的大学生活吗？您读大学的时候，中文系包括文史哲，可以说是大学中最热门的专业。您觉得读中文系，对您的人生、创作有没有什么影响？

于坚：大学对我的影响，可能我们这代人和你们现在不太一样。我一九六六年十二岁的时候读到五年级就停课辍学了，一九六九年又读了一年初中就不读了，我们那时候工作是国家分配，我就被分配到一个工厂里，当工人去了，但是我自己还是自己找书读的。我们那时候的书由国家管着，但私下里能找到不少书，就自己读啊，大量的阅读，当然很危险，被发现了后果不堪设想。那时候没有老师，谁也不敢教了，年轻人自己当自己的老师。当我进大学的时候，实际上我的学习已经完成了。考大学，文史哲，对我来讲，我觉得是一件轻而易举的事。我是一九七八年第一次参加高考，第一次我就考上了，收到录取通知书了，但因为我的耳朵不太好，体检的时候没通过，所以我就没去。一九八〇年才进入云南大学中文系。

进入大学主要还不是给我一个获得新的知识的途径，这个是次要的。和现在的大学生不一样，你们得到的是一个深造的机会，但那时候对我来讲，不是一个深造的机会。因为我进入大学，中文系的老师要开列一些必读书目，百分之九十我之前都读过了。而且这个阅读不是那种泛泛地翻一翻，那个时候我有很多的时间，工厂不正常，经常停电、闹革命什么的。一本书借过来，就要从头到尾把它看完，因为只有这一本书,而下次呢又是另一本书,看书看得非常认真。后来大学里老师开列的那些古典文学名著,或者十八十九世纪外国文学名著,虽然大部分在那个时代是禁书,但都还在地下流传,我大部分都看过了,也完成了写作的最初的训练。所以我进大学(和你们现在)不一样的是,比如说,我的第一篇作文,老师就拍案叫绝。从第一篇作文到我的写作课程结束,是两年时间,每次的作文我都是全班第一,一直到最后一篇作文,老师把我找到他家里面说,这次我还是觉得你是第一,但是担心同学有意见,私下告诉你,给你第二,给另外一个同学第一。

就是说,在上大学之前我们的自学就已经完成,所以大学对我来讲,是使我和那个时代散布在黑暗中的各个地方的像萤火虫一样的青年精英有了一个见面、交流的机会。我大部分时间,主要的精力不是放在学习上,而是放在和大学时代的朋友思想的碰撞和交流上,这是最重要的。

(插话:嗯,我看到您在大学里就组织过好几个文学社团,看您的《尚义街六号》,也很能够感觉出您大学时代的氛围,大学同学的各种形象。)

《尚义街六号》实际上就是那个时候我们大学的同学在一起交流的一个场合。因为那个时候很少人有自己的住处,在家里面都和父母住在一起,每个人的家都很小,正好吴文光是一个人住,是一个很小的只有五平方米的房子,可以支一张单人床和一张桌子,但是一个独立的空间,所以我们就经常到他那个地方去玩去聊天,几乎每天都去。

(插话:就相当于你们的另一个大学宿舍了?)

差不多，但奇妙的是这个"大学宿舍"不是同班同学的，而是整个中文系写东西写得最好的，还有别的系的，大家彼此欣赏，在一起交流。我们在一起每天讨论文学，后来又一起办油印刊物。

虞金星：说到《尚义街六号》，媒体上曾经有一个"历代昆明十大文学名篇"，您的《尚义街六号》就是其中之一。相关的点评说"虽然真实的尚义街六号已经消失，但不可否认，诗歌《尚义街六号》融入了这座城市，事实上已成为古老昆明的文化符号之一"。您是什么时候写这首诗的？当时想过这首诗会在时间和空间两个层面上成为一个时代和一个城市的经典文化符号吗？您觉得这和当时的时代气氛有什么关系吗？

于坚：这个诗写在一九八五年，表面上是记录了我们尚义街六号这些朋友的生活状态，但是实际上那个时代没有人这么写诗，《尚义街六号》的意义在于重新恢复了对生活的调侃和自我讽刺、自我反讽的幽默感。我觉得这种东西在朦胧诗里面是没有的，在朦胧诗以前的中国诗歌里也没有。"文革"使汉语丧失了它的幽默感和生活气息，我认为《尚义街六号》恢复了这种幽默感和生活气息。这首诗我一直觉得写的是我自己的生活，但是一代一代的大学生都很喜欢这首诗。我去年去天津，南开大学的学生把这个排成了一个诗剧，我很感动。后来我就想这是为什么。我发现，实际上它表达了一种典型的青春经验。可能那个时代过去了，但是这种青春经验是不会结束的，每一代人都有他自己的《尚义街六号》，虽然表现的形式不一样。最有趣的是，《尚义街六号》有十多种版本，那些版本都是，比如说这一群把这首诗里的人名改成他们身边的朋友的名字，我觉得很好玩。所以我觉得诗就是要表达一种普遍经验,即使它所回忆的具体的场景是特定的时间中的。《尚义街六号》可能正是因为表达了这种普遍经验,才会在过去二十多年后的今天依然被人喜爱。

实际上理解这首诗,我认为读者是需要智慧的。当年这首诗出来的时候,我同时代的诗人是不能理解的,他们认为这首诗没什么意思。比如其中说到李勃有一本作协会员证,他常常躺在上边,告诉我们应当怎样怎样洗短裤等等,其实这里面是非常幽默的东西,暗含着一种反讽;但是当时,我看到评论就认为这种完全没有什么意思,就是一种大白话。那个时代人没有幽默感,他读不出这首诗里面的智慧的因素。我觉得从一九八五年以后,第三代诗歌到今天,慢慢地通过这种写作,中国人的幽默感恢复了,恢复到今天甚至已经有点泛滥了,完全是从幽默到了一种瞎搞、恶搞。《尚义街六号》就调侃、幽默感而言,我认为是中国最早的一首,王朔他们都是后来的。中国当代文学的幽默感和反讽的复苏,应该是从这首诗开始的。

其实这种所谓的口语的诗是非常难写的,不像现在的"小孩"认为的那么简单,表面上看起来很平和很拙,实际上暗含的东西是在语言里面不动声色地传达出来的。是春秋笔法。

(插话:您八十年代中期提倡口语化写作,九十年代有所转向。这种写作的趋势在社会上可以说一直存在,可是许多人写诗就只留下了口语的形式而丧失了诗味。)

其实不能说我们第三代诗歌提倡口语,我觉得口语是从"五四"以来一直延续下来的一种写作方式,从胡适开始,一直到艾青、白色花派的诗人牛汉、曾卓等，口语的这种写作到了艾青达到一个高峰。实际上我早年在大学的写作也受到了艾青的影响，比如他的《站在列宁像下》。所以说口语写作不能说是从我们开始，这是对中国诗歌发展历程不清楚而发的一些谬论，只是我们把口语写作丰富了。这也有时代背景，八十年代以前的诗歌有一种高蹈的倾向、一种空洞的政治标语，到了朦胧诗，它又特别讲究词汇的隐晦、精巧，我的写作就是试图回到人的本真的存在状态上和日常经验的书写上面。

其实我一直都不认为我的诗是所谓的口语，我在一九八九年出版的诗集《诗六十首》的前言里就说过。那个时候就有很多批评家说我的诗是口语，我就说，如果我在我的诗里面使用了一种语言，那不是口语或者别的什么，它仅仅是我于坚自己的语言。口语化这种概念容易给人造成一种误导，后来年轻人就以为随便说点什么口水话就是诗，诗就变成了一种很简单的东西。我认为你在嘴上说，是口语，形成文字，就不是口语，口语和文字是两回事。诗是用文写出来的，它不是口语，除非你直接记录语言，但它只是记录，不是诗。当你把它诉诸文字的时候，是经过诗人对语言的理性选择的，为什么是这句而不是那句，这个选择背后驱动你的因素，它就是一种诗的因素。简单地理解为口语就是诗，这是完全错误的。诗人写作的背后，要有一种对世界的立场、他的世界观，以及他对世界的感觉。这是非常重要的，而不是把生活流水账一样地记录下来。《尚义街六号》不是生活的流水账，里面有对那个严峻的、不会笑的、铁一样时代的调侃和暗讽。

当时没有想过这首诗会成为你所说的什么文化符号。虽然当时写出来以后我身边的朋友都非常喜欢这首诗,念的时候大家都觉得非常有意思,非常好玩,但是这种写作风格和当时诗坛是完全不一样的,所以他们说,这首诗要等你的名字框着黑边,可能才会发表。实际上我也寄出过,被退回来了。后来我是发表在《他们》上,到一九八六年底才被《诗刊》公开发表。

我认为一九八六年是中国思想解放比较激进的时候,社会的思想非常活跃。当时《诗刊》的主编是刘湛秋,刘湛秋是一个思想非常活跃的诗人,我觉得他能把《尚义街六号》作为头条发表在《诗刊》上是一个很大胆的决定。因为当时的诗坛还是两种诗,一种是歌功颂德类的,另一种是朦胧诗。我觉得朦胧诗和中国人存在的日常经验的关系是不太大的,他们的主题还是"生活在别处",而我主张的是回到自己生命的现场和当下,直接表达日常生活经验。在那时候,民间已经有人在这么写,但是发表出来还是一种石破天惊的感觉。

虞金星:从现在的各种历史叙述里得到的印象,一九八〇年代可以说是诗歌甚至整个文学的黄金年代,您是这个黄金年代的参与者与中坚力量之一,对这个"黄金年代"有怎样的印象以及评价?有这么一种观点就认为二十世纪三十年代和八十年代是中国现当代文学的两个黄金十年,说它们是黄金十年,不是说这两个十年的作品一定要好于其他年代,而是说这两个十年文学展现出来的气象最为难得。

于坚:那个时代确实是一个文学的时代,但是这样一个文学的时代是因为社会的不正常造成的,因为生活的很多方面都是封闭的,很多年轻人就把他们自己的梦想放在文学上。那时候很多人都来搞文学,因为人生里面可以选择的事情非常少，文学成了很多青年释放青春"力比多"的一个渠道。

但另外一方面，那个时代有一种纯朴的东西、真实的东西，就是对物质的欲望很低，因为你知道的世界仅仅是如此，受到的诱惑就非常少，对文学的热情是非常纯粹的。还有一方面从古代传过来的那种气息还没有完全丧失，虽然经过了"文革"，但还是游丝一样地传过来了，最起码在私人之间，对天才的尊重，对文学的纯粹热爱，和古代是一样的。比如说编辑以发表好诗为己任，而不是像现在，反过来就好像是作者去求编辑发表作品。那个时候比如像《诗刊》刘湛秋、王燕生、唐晓渡和《人民文学》韩作荣这样的编辑都是大编辑，我记得我给《诗刊》投稿，唐晓渡当时在一麻袋一麻袋的投稿里看到我的诗，眼前一亮，他给我写了很长的信，没有落名的，我看了很感动。我估计现在有些编辑根本都不看来稿，只看认识的人的稿。可能现在都太功利了，那个时候功利主义没有现在这么强大，人和人之间的关系是比较纯粹的。

我看卡夫卡的传记、艾略特的传记，就觉得八十年代的写作环境在某种意义上和这些外国的作家诗人差不多，虽然生活很贫乏，但是生活被认真地对待与度过，没有那种为了所谓的更高的目标反而使自己的生活变坏的事情。我觉得那时候的生活有种永恒感，天不变、地不变、道义不变的那种感觉。虽然我们也隐隐地感觉到某种事情就要发生了，未来已经在远方隐隐地响起雷声，但你对生活还有一种地久天长的信任，会觉得天空永远有阳光照耀，大地总是有江河奔流。我们虽然是用白话来写诗，但是我们和李白、杜甫的那个世界是一样的，但是在今天，我就觉得这一切好像已经不存在了。在今天,未来成了一个很清楚很具体的事情,比如说你明天要找什么样的工作,买什么车、什么样的房子,生活就是如此简单的一回事。但是那时候我们虽然很向往未来,但是不知道未来是什么样的,没有这么具体的东西,那时候的未来对人来说是一种刺激的东西。

虽然八十年代整体来讲有一种文学的氛围,但是我觉得,文学说到底和时代没有什么关系,它实际上是一个诗人或者作家独自面对的东西。八十年代、九十年代、现在,对于我来讲,所面对的东西是一样的。未必会因为八十年代那样的环境就成就你写出不朽的作品,也未必会因为今天这样的时代,你就写不出不朽的作品。写作说到底是个人的事,你置身于哪个时代是你所不能选择的,每个时代具体的诗人和他那个时代的关系是不一样的,但是他怎么样面对写作,这一点是不变的。

为什么八十年代所谓的黄金时代所剩下来的诗人也就凤毛麟角那么几个,那个时候号称你走在街上随便碰到一个年轻人他都可能是写诗的,这个话不是那么夸张的,但现在这些人都到哪里去了?销声匿迹了。但反过来说,现在写诗的人可能一百万人里面只有一个,但很可能那个人就写出了不朽的作品。说到底这是个人的才能和个人对写作的态度的问题。

虞金星: 您是《他们》最核心的成员之一,能谈谈这本刊物吗?比如怎么想起来要办这么一本刊物,为什么要起名为《他们》,有什么寓意或者预设吗。随便谈谈。

于坚: 八十年代像我们这样的写作很难在官方的刊物上出现,一九八六年是一个开端,在那之前,我们的诗很难在正式的刊物上发表。不是因为你的诗的内容有什么所谓的反动内容,而是这种写作的形式是诗歌刊物的编辑接受不了的,他们会认为怎么平常人说的话你都可以写进诗里面。所以,公开的刊物可能会发表你的某些诗,但是大部分的诗只能通过朋友之间的这种刊物来彼此传看,所以办这种地下刊物在那时候是非常普遍的事情。在《他们》之前,我在昆明尚义街六号的几个哥们儿也办了一个刊物叫作《高原诗辑》,我在大学里面也办了《银杏》。

当时甘肃有一个杂志叫作《飞天》,《飞天》的一个编辑叫作张书绅。他非常重视大学生诗歌创作,就在刊物上开了一个栏目叫作"大学生诗苑",那个时候我们都知道,全国的大学生都往那个地方投稿,因为别的地方不发嘛。我们在上面发表作品,都要登上你的联系方式,比如云南大学中文系80级于坚、山东大学哲学系78级韩东,看到了以后大家有时候就会互相写信联系。我和韩东办《他们》是因为当时兰州大学有一个油印刊物叫作《同代》,上面有我的诗,也有韩东的诗,还有陈东东的诗、海子的诗,好多人都有。我读了韩东的诗,觉得非常不错,是我喜欢的那种诗,韩东读了我的,也觉得很不错,我们就开始通信。当时上面有很多人的诗,为什么只和这个不和那个联系,这就是看诗,你喜欢这个诗。然后开始通信,就开始商量办一个刊物,就是后来的《他们》。开始的时候为刊物起名,我起的一些名字都是很火爆的名字,那时候我们都是留长发、很反叛的那种青年。南京的朋友当时在看英国一个小说家奥茨写的小说叫《他们》,韩东他们觉得这个书很有意思,就起了《他们》这个名字,我觉得也很好,有一种温和的旁观者的感觉。当时办是大家出钱,每人凑一百块,是三个月的工资。我们把稿子寄去,韩东编一编,在南京就把它印出来。本来是轮流编的,但是办了一两期之后,大家对怎么办刊物的想法有点不太一样。有一期是我编,我的想法是一个少数同仁的刊物,韩东则想把其他很多人吸收进来,他就把其他一些人的稿子寄给我,我看了以后觉得不太喜欢,就没有编那一期。后来基本上就寄给韩东由他编,那个时候大家对韩东的审美是比较信任的,他是一个很有眼光的人。

(插话:您和韩东是如何交流的?对您来说,这段经历有没有一种特殊的意义?)

我们写信,一个星期有的时候要有三封信,贴邮票,很长的信,有时候一封信两三千字。

(插话:那些信还保存着吗?)

因为那个时代办这些刊物是非法的,韩东给我的一部分信就在某次事件里面被我烧掉了,担心殃及朋友,这个我想你们可以理解,为了朋友嘛。那个时候还是很"左"的,"文革"虽然已经结束了,但是对写作的限制还是非常严的,不像现在这么自由。其实严格地讲,《他们》的诗人的东西是最没有意识形态的,我们完全是在表达普通人的正常世界,但是办刊物这种形式被认为是一种非法的结社行为。所以那个时候诗人在很多方面,必须比一般人更有非凡的勇气。写作本身需要勇气,朋友之间的来往也是需要勇气的。但是那时候因为年轻嘛,没把这个当成一回事,多年以后回想起来,才觉得自己那个时候怎么胆子那么大。这个还要讲到中国的传统,诗在中国具有一种宗教的作用,有人说中国是一个没有宗教的社会，但实际上中国不是没有宗教，它的宗教是通过文化来引导的，它的精神和心灵生活是通过文学来引导的。那么文化的金字塔尖就是诗，所以中国诗人自古以来就像教会的牧师一样，非常被人关注。因此在政治运动或者其他什么里面，首当其冲的总是诗人。所以小说家好像日子都过得很好，从一九七九年到今天，诗人中发生的故事从来没有在小说家身上发生。诗人严格意义上讲都是思想家，不管你愿不愿意承担这个使命，你写诗就包含在这里面，所以诗人被高度关注也是必然的。为什么九十年代以后诗歌逐渐地边缘化，有一个原因就是很多诗人放弃了思想的责任，把诗写成了一种语言的、修辞的玩弄，也就是诗没有任何内容，但是修辞玩得很好，让人读着很有所谓的诗的形式，但是读完不知道他要说什么，要让我们感觉到什么，这是诗被边缘化的原因之一。而八十年代我们的诗不是直接表达某种意识形态，而是表达人对日常生活的那种感情，唤起你对生活的热爱。

我跟韩东的交往，我觉得是一种具有古典精神的交往，一见如故，虽然写作方式不一样，但是对人生和世界有一种与生俱来的默契。记得在一九八六年我们第一次见面是在青春诗会，去了十多个诗人，但是我、翟永明、韩东立即成了最好的朋友，就几天时间，大家就非常亲切。我们彼此之间的沟通与交往，不是说我们在写作理论上达成共识，而是最基本的沟通，就是我喜欢你这个人，见了面就觉得你就是我的朋友、命中注定的朋友。

虞金星：洪子诚先生的《中国当代新诗史》中曾转述过，您将自己八九十年代的写作区分为三个阶段：早期是八十年代初以云南人文地理环境为背景的"高原诗"时期;八十年代中期是以日常生活为题材的口语化写作时期;九十年代以来"更注重语言作为存在之现象"的时期。这个访谈是关于您的八十年代的,所以想问的是,为什么会产生这种从八十年代初的"高原诗"向八十年代中期的口语化写作的阶段转型,或者说,这其中有着什么考虑与触发?

八十年代初注重"高原诗"的写作是因为我本身就生活在云南这样一个和自然比较密切的世界里。这种写作实际上是我一贯的延续,只是到八十年代我更意识到了这种写作的重要性,可以直截了当地讲是针对朦胧诗的——朦胧诗当时是主流诗歌,起码是和主流诗歌相抗衡的,因为《诗刊》上朦胧诗登得很多。我们对朦胧诗有一种反省和拒绝,觉得那样的诗固然是思想解放的产物,但它和我们这些在昆明这种世界长大和生活的诗人,对生活的感受是不一样的。我们更多的感受来自云南这个高原世界,更像古代诗人,直接与自然有一种非常亲和的关系。所以我们更注重这样的写作,某种意义上是不想和朦胧诗一样,我们当时对这个也有一些讨论,还提出了"高原诗"的说法。到九十年代,应该说是我写作的一种深入,因为诗说到底是一种语言的艺术,如果你着迷地在诗歌之路上走的话,必然会走向语言。但是在走向语言的途中,不是一种纯粹语言学的走向,我更注重的是我们如何在语言中存在。

(插话:那么八十年代中期您有意识地转向口语化写作,也是对朦胧诗的一种反省?)

这个倒不能这么说,因为三十年代的很多诗人的诗我都研究过、学习过,所以我早年的诗是写得非常押韵的、非常工整的,完全是类似戴望舒风格的诗歌。最早我还写过古体诗。在这些阶段里我总觉得它不是我个人的语言风格,没找到我自己的语感。所以那些诗看起来很规范,或者说也很到位,比如说现在网络上传的我以前写的一首爱情诗,叫作《不要相信》,句子都是两句两句对称的。但那时候我觉得始终没找到我个人的语感。到了八十年代中期,我意识到我独特的声音终于在语言里面出现了。一九八二年、一九八三年我的诗写的是很长的句子,当时有人把它说成是"宣叙调",那个时候摇滚刚刚进来,我觉得某种摇滚式的很长的句子能够表达我对生活的感受。我是非常注重语言的,在语言的表达上我有过多年的实践,最后慢慢地有了一种自己的声音,到八十年代中期以后开始逐渐地明确起来。所以我早年的诗是那种非常整齐的抒情诗,后来又是很长的句子,后来变成长短句,也是对宋词的研究,觉得宋词的长短句,可能是一种比较好的语言表达方式。古代的诗歌可能是特写镜头的一种组合,现代诗歌可能更是一种长镜头,就是一个镜头有五分钟的样子,更注重日常,更注重现场。所以试验长短句就是在想怎么能把那种气场表达出来。

虞金星:您三月底在博客上传了您一九八四年写的诗歌《四月之城》,就我个人阅读的感受来说,觉得里面流动着一股温暖的气息。正如您在博客上这首诗前写的"那遥遥的时代自己真的是内心光明啊",这种气息是您记忆里的八十年代吗?是对整个八十年代的,还是八十年代前半期的?是否现在还是这样的印象?

于坚:那时候内心很光明,可能是生命中本质的东西,我本质上可能是一个内心很光明的人。虽然时代可能会给你某些非常压抑非常阴暗的东西,但是我总是能以内心的光明来对抗这种东西,我觉得我还是一个非常热爱生活的人,无论生活怎么样,我都会以一种非常光明的内心去对待它。我认为写作是一种善事,它是一种人性的善,是一个向善的事情,不是一种恶意的事情,我觉得这个我和现在的年轻一代理解得不一样。我本身可能认为世界是一个善的存在,有时候我表达的可能是世界之恶,但是最终要回到世界之善,我不会把世界写成一种完全恶的东西,这可能是我写作的一个立场。这种感觉可能是永远不会改变的,哪怕我对今天全球化的唯物同质化对中国传统生活世界的大面积摧毁感到非常痛心、绝望,但在骨子里面我还是非常信赖大地的。

虞金星: 看您的创作年表,一九八六年前后,您相继和杨黎、周伦佑、韩东、翟永明、老木、北岛、江河等一大批诗人见面,那一年似乎是一个特别丰富的年份。现在留下的见面时最深刻的印象是什么?

于坚: 一九八六年,那个年代似乎像一个诗歌起义的年份。不单是我,比如老木从北京南下跑到云南找我,然后我们一起北上。各地的诗人互相来往,有点像凯鲁亚克《在路上》所表达的那个时期。中国的诗人就像兄弟一样,我们虽然生活在不同的城市,但是见面就像兄弟,就像姐妹一样。你是诗人,这个就是介绍信,就没有什么说的了。如果你是诗人,你来找我,那么吃喝都由我负责,不单是韩东、丁当这样的大家彼此比较心仪的诗人,就是你的诗我不喜欢,但是我们谈这个,见了面就是兄弟,吃饭喝酒都在一起。那时候是这样的。可能是因为那时候大家面对的东西是共同的,大家都是社会的眼中钉和"危险人物",在这种时代的压力下面,这种友谊是有一种激情在的,这种友谊本身就是一种反抗。

虞金星：最后一个问题，也是比较泛的。您为什么会选择写诗？在您的文集后记也说您写过古体诗，也写过赋和古体文的散文，而就您的阅读来说，有《左传》《史记》等古典文学经典，也有《约翰·克利斯朵夫》等外国小说，或许小说也是您创作的一种可能路径，为什么最后选择了现代汉语的诗歌写作？

于坚：可能是天性使然吧，和我感觉世界的方式有关。我觉得写小说是一种很聪明的事情，你可以设计出来，可以通过学习技艺学会写小说，我认为写小说不太难，当然你如果要写出那种有诗意的小说是很难的。一般来讲，小说是可以学会的，但是诗歌我觉得是不能通过学习学会的，它很强调诗人个人的天赋，诗歌对于我来说可能有长久的魅力。有人看到我的散文，就认为我写小说一定会写得很好，但是可能我天生就不善于设计、经营，我不见得会写得很好，那种写作是我不擅长的东西。

二〇〇八年六月二十五日

在唐朝宋朝时代,人们恐怕不会如此想象诗人

李昭阳 × 于坚

李昭阳:有报道形容您"他像铁匠、屠夫,反正不像诗人",您对这样的注解有什么感受?

于坚:诗人是什么样子呢?一定是徐志摩那样修长瘦弱白皙的吗?我看过宋朝人画的李白,可是一位挺着油肚的胖子啊。前几天读《海德格尔,来自德国的大师》,说海德格尔已经是德国思想界的领袖,但在学校依然经常被误认为是修水管的工人或农夫。二十世纪以来人们对诗人的想象也许与诗歌中风花雪月、无病呻吟的风气有关。我估计在唐朝宋朝时代,人们恐怕不会如此想象诗人,杜甫"一日上树能千回",李白是侠客。陆游在行吟的路上,有老虎挡路,众人害怕,陆游一把揪过老虎,甩到一边,如果不是虎背熊腰,恐怕做不到吧。就是这个陆游写出了"驿外断桥边,只有香如故"这样很轻的诗。任何人都可能有一个"样子",只有诗人没有,诗人的样子在他们的诗里。

李昭阳：如果诗不能对生命、大自然有所赞美，就不要拿出来害人……有些人写一些心理层面的黑暗诗，作为自我抒发，您说"生命中最黑暗的事件 写作永远不会抵达"又说"写作是被迫的活动 逃跑即是抵达"，可否请您进一步说明吗？您觉得写诗是为自己写，还是为别人写？

于坚：我的意思是诗的出发点是善，而不是恶。当然，可以写那些生命中黑暗的、绝望的一面，但诗不是恶意的。我说的是那种基本的善。世界先验地存在着诗意。诗意就是善。孟子说，"人之初，性本善"。诗一次次穿越文明之夜的遮蔽，使人重新意识到善的存在、天真的存在、朴素的存在。

我写诗很重视他者，我不喜欢当代诗歌中流行的所谓"自我表现"。"自我"当然是诗人的出发点，但我以为诗不是要抵达自我，而是要抵达宇宙人生和普遍的心灵经验。庄子说，"吾丧我"。自我的诗其实是一种自我解释。我不喜欢解释。

李昭阳：为什么认为北京没有好诗人？

于坚：你提到的这个报道的记者完全歪曲了我对她说的话，这个报道未经我审阅就发表。我没有这么说过，北京当然有很多优秀的诗人，许多人还是我的朋友。网络总是以讹传讹。我几年前已经就此申明过，这个问题我以为可以免了。

李昭阳：除了作新诗，有写小说吗？

于坚：偶尔写。很少，写过两三个吧，我写的比较多的是散文，我其实把散文当小说写，我不喜欢小说的虚构、设计情节。

李昭阳：您写诗是即兴式作诗吗？还是需要时间来思考？通常有无

特定的时间在写诗呢？

于坚：早年是，现在不是，我用很多时间写一首诗。没有特定的时间，经常身上装着小笔记本，想到先记下，我通常在早晨修改作品。然后放一段时间，再修改。

李昭阳：您的许多诗作都是经过几年之后再作修改，为什么呢？难道不担心当时的心境被改掉吗？

于坚：有的诗在经历了时间后，我才明白我真正要说的是什么。我不担心，那个心境如果已经存在，是改不掉的。

李昭阳：您的诗作常提到动物，可以谈一下您对大自然中动物的情感吗？还有您的诗作中也常提到"乌鸦"，也写了像《我一向不知道乌鸦在天空干些什么》《对一只乌鸦命名》那样的诗，我看了相当感动。传统上，"乌鸦"常被认定为不吉祥的，你的看法呢？

于坚：我生活在云南高原，从童年时代就与动物有密切的关系，我曾经在山上看见过豹子。动物是有灵性的，我尊重它们的生活方式。人类其实也是动物，就生命而言，没有什么可值得唯我独尊的。

是的，乌鸦是一贯被视为不吉祥的，非常无辜。

李昭阳：您的诗作，在我看来都是很直率地表达，您个人的处事风格是不是也不拐弯抹角？对于人生也是秉持"明确"态度吗？

于坚：我也有拐弯抹角的诗，要看是表现什么感觉。我与人生的关系也是一样，心竟水流，随物赋形。我的"明确"是在那些基本的方面。例如，盐。大海或许深浅不同、光谱不同，但它们都是咸的。

李昭阳：从《一枚穿过天空的钉子》看来，您的诗通常具有较长的诗句，您认为较长的诗较能表达想法吗？您认为一首新诗有长度的问题吗？这次台北诗歌节有办"一行诗"比赛……一行也算是诗吗？

于坚：哦，我也写了很多短诗，我最近几年的诗歌有一个系列，叫作《便条集》，已经写了五百多首。

较长的句子要看是写什么，我最近的新作句子都比较长，总之，随物赋形。一行，当然是诗，我记得有个印第安诗人的一首诗，相当好，只有三个字——云变了。

李昭阳：您曾在一次专访中提到喜欢费里尼的电影，最喜欢他电影的哪几部？为什么？除费里尼外，还对哪些导演作品喜欢？贾樟柯与侯孝贤的作品呢？

于坚：很多。我觉得费里尼的电影不是某几部的问题。他是真正的电影大师。台湾的导演我喜欢侯孝贤、杨德昌、王童。我知道得很有限。贾樟柯的电影《小武》还不错。后来的我不喜欢，比较概念化了。

李昭阳：您拍摄有《碧色车站》纪录片，我还未看过该片，相当期待，可以谈一下您当初如何接触影片拍摄的？在《碧色车站》之前有拍过其他作品吗？

于坚：我一直在拍照片，也给拍纪录片的朋友出出主意。忽然，有一天，有人给我机器，让我去拍个滇越铁路的片子，我想的是这下有机会去玩了。可不得了，那个机器要几十万，那时候谁有机器谁就是导演。我拍了五集，每集三十分钟，剪辑好交给他，从此就没下文了，我只留下来一小时的素材。这是在九十年初。又过了几年，摄像机便宜了，我自己买了摄像机，重新去拍这条铁路，这就是‹碧色车站›。从那时到现在,这个片子算拍了十年。

李昭阳: 您写诗,想必也读诗,有哪些诗人的诗作您比较欣赏?

于坚: 很多啊,古代的、当代的、西方的……早年我日日捧读的是王维的作品,李白、杜甫都背诵了不少,我最喜欢的诗人是苏轼。西方则比较喜欢英美的诗歌,奥登、拉金、毕肖普、弗洛斯特、艾略特等等。

我八十年代读过大陆出版的《台湾诗选》,印象很深,痖弦、余光中、洛夫、覃子豪、商禽、张默、管管……都是非常优秀的诗人、诗歌长辈,那时我还在大学读书,大陆刚刚改革开放,台湾诗歌是一股劲风,令我大开眼界,从他们的诗中我汲取到许多东西。年轻的诗人如鸿鸿、陈黎、夏宇、零雨……都是我心仪的诗人。

李昭阳: 对您而言,怎样才算是一首好诗?

于坚: 诗是语言创造的一个存在之场,离开了这个场,诗就不存在。一首魅力四射的诗是一座塔。塔的基础部分人人可进可懂。个人的修养(心灵、感觉、阅读积淀、知识结构)决定你可以进入诗的哪一层。诗最核心的塔顶部分,只有少数人可以进入。但如果只有这个高处不胜寒的少数,没有下面的基础,塔就飘在天上。齐白石说"太似为媚俗,不似为欺世",媚俗的诗只有一层,欺世的诗只有飘在天上的尖。好诗是,其最大的一圈是引车卖浆者流都明白的汉语,其最小的一圈是禅。好的诗歌是七级浮屠。深度属于最小最核心的一圈,最基础的部分,那个外延只要懂汉语都可以进去。一座塔是一个立体的场,也可以用佛教的"坛城"来比喻。"汉魏古诗,气象混沌,难以句摘。"王国维所谓"有篇无句",是新诗气象。一首诗就是一个语言的场,"篇终接浑茫",就是语言已经被创造成为一个场,进入"意有所随,不可以言传"的境界。主题、意义、情绪、修辞、深度……都是小于场的东西,而这个场是心的在场,语言在这里已经消失,所谓"得意而忘言"。

李昭阳:现在还泡咖啡馆吗?台北都被连锁咖啡馆给占领了。您之前来过台湾吗?

于坚:当然。咖啡馆是现代诗歌的滋生地之一。一个城市咖啡馆越多越好,这是一种生活品质。

我是第一次到台湾。

二〇〇八年十一月八日

像上帝一样思考,像平民一样生活

张后 × 于坚

张后:于坚你好,我们见过面,二〇〇六年十月十四日在北大的新诗研讨会上,我还写过一篇《诗人脸谱之于坚》:"……于坚从卫生间出来之后,也站在门外,没有马上进到会场去,我以为他一会儿觉得没什么意思会从口袋中摸出烟来什么的,叼在嘴上,可是他没有。他就站在那里,很稳,没有漫不经心,他似乎饶有兴趣地看着我们聊,于是我想到他可能是不吸烟的,他不像王家新烟瘾很大,一会儿没抽烟就转磨磨。于坚比相片胖了些,好像是,或者说还那样,不过他穿了件长衣,我说的长衣,不是那种通常你们认为的长袖子衣服的长衣,我说的长衣是指古代的衣服。于坚就穿了件古代的衣服从门里出来的,黑色的,十多个纽襻扣得很严谨,有点像个武生,他一副不苟言笑的样子,不用化妆也像哪部国产片中的剿匪司令。其实一见到他,我就有点忍不住想乐,我总从脑子里闪出他的那首著名的诗句:'尚义街六号/法国式的黄房子/老吴的裤子晾在二楼/喊一声，胯下就钻出戴眼镜的脑袋'。看着于坚的样子，我拼着命想到的就是于坚的脑袋从胯下滑稽地钻出来，而且就是他现在的秃头，这里提到这个意念的确有点古怪的嬉皮想法，但没有一点恶意，只是这首诗太著名了，以至任何那个年月过来的人看见于坚都会想到这首诗，因为这首诗也深藏着我们青春的热血……"再谈谈你诗歌启蒙的年代好吗？

于坚：我那个时代这个国家已经丧失了幽默感，没有幽默感的社会很可怕。《尚义街六号》的幽默感那时代看不出来，读者已经不习惯诗歌有好玩的、反讽的、自嘲的东西。当时我周围的诗是什么啊，朦胧诗，很有正义感很愤怒，但一点儿也不幽默。读多了那样的东西，可以把人搞成政治正确的木头。我这首诗歌调侃了朦胧诗也调侃了这个自以为世界上最前卫的国家（革命就是前卫），我那时代，国家想着的是怎么解放全人类！这国家现在又太过于缺乏自信啦，什么都是美国的好，真是天翻地覆。《尚义街六号》不只是回到生活，更重要的是幽默感，这种幽默感当然很严肃，不是今天普遍的插科打诨。年轻一代的后现代其实很不幽默，他们是回到了日常生活某些有限的部分，但他们没有幽默感。现在有些写诗的青年还是杀气腾腾的，政治正确，还是要解放全人类的样子，就更次了，那时是用枪杆子，现在这些后生，准备用口水去解放？我的诗歌启蒙是读古代诗歌的经典，王维啊、李白杜甫啊、苏轼啊这些，刻骨铭心。格律诗、赋也写了不少，后来我才读新诗，读翻译诗。现在许多诗人总是看网络上发表的东西就跟着写，那是得其次者取其更次。诗歌是需要时间的，它不像行为艺术，可以在空间上无限解放,不需要历史感。语言是在历史中的,语言不是鸟语,读者是在经验中阅读诗歌。只有空间没有时间的诗是泡沫,别看现在网络上每天有数万首新作在翻滚,最后一首都不剩。也包括我的在内,我并不自信我那些诗就能穿越时间,时间选择什么,真是不知道。所以杜甫感叹,"千秋万岁名,寂寞身后事"。

我那个时代是个反生活的时代,生活声名狼藉。反生活的潮流源自欧洲,随着主义进入中国,"文革"是全面摧毁中国生活世界的革命。你这一代人不知道,我曾经经历过那样的时刻,城里所有的鞋店只准卖草鞋,因为那是红军穿的。穿皮靴系领带,就有可能被逮捕。反生活其实是当代中国最猖獗的意识形态,任何事情都是从面子、象征、隐喻、意识形态出发,而不是从生活出发。我说拒绝隐喻,不只是诗学,而是最基本存在问题。看看这个国家如今建造了多少反生活的城市、小区,没有人气,荒凉贫乏,只是意识形态的隐喻物、象征物。我的诗歌重建的是日常生活的尊严、幽默感、赞美和批判。批判是二十世纪文学的主题,这与古代文学的赞美完全不同,从古典到现代,写作潜在的关键词,无非就是两个。赞美与批判。但仅仅批判是不够的,我今天的觉悟是要进一步,批判的批判。鲁迅的局限就在于他只有批判。他是批判的大师,但文学不是到批判为止,幽默是轻的批判、轻的赞美。《尚义街六号》是对生活的赞美,我玩的是幽默感。张后,你还没有结婚的话,我的忠告是千万别与没有幽默感的结婚,也千万别与没有幽默感的家伙交友。缺乏幽默感,这是二十世纪给中国的一个大教训。我的《0档案》也是很幽默的,我与庞然大物开了个语言玩笑。我模仿它,对它挤眉弄眼，我一看到批评家一本正经的引用什么后现代理论来细读《0档案》，我就忍俊不禁。

张后：其实我使劲忍才忍住自己没有上前和你攀谈，"我只知道，他耳音不太好，听别人说话，有时听不太准，这也是他避免和别人过近接触的原因吧。毕竟不太熟，不可能在耳边嘀嘀咕咕，虽然我注意到了他左耳朵里戴着一只很精巧的助听器，但仍觉得不方便打扰他，我只微笑着注视着眼前的他，自始至终……"我第一次完整的读你的《棕皮手记》和《便条集》，还是在大连的海边，那是春天的海边，海水无比湛蓝，海水徐徐地吹着海风，小船晃悠着，像梦在天上，我合上看完的你的诗集，在春天和煦的微风中睡着了……你背着双肩包，像背着一副降落伞，你从天上降下来。

于坚：没谈最好。读我的诗就行了。我是走在大地上的诗人，我很年轻就喜欢行走，一个人。我也许是中国走得最多的诗人。我到过澜沧江的源头，那是大河之源。我曾经独自穿越虎跳峡，在暴风雨中，我刚走过，巨石就从峡谷上滚下来。我是行动的诗人，后现代是行动的，而不是整天守着网络意淫。后现代就是对反生活的现代主义的批判。许多后现代诗人越写越贫乏，因为他们是反生活的后现代。我最近刚刚完成一部四小时的纪录片，那就是行走的结果。

张后：你和韩东兄弟情深，韩东曾夸你："于坚天生是为诗歌而生的，把自己锤炼成一代文学大师乃是题中应有之意。"我也有在别处听过，说于坚是中国当下唯一可以成为大师的诗人。幸亏这话是前几年说的，最近这大师一词被搞成带有几分贬损之意了。有人发帖说，谁称我大师我跟谁急。你怎么看李辉的质疑?

于坚:这是个腐烂的话题,别人说是别人说,我可从来也没有自命过。就因为读者对我的这些议论,给我招来不少麻烦,有些人攻击我,愤怒竟然是因为这些说法。大师是什么,就是没有人知道他的作品,而仰慕他的名气的那些人。我最近自觉地招惹些事情,例如获了个鲁迅文学奖,那是大师所为吗?只是一个体制内捧饭碗的家伙的可怜奖状罢了。我因此被骂得一塌糊涂。我过去在哥们儿聚会上的私下谈话都被揭发检举报料,骂我是"背叛民间",民间难道是个组织?不明白的是,他们当年来昆明拜见我的时候,我就是在文联分给我的房子里接见他们的。右派老人骂我一贯反正确的文艺路线,告到了最高层……就不说了,这种事情也不是第一次。很郁闷啊。我不就是写了些诗嘛。知识分子写作的小聪明那部分也继续骂我,还有更多,流氓、地痞、怀才不遇者……怎么办呢?待在云南,埋头写作,抬头读书,(说明了吧,我还真是个知识分子!)上班。就这么定了!大师应当在体制外,自由天马,想怎么骂怎么骂,我可不敢,我要养家糊口的。所以我不是什么大师,只是一个文联的小编辑,我就是守着这个饭碗,写我想写的而已。

李辉是我的朋友,我以为他问得有道理,没有无端地挑衅大师。

张后:德国诗人荷尔德林曾说过:"在这个粗俗的时代,诗还有什么必要呢?"其实我认为很有必要,至少在那样的一个年代,你和杨黎他们意气风发过,我最近在你博客,看到你曾写的《成都行》一诗:

　　在成都住着快乐而无耻的人　　在这样的天空下

快乐装不出来　锦城丝管　日纷纷

李白市上酒家眠　杨黎乃是胖人

在一家火锅店里　我一眼就把他认了出来

此人精通麻辣　别人只生得一个　他生男育女

用一根管不住的物件　与指标对抗

……

用时下的话来形容，那就是一个字，牛！两个字，真牛！

我很感慨你们所留下的魏晋故事：丁当坐了一夜火车来到昆明，十点又坐火车回贵阳，只为见你一面！现在还有和杨黎、丁当等人的来往吗？什么方式？生活中的方式吗？

于坚：杨黎、丁当都是我青年时代的朋友。八十年代是二十世纪中国最后的人文生活的黄金时代，他们都是诗歌天才，大家一见如故。那时代交朋友没有机心，肝胆相照。大家火眼金睛，一大堆诗人，这几个就能一见如故。我们当然来往，君子之交淡如水，我和丁当，几年见一面，见了就像昨天才分手。去年他来昆明，我请他吃过桥米线，他堵车堵了三个小时，晚上八点才吃到，他的司机惊我们为天人，因为一路上就有许多大馆子。杨黎，我们见面就没有怎么谈诗，玩去，已经够了，彼此都已经读过，还说什么呢？九十年代杨黎发达了一阵，我去成都，杨黎就来接我，没有杨黎的成都我就很少去了。我们都知道一点，除了诗歌，我们还是兄弟，兄弟情谊比诗歌更重要。有一段时间，杨黎的橡皮网上许多匿名网友攻击我，都是他的小兄弟，他是老大，那种气氛，就是杨黎说两句我也不会怪他,他没有说。真是一块金子。朱文也一样,"他们"网站攻击我的那段时间,呼他出来战斗真是声声切,朱文拒绝了。韩东有段时间使性骂我,但我内心一直认为他是金子,他骂我决不卑劣,有他自己的道理。所以我们依然是朋友也是顺理成章的。人生的道理很复杂,我有我的道理,你有你的道理,但要把握大道,彼此心灵深处要惺惺相惜,我们这样的人世界上可不多。现在面对诗坛,我真是害怕了,我发现所谓诗歌上的致敬最后只是利用你这个人而已。诗歌难道不就是人吗?他们曾经那样热爱我的那些诗歌,他们怎么可以那样对付我这个人!我以前有个朋友曾经与我一起热爱卡夫卡,后来他要去北京了,就说他要把书架上的全部一把火烧掉,根本不可惜,他说的"包括卡夫卡"这句话成了我后来与他断交的动因。有些东西是你永远不能糟蹋的,你是糟蹋你自己。

张后:尚义街六号还存在吗?房价有没有增值?如果我有笔钱就把这所房子买下来,办个于坚诗歌会馆什么的?办个翟永明的"白夜"那样也行?那是一种很美妙的感觉?我喜欢旧的东西,旧的人,旧的物。呵呵,这些年你除了外出旅行以外,好像你的诗歌地理没有什么改变。云南还是云南,美丽云彩在故乡的南边。

于坚:街面上还有点旧房子。值多少我不知道,但恐怕免不了被拆的命运。除了拆还能干什么呢?"文革"是灭心,今天是灭掉中国古老灵魂的载体。建筑物都是安着心的,他们以为只是破房子。

云南当然不是过去的云南了,它曾经是一个天堂。今天的云南到处是掘土机,改天换地,如火如荼。

张后：你似乎说过："一首魅力四射的诗是一个塔。塔的基础部分人人可进可懂。个人的修养（心灵、感觉、阅读积累、知识结构）决定你可以进入诗的哪一层。诗最核心的塔顶部分，只有少数人可以进入。"同时，你也认为"好诗是，其最大的一圈是引车卖浆者流都明白的汉语，其最小的一圈是禅。好的诗歌是七级浮屠。"为什么是七级而不是十三级呢？我在八大处看那里的灵光塔，我查了几遍都是十三层，我在北大校园也看过那里的塔，也是十三层。好的诗歌为什么不是十三层呢？十三层才是最高级浮屠，我有点和你抬杠哦……

于坚：只是一个象征性的说法，七级浮屠是个熟语嘛。抬杠可以，但要先站稳了脚跟。你的古典文学大概不太好。

张后：据说你是诗人中获奖最多的诗人，你一共获过多少个奖项？这是我从网上搜索来的一个帖子，写你的，当然这首诗和你获奖无关，我恰巧向你提这个问题时，在网上看到了这首诗，就顺手复制下来了：

　　于坚顶着一颗厨子式的

　　肉乎乎、光秃秃的圆脑袋

　　虽然听力不佳,却有着超强的嗅觉

　　对存在的体验和现场的感受强烈

　　从具体、常识、现场、细节、事物本身

　　烹炒出先锋诗歌的大餐

　　我行我素,一切皆可入诗

一只飘飞的塑料袋,有着天天向上的心
他要欺骗唐诗,写母亲是纯棉的
100%纯棉的,哪怕是
"经过千百次的洗涤、熨烫,百孔千疮
她依然是100%的纯棉"
新鲜、勇敢、温暖、柔软使人感叹

诗可当便条写,一首接一首
写出一个70岁的人"去妓院的时候
像回家一样温暖"
描述看到丰满的女性,"我为自己
改变了时间的方向"
"这一切都成为坦白从宽的资本"

道法自然,无言到有言,无象到有象的《诗言体》
成为他抢占诗歌霸主地位的武器
他承认:"我的头发脱落,骨骼松弛
我继续为他们写着
关于落叶和树的诗歌
就像一个骗子"

"诗是什么,只有上帝知道"

于坚开语言的玩笑,伤害文人雅士
令他们斯文扫地,很是开心
"诗歌就是对语言暴力的一种反抗"
他联想一把蠢蠢欲动的匕首
从词典中飞出来,刺进他们的嘴巴
开始流血,他却在微笑

于坚：我是得过许多奖,中国作家协会的奖一九九四年我就得过——庄重文文学奖。我从来不为得个什么奖而写作。你的作品放在那里,人家要颁奖,这是另一回事情。我得鲁迅文学奖引来那么大的争议,就是因为我没有为得奖而写作。因此左右都攻击我,有些人攻击我"黄色反动",另一些人攻击这个奖是"官方的",可他们也无法在我的诗集里找出一首所谓"官方诗"来。

张后：据说海子以前曾将"麦子"意象泛滥得无穷尽,现在我发现在你那首《对一首乌鸦的命名》之后,乌鸦也开始飞得满天都是,至少目前我读过周瑟瑟的《中关村的乌鸦》和李小洛的《一只乌鸦在窗户上敲》,还有一首是谁写的我忘了,《蹲在屋檐上的乌鸦》。我相信他们都读过你的乌鸦,或读过爱伦·坡的诗集《乌鸦》。乌鸦嘴大而直,全身羽毛黑色,翅膀有绿光,相传乌鸦是很有灵性的鸟儿,能将死去的灵魂带回来……我国古代就有"月落乌鸦啼"的名句,乌鸦也是我们东北土著先民"满族"的民族预报神、喜神和保护神,也为"萨满教"和大多数通古斯语系民族认可,有"乌鸦救祖"(清太祖)的传说,在西藏和四川一些地区，乌鸦也是作为一种神鸟来崇拜的……你对乌鸦费尽思量的命名是否也是云南地区对乌鸦的一种诠释？

于坚：麦地的意象是海子创造的，后来有许多人模仿。看来你读诗读得不多。

你说的那些满天飞的乌鸦我不知道，我也没有研究过乌鸦的神话。《对一首乌鸦的命名》是一九九〇年写的。当时心情不好的情况下写的这个诗。那时候我生活在恐惧中，在单位写检查什么的，就这样。

张后：东北诗人李磊曾于二〇〇三年在天涯发帖攻击你和伊沙，称你"师徒二人，不过是两个中国诗歌现实舞台上一唱一和的二人转小丑演员。他们的所作所为，一直使中国先锋诗人深恶痛绝，他们的横行无忌，一度使中国前卫诗歌停滞不前。于坚竟然恬不知耻地为自己树碑立传，伊沙竟然卑鄙无耻地使自己一劳永逸。其实，他们的丑恶言行，已经给中国诗人抹了黑；其实，他们的霸权行径，已经给中国诗歌丢了脸。他们妄图在诗歌世界舞台上给自己找到一份名人的差事，他们妄想在艺术国际关系中使自己谋得一个大师席位，他们彼此心照不宣地互相吹捧和媚俗表演，无时无刻不是在他们狗腿子的跟屁声中丑态百出。于坚和伊沙二人的丢人现眼已经不是一天两天了，他们粗制滥造的诗歌已经彻底丧失了艺术价值，他们颠倒是非的评论已经完全迷失了艺术方向。我发现于坚正在沿着世界艺术史的轨迹，一路把伊沙吹捧为什么波普时代的品牌诗人，一路把伊沙抬举成什么网络时代的天才诗人。然后，翻箱倒柜地找出了丹尼尔·贝尔和安迪·沃霍儿的名言警句来伪证自己的谎言……"其实我是不赞成李磊的言论的，虽然他是我的东北老乡，也是朋友，但于坚和伊沙的诗与文在中国的影响，以至在世界的影响，我认为是不容忽视和颠覆的。任何人想污蔑和毁灭另一个人，在文学领域里有一个硬件，那就是，对不起，先拿出你的文本再说话，否则一切都是靠不住的。

于坚：李磊写过什么诗，我不知道。伊沙以前是写过点不错的东西。我也评论过。最近几年写什么我没看过，就不说了。

我没有什么世界影响，别人也许有吧。也许在欧洲有几百个对中国文学感兴趣的人读过我的被翻译过去的一小部分诗歌，微乎其微。我可不奢望世界影响，能影响我父亲足够了，他老人家已经八十多，最近对我的作品特别称道。他可不是二十世纪八十年代那些读翻译作品长大的时髦读者，他是读"四书五经"的那一代读者。我深为得意。你的作品可不能老是些毛头小伙子跟着起哄。世界影响？我印象深刻的是，当我过海关的时候，看到我持的是中国护照，人家总是有某种轻视警惕的神情。

张后：我已经不是第一次读杨黎《灿烂》那本书了，杨黎曾写你和他的眼睛相遇了，像两个杀人犯，像两个偷情的人，更像两个懂诗的伙计……我每每看到这里就乐了，多么令人心驰神往的年代啊？现在的经济市场大潮将这一切几乎都潮跑了……还有几多诗人之间存有这种地道的朴实的兄弟感情？没有了，全不存在了？

于坚：当然存在。我们那个时代，江湖就是一个诗歌兄弟会。现在呢，诗歌已经成了奥林匹克运动会的分会场了。诗歌的裁判是时间，在场的怎么叫嚣也没用，把诗歌刊物买下来自我吹嘘也没用，掌握着权力，自己写文学史，自己给自己颁奖也没用。"桃李不言，下自成蹊"，诗歌自古以来只有这华山一条道。

我当然和那些要走大道的诗人保持着兄弟情谊，现在是大浪淘沙，必会水落石出。

张后：你的《0档案》，近乎十年前，我在《先锋戏剧档案》上看到的，真是一部大写意的诗作，牟森把它能搞成戏剧的效果出来，十分惊人，你后来想过没有把它用影片拍出来会怎么样？这一定是很有意思的想法。

于坚：大写意？你恐怕没仔细看，《0档案》是写得很具体的。具体到汉语本身的写意性被呈现了出来。写作是一种语词的捆绑，就像苏绣一样。现实只是一个出发点，意义是在捆绑这个行为产生的。大写意也是《零档案》这个场生长出来一个意义。《0档案》是一次捆绑，是对无、对0的捆绑，而捆绑这个动作本身是有，有无相立。我曾经想，《0档案》可以像平克·弗洛伊德的《迷墙》那样，搞成一个音乐剧。

张后：诚如你在《关于〈彼岸〉的一回汉语词性讨论》中所言的：二十世纪九十年代初期，八十年代如火如荼的先锋派文化运动萧条下来，出国成为时髦，许多诗人纷纷离开祖国……当时，你为什么没有选择离开呢？在另一国度是不是创作上会更自由些？你称"牟森是个戏剧天才，他创造了新戏剧，他的舞台充满张力，有强烈的空间感和现场感，至今国内无人超越。那时候行为艺术还没有人搞，牟森应该算是始作俑者……"时下戏剧舞台正热门，你没有计划和牟森再度联手合作呢？

于坚：我是个不可救药的乡巴佬儿、云南高原上的一只土鳖。离开云南，我就觉得气场不对。

自由其实并不存在，自由其实是认识到限制，对限制听天由命。

现在的戏剧与牟森那个时代不可比，现在的舞台上铺着的是钱，我们那时候搞的是"贫困戏剧"。

二〇〇九年四月十八日

我发现剃光头更像我自己

吴成贵 × 于坚

关于自己

吴成贵：于老师，第一次见到您的人肯定都会先把目光停留在您的光头上。我看过您以前的照片，以前您也有一头浓密的黑发的。是什么原因让您决定留光头。您长得也挺粗壮的，又是个光头，有没有因此被人误会过——这个人肯定不是个好人？

于坚：九十年代初我在北京参加牟森的戏剧车间，当时流行剃板寸，每个演员都剃，天气热，大家越剃越短，我发现剃光头更像我自己，长头发总是会陷入某种发型中，遮蔽着我的真相。慢慢就这么习惯了。当时诗人流行的是长发飘飘。我的头发很好，现在也很好。某一天又留起来也说不定。

我有过多次被从人群中叫出来检查身份证的经历。站住！我总是害怕，这种害怕从少年时代就开始了，十二岁的一天我父亲被机关里的

"造反派"带走，随后我就遭到一群大人的盘问。

自从徐志摩这些诗人出现以来，中国诗人的形象有点欧洲化了，激情澎湃的、优雅的、傲慢的、鹤立鸡群的、忧郁的，等等。诗人被塑造成一种与诗无关的形象，说实话，这个形象有点轻佻。诗歌被读者以为是无病呻吟、拿腔拿调、风花雪月或者歌功颂德。有些人诗写得很臭，扮演这种形象倒很在行；另一些诗人呢，为了反抗这种做作的形象，就流氓化，也很做作，都不正常。我看到宋人画的李白，就是普通平民的样子，还有点油肚。

吴成贵：有人可能因为您留着光头，就凭空想象，这个人可能不是个好人。可真实情况是，您不仅不是坏人，还是一个优秀的诗人。在一定程度来说，这就是想象和真实的区别。都说诗人的想象力特别丰富，但您的许多作品，比如《舅舅》《感谢父亲》等等，却又是那么的真实。想象与真实，在您的作品中分别起什么样的作用？您如何把握两者的关系，使之水乳交融？

于坚：真实情况是，我就是个剃着光头的老男人。好坏就说不定了，仁者见仁，智者见智。我也算见过些世面，黑白颠倒、在鸡蛋里面挑出大象骨头的事情我见得多了。优秀不优秀，那是读者和时间说了算的，桃李不言，下自成蹊，我可不能王婆卖瓜自卖自夸。

诗就是对世界的语言想象。想象不是幻想。想，有个象管着，大象无形，但不是抽象于世界，而是恍兮惚兮，其中有象。在《舅舅》这首诗中，舅舅就是我的亲舅舅，这是一个象。但是，诗歌不能只到象为止，诗歌要超以象外，得其环中。环中是什么，就是普遍性，可以穿越时间的东西。象是当下的、现场的，环中是使诗人创造的场与时间联系的那种气。我的诗的想象与虚构性的幻想不同，想象力其实是从现实（象）出发又超越现实的那种能力。

吴成贵：说到《舅舅》，在您的诗集《只有大海苍茫如幕》获得鲁迅文学奖后，我就读过诗集中的《舅舅》，至今还记得著名作家苏童读完这首诗的感受：我读诗很少流泪的，但《舅舅》可以。我也是，《舅舅》很让我感动。这就是您所写的诗歌的力量吗？

于坚：古人说，文章为天地立心。诗歌是心出场、立起来的特殊语言。诗歌不是语言游戏。心是先验的，心在诗歌中呈现，心是无，诗是有，有无相生。因此可以说诗就是一种心动。诗歌不是日常语言，日常语言不必动心，日常语言是工具性的。诗是神性的，诗起源于古代部落面对黑暗的荒野，巫师通过语词的占卦来为部落安心，诗就是具有神力的语词，它可以庇护、安置心灵。诗与宗教是一个源头。诗一动，那就是心动。严格地说，我以为不能动心的诗不是诗，只是语言游戏。

吴成贵：接着上面那个问题，《舅舅》是您用诗歌去表达了小说的体裁。我知道，您也写散文，出过散文集《相遇了几分钟》等，并且颇受好评。不管是小说还是散文，又或者是其他体裁，对您而言，创作是没有难度的。再说，比起散文、小说，诗歌肯定赚的钱更少。那为什么您还是选择诗歌？难道真像传说中的那样，提起笔，流淌出来的都是诗的语言？

于坚：从二十世纪七十年代初开始，我已经写了近四十年，日日在琢磨汉语的奥妙，我乐此不疲。写作永远有难度，难度不是奥林匹克运动会，跳马的标杆适用于每个运动员，而写作的难度是每一个作品具体的难度。我知道我的难度，难度其实就是重复，作者必须不断地为自己重复难度。没有先例，只有当下，写作的当下。我选择诗歌，是顺天承命，把赚钱和写作联系起来是这个时代的庸俗。诗人当然要生活，但写作的目的不是富起来。文章为天地立心，写作本身就是一种神仙性的存在。

在古代，优秀的诗人活得很好，比如白居易当年到长安，怀揣着好诗一卷，人家说，写得这样的诗，居易。在中国历史上那些伟大的时代里，优秀的诗人是天下养着的，因为诗人守护的是有无相生的无，就像宗教一样。我曾经去东南亚各国漫游，直到今天，僧侣都是人民供养着。古代的诗人坚持的是无用、忘机，今天的诗人被迫为"有用"写作，这是诗歌被轻视的内在原因。诗歌再怎么有用，也是无用啊。

吴成贵：您现在还坚持骑自行车上下班。为什么不买部车？没有驾照？还是像外面传的，诗人只是精神上的贵族、物质上的穷人，所以没钱买汽车？

于坚：不是坚持，而是我喜欢骑单车。这是我四十年的生活方式。我为什么要放弃我热爱的生活方式呢？穷人怎么成了一个贬义词了？孔子不是说："贤哉回也，一箪食，一瓢饮。在陋巷，人不堪其忧，回也不改其乐。"我当然不穷，汽车是个什么呢？我青年时代在工厂天天与机器打交道，汽车这机器我不喜欢，太难闻，坐在里面我总是没有安全感。自行车代步比它方便得多。如果人们成功、幸福的标志就是开着辆汽车，未免太像沙漠上的那些石油国了。

吴成贵：您还说过，如果这个城市允许牛车出行的话，您希望像魏晋的诗人阮籍、嵇康他们那样，坐在牛车上，跟着老牛曼慢的速度写诗的。是这样吗？为什么？

于坚：是的。这个速度使我可以看见世界。自行车的速度和这个差不多。诗的速度是诗经时代的速度，这个速度从来没有变过。

吴成贵：假设这辈子您没有写诗的话，您觉得自己最有可能从事什么工作？会是电视工作者吗？我记得十年前，您就拍摄过一部纪录片——《来自1910年的列车》。

于坚：不知道了，我刚刚到工厂工作的时候，我的愿望是当个好木匠，我在木工车间干过一阵子，热爱各种木头，后来又分配我去当铆工。活下去对我来说不是个问题，我是生活能力很强的人。我写作以外，也拍照片。你说的《来自1910年的列车》没有几个人知道，拍着玩的。后来我又拍了一个《碧色车站》，这个片子曾经入围阿姆斯特丹国际纪录片的银狼奖单元。

关于诗歌

吴成贵：一九八九年的三月二十六日，海子卧轨自杀。刚刚过去的三月二十六日，是海子逝世二十周年。海子并不是唯一一个精神上有问题的诗人，还有罹患精神分裂的食指、杀妻自杀的顾城等。有人因此说，很多诗人的创作都来源于一种"极致"甚至说"绝对"的精神状态。您同意这种说法吗？您的创作和精神状态又是怎样的呢？

于坚：精神状态就是一种写作的状态，写作不是拿起笔来的时候才开始。我的存在本身就是一次写作。绝对的精神状态如果是分离于生活，那是病态，精神病就是这种状态。我的写作和我的生活世界不是分离的。这是我与你说的那些诗人的不同。

吴成贵：在您的诗歌《四月之城》里，您写道"黄黄嫩嫩的阳光""梧桐树""甜丝丝的大雨"，可这样有美好环境的四月之城已经很难寻觅了。环境变了，写诗的心境也会随之改变吗？

于坚：我写作是随物赋形，任何环境都不会影响我对生活的热爱。诗意是先验的，它先验于过去，也先验于今天，难的只是写出来。

吴成贵：《四月之城》被改编成了歌曲，到现在则被打上了"老歌"的标签了。看到这个标签，我们意识到您也已经不年轻了。前几天，著名诗人雷抒雁的新作研讨会，被文学批评家指作品不如以前。人年纪大了，开拓的能力也不如以前了。您现在也已经到了知天命的年纪，您会不会在接下来的某一年选择急流勇退？

于坚：哦，是吗？我都不知道。我是不年轻了。但写作没有急流勇退一说，急流是什么？是时代在前进吗？我从来没有前进过，我只是守着一块叫作写作的石头罢了。水落石出是石头有力量一直待在河床的结果。前是什么，后又是什么，写作是一种生长，就像树木，春天有春天的样子，冬天有冬天的样子，总是绿油油的不是很可怕吗？道法自然在这个时代有点悖时，读者要求作者总是些毛头小伙子，作者也害怕老掉，总是要老来红，这种情况据我所知，只限于中国。开拓进取是写作的方向吗？我倒以为，写作是为世界守成。

吴成贵：不可否认，当前文学批评界存在着颇为严重的党同伐异的现象，您怎么看？您觉得文学批评对文学发展的作用何在？

于坚：是的，但是没有什么意思。真正的写作不害怕党同伐异。读者不会党同伐异吧？在今天的情况下。说实话，文学批评对写作没有什么作用，其作用就是党同伐异而已。

吴成贵：您曾说过，您不信任同时代的读者，为什么？

于坚：因为他们在时代中阅读我的作品，而真正的作品是在时间中匿名的，我的意思其实也是我并不信任我自己在这个时代中的名声，面对时间，我其实很惶恐。

吴成贵：现代的读者对诗歌的印象不再如以前好了，我觉得有这么一个原因，因为比起以前的诗人，现在的许多诗人更多是在玩弄技巧，而不是追求艺术，而且目的性和功利性很强。当前的诗歌呈现出大致这样两种倾向，要么玩深沉，故作高深，让人百思不得其解，要么就是另一种极端，玩"肤浅"。这无形中拉开了读者和诗人之间的距离。您觉得呢？

于坚：都在追求有用嘛。而读者的经验是，诗歌是无用的守护者。其实真正的读者并不拿"有用"的标准来衡量诗歌。

吴成贵：曾经，诗歌在华夏土地上有着至高的地位，但现在的年轻人更倾向于快餐式的阅读，读诗的人似乎越来越少，那么在当今社会的文化氛围中，您认为诗歌的生存和发展会走向何方？

于坚：我相信诗在中国的最高地位没有改变。人们的失望是因为近一百多年来，诗歌企图放弃它对无用的守护。但诗还在，一直在它该在的那里，就像岩石在它该在的地方一样。诗歌这块石头是要水落石出才看得见的。随他们去说吧，我已经写了近四十年，而且将继续写下去，我不在乎冷落或热闹。

吴成贵：说到青春小说，不能不提当今文坛的一些"80后"活跃分子，但这些人里，却没有一个诗人。不仅是"80后"里没有诗人，去年公布的中国作家富豪榜、中国作家实力榜以及中国作家影响力榜等，几乎都看不到诗人的影子。您觉得是什么原因？

于坚：他们是为富起来开跑车而写，三百六十行之一，诗人不是三百六十行里面的一行。他们的写作与我说的写作不是一回事情。

吴成贵：有人说，诗歌正在逐渐被这个时代所抛弃，我个人觉得，这个说法有点极端。您怎么看？我记得您说过与这句话刚好相反的话：无诗无希望！

于坚：被时代抛弃很好，诗歌本来就不是在时代中的，杜甫说得好，"千秋万岁名，寂寞身后事"。

吴成贵：这个社会已经不是以前那个社会了，那么诗人的含义变了吗？有评论家说，现在遍地都是写诗歌的人，诗人却不见了。

于坚：诗人是谁？这个批评家读过多少当代诗歌？现在许多批评诗歌的人，要么对诗毫无感觉，要么根本没有看过。这些批评可以忽略不计。这个社会不是那个社会了，这个汉语还是那个汉语，诗歌是根植在民族语言中的。诗人，如果他要写的话，我想他和诗经时代的那些作者没有什么区别，还是要赋比兴嘛。诗歌是时间，而不是事件、时代，是过去的时间，也是将来的时间。当然，如果人们开拓进取到要像五四时期某些知识分子鼓吹的那样要用拼音取代汉字，我就不知道了。

吴成贵：您有不少诗歌作品都被翻译到了欧美国家，比如荷兰语版的《作为事件的诗歌》。在那种迥然不同的文化背景下，这些作品的价值能得到认同吗？您怎样理解文学的世界性？

于坚：我不知道，我今年再次获邀参加鹿特丹国际诗歌节，我正在犹豫是否出席，欧洲太远了，他们的时间和我们差着一个梦，我们做梦的时候他们在干活，我们干活的时候他们在做梦。

二〇〇九年四月十五日

没有这种无限，语言就死亡了……

程一身 × 于坚

程一身：从我对《0档案》的阅读来看，你可能比较认可"诗这东西的长处就在于它有无限的弹性"这种说法，是这样吗？我赞同诗歌及其语言具有弹性，但是其弹性真的是无限的吗？它到底有没有一个限度？诗歌固然可以通过"非诗化"的方式扩展诗歌的边界，但在诗与非诗以及好诗与坏诗之间是否存在着一个标准？

于坚：我以为，闻一多之说，如果指的是在如何说上，我同意。在如何说上，界限永远是未知的。这是语言的创造力所在，没有这种无限，语言就死亡了。限度，是文明的阶段性选择。显示自由无疆的创造，野怪黑乱，然后需要限度了，一言以蔽之，"诗无邪"。"诗无邪"一旦雅驯、僵化，文明又会"礼失而求诸野"，雅的标准又会被打破。你现在的担心是有道理的。新诗从《今天》和第三代的出现到现在，可以说是一个"礼失而求诸野"的时代。现在大家呼唤"诗无邪"，就是要确立一个限度。限度以何者为限？孔子的"诗无邪"是在德上，在说什么上，不是在如何说上。

如果从诗经的方向看，那么唐诗宋词就不是诗了。"关关雎鸠"不会以为"君不见黄河之水天上来"是诗，太直白。从汉语的方向看，那么西方就更不是诗了。如果"明月松间照，清泉石上流"是诗，那么"死亡是来自德国的大师"（保罗·策兰）只是一个基于某种结论的理性判断。反过来，对于后者来说，前者也许只是些废话，只是陈述了事实。如果读者没有禅宗的文化经验，是觉悟不到其中的诗意的。这个时代缺乏禅意，所以当代诗歌的禅意被真正地理解为废话。

中国先锋诗歌针对主流诗坛的"诗无邪"的"非诗化"有两个方向，一个是德，一个是如何说。在德这个方面，最近三十年，新诗最大的贡献是回到常识，确立了一代诗人普遍的自由主义立场。在如何说上也非常丰富，日常语言、口语、书面语、翻译风的写作都有杰作。

今天越来越多人提出好诗坏诗的问题。我以为不是如何说的问题，而是德的问题。自由主义固然是现代社会的基本价值观之一，但是它有没有一个终极价值。就是说，它有没有一个德的底线。自由上面，有没有神灵？"礼失而求诸野"是历史所驱，但最终是要回到礼，而不是一味地野怪黑乱下去。杜甫说"再使风俗淳"，李、杜可谓唐朝的先锋派，开风气者，但他们的确立的是大雅。《诗大序》："雅者，王也"。李白诗云："大雅久不作，吾衰竟谁陈？"（《古风》之一）

为何写诗？古人说"文章为天地立心"，语言，只要立心，那就是文章。怎么说都可以，但要"无邪"。今天说的无邪当然不会是很狭窄的"存天理,灭人欲"那些,但依然有个终极价值。文明当然有好诗坏诗的度,那是看文明选择什么。文明选择什么,有传统的管辖,有读者的阅读经验,也有时代的氛围。布罗代尔将历史分为长时段、中时段和短时段,时代以为好的,未必在长时段中有效。所以杜甫说,"千秋万岁名,寂寞身后事"。杜甫作为伟大诗人,是在长时段中确立的,而不是在短时段中确立的。

现在,标准的混乱,我以为是对那些长时段中确立的经典缺乏足够的敬意。我们没有以它们为尺度来检验我们时代的诗歌。比如布鲁姆的《西方正典》做的那样,那样伟大的尺子我们没有做。说实话,那些甚嚣尘上的诗歌,那些所谓的当代名篇,有几首敢接受这个标准下的检验。许多诗歌的写作冲动和广告一样,只是为了当下即刻被注意到。

自由主义不能否定经典。我的"非诗""非历史"一直只是在如何说上,在说什么上,我一向很保守。我可不敢与诸神绝交。就《0档案》来说,大家谈论的是它如何说,而一直忽略它说什么。从对中国二十世纪后期的存在状况的表达来说,还有其他的像《0档案》这样作品吗?恕我孤陋寡闻,我还没看到。《0档案》是渎神的,但亵渎的是现代神话,而担忧的是诸神的缺席。我们这一代诗人,作为"文革"的同时代人,有多少作品在形而上的层面对这笔遗产做出了交代?在这方面,我问心无愧。

如何说是无限的,说什么是有限的。有些诗看起来用词很雅,也押着韵,但只是语词的游戏。怎么说可以走得很远,但是有说什么管着。形式只是当下,"永恒"这个"什么"却必须一再地被重复。

文明需要语言来立心，而语言不能僵化，它只有在变化创造中才能为各时代招魂。我记得有一次在某大学讲课，黑板上摘引了讲课的三位诗人的诗句，"从看见到看见中间是看不见的""一切光明都源于黑暗"以及我的《过海关》的开头"夏天　走向海关时出了一身汗　担心起来"，学生对前两句立即心领神会。对我的这一句，则保持沉默，大约以为是废话。二十世纪，中国知识分子深受西方智性文化的影响，任何事情都喜欢确定答案，没有道理、只可意会的妙悟越来越弱。诗也是如此。隐喻，被理解为智性的、作者刻意为之的东西。隐喻的表达方式：A是B。这个决定"A是B"的作者，其实不信任语言，语言不是自己说话，而是作者赋予它意义。作者有一种上帝那样的身份。"A是B"隐藏着某种语言暴力，作者将个人的是非、结论通过象征强加于读者。比如保罗·策兰的"清晨的黑牛奶我们在夜里喝"。你要知道作者对德国历史的结论，你才知道"黑牛奶""夜里"指的是"纳粹集中营世界"。我并不否认"A是B"也是一种重要的诗歌修辞方式，当个人的"A是B"具有普遍性的时候，读者也会共鸣，但"A是B"也极容易用来掩饰个人创造力的贫乏。你可以用"A是B"忽视他者。个人的语词游戏，"A是B"的谜底，很容易使诗人在神秘主义上获取声誉，尤其对厌倦了普遍价值、视他人为地狱的读者。

对于作者来说，最重要的是如何说，言尽意止。对于读者来说，重要的是说了什么，得意忘言。这个常常被混淆，读者关心的是言外之意。在作者，言外之意不可故意为之，西方式的隐喻从波特莱尔、兰波的象征派开始发达，但二十世纪的拉金、弗罗斯特、庞德、奥登、希尼对此又有所反思。现代主义其实疏远了象征派那种隐喻。比如俄罗斯的阿克梅派，比如艾略特的《荒原》，它的象征性来自整体。普鲁斯特的《追忆逝水年华》就是想表达"A就是A"。闻一多说"新诗所用的语言更是向小说戏剧跨近了一大步"，也可以说是白话诗试图在"A是A"上的一种努力，但三十年代并没有走得很远，徐志摩、戴望舒出来又回到象征去了。

"文章为天地立心"，这才是诗存在的必要。如果没有"立心"，修辞游戏再符合所谓诗的标准，又有什么意思呢？无非多识于"鸟兽虫鱼之名"罢了。诗，兴观群怨，孔子把"多识鸟兽虫鱼之名"放在最后，是有深意的。

心是语言立起来的，心是先验的，而不是语言将某种心的观念说出来。"A是A"，就是相信心的先验，相信读者；"A是B"则把心理解为某种观念、意思、结论、意识形态，通过语言这个工具来表现。

当代中国诗歌的关键问题不是"是不是诗"，而是"无心"。许多"后现代"的"非诗"，大多只是为观念服务的语词游戏、意识形态的形象宣传，分行排列，没有心灵。心灵不是意识形态，不是左的意识形态，也不是右的意识形态。"文以载道"没有错，但我们时代把超越性的"道"理解为当下的意识形态了。

程一身：你过去曾表示"拒绝隐喻"，现在还坚持这个观点吗？我在文中论述诗歌语言是从抒情话语、叙事话语、象征话语、智性话语等角度展开的。我感觉这些话语模式在你的诗中也普遍存在，你不认为象征话语可以使诗歌获得必要的弹性和厚度吗？你觉得除此以外，当代诗歌话语还有其他有效的模式吗？

于坚：前面已经说到了，这里再说说。拒绝隐喻，当年说的是"一种作为方法的诗歌"。我强调的是通过对陈词滥调的再隐喻的拒绝而复活神性的"元隐喻"。我说拒绝隐喻，一般来说，就是要拒绝"A是B"。"A是B"，可以说是二十世纪中国新诗最普遍的方式，那些受苏俄诗歌影响的新诗都擅长于"A是B"。斯大林的语言工具论在中国很有影响。

"A就是A"，我理解的隐喻是在中国诗歌的传统中。"A就是A"，语言直接说话，言此意彼的空间是语词的组合自然呈现的。作者当然在创造，但他不是上帝，他没有结论，也不断是非。是非、结论是读者的事，或者说它不是判断，而是诗歌的口气。

汉字本身就是象征性的、隐喻性的、表现性的。汉语是神性的语言。汉文明的神就在汉字中，看看泰山石刻，古人刻字就是刻写神迹，而不是像他民族那样，语言只是通向神意的阶梯。汉字是表意文字，诗人必须牢记。今天许多诗人不自觉地把汉语用拼音文字的那一套来理解，比如诗歌朗诵，我不以为然，因为大多数的朗诵取消了字，只剩下声音。而汉字中大量的同音字的存在，其实使朗诵成为与诗无关的声音表演。最近电视上字幕越来越普及，就是意识到汉语不能离开字。作为象形文字，字本身已经是一个形音义合一的表现性的符号，这是汉字的特点。索绪尔的理论无法解释汉字，我以前也受能指、所指那一套理论影响，后来越来越发现讲不通。汉字也存在声音、意义的层面，但这两个层面是不可分割的，不可用能指、所指来分析，它不是三明治那样的关系。字已经超越了能指、所指，天人合一，在文字上也是这样。

汉语诗歌的隐喻、象征总是再象征。我希望回到开始的象征。就是卡西尔说的那种神话时代的语言。汉字直接说话，而不是"言在此而意在彼"。言此意彼是整体上的，是诗创造的语词之场发生的，而具体的词却是"直接就是"。例如，就更大的方面来说，泰山给我们的是一种整体感受，而李斯的字、杜甫的诗只是这种整体感受发生的原子，如此才会有"泰山压顶"的终极象征。"抒情话语、叙事话语、象征话语、智性话语"我都会用到，这些对于专业诗人来说，只是小聪明。如果它们不构成一个言此意彼的场的话，那就只是小聪明、智力游戏。只要你用汉字写作，你就无法拒绝象征。拼音文字不同，从所指回到能指的路一直存在，西方诗歌二十世纪以来倾向建立"个人的真理"。而汉语，这条路比较困难。我深刻地感受到汉字伦理（真理）、历史、所指的制约。汉字沉到底可以回到神性，但无法回到黑暗的声音，回到意义的彻底虚无。我喜欢汉字的这个底线，拒绝隐喻就是回到底线，回到开始。我的意思是，诗应当创造的是"场"，在这个"场"中，语词可以直接呈现，比如太阳，那就是"太阳"，而不是"君主""至高无上的权力""黑暗的价值对立面"等等的替代品。《0档案》有非常大的象征空间，"泰山压顶式"的空间的形成，恰恰是我最直接地使用了语言。这需要创造一个场。

程一身：古典诗歌整体上是诗，而且其中的每个句子也是诗意十足，甚至成为名句。

于坚：那也不一定。"明月松间照，清泉石上流""枯藤 老树 昏鸦"只是陈述了事实甚至只是组合排列了词。类似例子不胜枚举。《0档案》

就是这样。

诗意是文明选择的，许多诗句在它产生的时代，并没有后人所谓的诗意。诗意来自当下经验的激活，也是语词被历史化的结果。当代诗歌也是一样，现在与古诗对比，也许没有什么名句，但将来难说。如果只有古体诗是诗，那么意味着这一百年对西方诗的翻译完全是无效的，没有一行翻译曾经达到过古代诗歌的水平。人们在责难白话诗的同时，却对西方翻译诗顶礼膜拜。比如文艺晚会经常朗诵的裴多菲《我愿意是激流》，我以为与当代新诗达到的水平，那真是差得太远。

程一身：对于当代诗歌的许多作品来说，单独拿出来其中任何一个句子，很难说它是诗；但是，从整体来看，它作为一首诗似乎又是成立的。在新诗语言的实验方面，你是走得最远的当代诗人之一。在我看来，《0档案》的语言似乎处于诗歌语言与非诗歌语言之间：

> 他那30年 1800个抽屉中的一袋 被一把钥匙掌握着
> 并不算太厚 此人正年轻 只有50多页 4万余字
> 外加 十多个公章 七八张相片 一些手印 净重1000克
> 不同的笔迹 一律从左向右排列 首行空出两格 分段另起一行
> 从一个部首到另一个部首 都是关于他的名字定义和状语
> 他一生的三分之一 他的时间 地点 事件 人物和活动规律
> ……抄写得整整齐齐 清清楚楚 干干净净 被信任着
> 人家据此视他为同志 发给他证件 工资 承认他的性别
> 据此 他每天八点钟来上班……

这首长诗每一部分均不分节,每行分成若干词组,不用标点。语言极其精确写实、锋利尖锐。这种写法似乎和你以前的诗歌脱节较大,能否谈谈你是如何实现这一飞跃的?

于坚:写作是去蔽、明道,是随物赋形的过程,"赋事遣辞莫不各依象类"。佛教有个观点,叫作不执,要破除"我执障"。诗也要不断地破除"我执障"。古人云:文以明道。道是先验的,如何明则有各式各样的光。问题在于你的写作是否是悟道的结果。目击道存。道无所不在,因为你不会只在一个方向上看见道。如何写应当道法自然,而不是执着于什么写作上的主义、理论,或者自己已经成形的所谓风格。写作是为世界守成,标新立异,是为了守护这个成,而不是破旧立新。

程一身:对于你而言,这是一种偶然的尝试,还是一个发展的方向?

于坚:我不尝试,也没有方向。我之所以写这个、这么写,只是因为心动,有话要说。

程一身:能否就此发表一下你对当代诗歌语言的看法?当代诗歌语言与闻一多时代的诗歌语言发生了哪些变化,取得了哪些进展,还有哪些不足,其发展前景及相关策略是什么?

于坚:这是一个大问题。简单地说,在闻一多那一代诗人中,白话诗的合法性是他们最大的焦虑。他们总在担心"新瓶装旧酒"(例如金克木在一篇文章中分析卞之琳时说的),闻一多探索新诗格律化就是这种焦虑的表现。而在我们这一代诗人中,用白话写诗,已经天经地义。我们没有这种焦虑,我们的焦虑是在形而上的层面,也可以说是与神的关系这个层面，永恒与当下这些层面。最近十年的新诗我不是很看好，很热闹，但为道日损。当下本来只是灵感的触发地，现在却成了终极之地。诗越来越为时而作，为名而作，完全放弃了"为天地立心"，这是诗被读者等同于无聊的内在原因。当代诗坛小丑、乖戾、犬儒、斗士太多，我以为当代诗歌需要的是高僧大德。也有好的方面。现代中国，以往每一场喧嚣总是人去楼空。现在有了拒绝喧嚣者，因此可以期待水落石出了。进展，那就是新诗已经有了自身的传统，有了后生可以超越的东西。诗在物质经济的时代坚持了无用，升华起来，诗内在的神性（诗教的基础）逐渐鲜明。

我最近有一文《道成肉身——最近十年的一点思考》，其中说道，写作必须道成肉身，热爱并持续一生，不是通过写作来改变人生际遇。新诗现在应当正视它的成熟，而不能总是一场场青春期的胡闹。

二〇〇九年十月九日

与诗歌有关：从一九九〇到新世纪

周航 × 于坚

回顾："九〇后"的诗歌与诗论

周航：你于一九九二年提出"拒绝隐喻"的诗观，我深知其中内涵的丰富与复杂性。你有不少关于这一理论的阐释，也有相关的实践。时隔十六七年，回头再来看这一提法，我感觉你当时有一种策略的意味，正如鲁迅，欲兴新文学，必然决绝地打倒文言，提倡白话。按你的说法，批判隐喻是为了复活隐喻，那么今天你还持以前的观点吗？对"拒绝隐喻"有无新的发展性的阐释？

于坚：鲁迅他们那个时代文学和改造社会的大任比较密切，所以策略多，有些极端的说法是明知故犯。写诗需要什么策略呢？批评家总是喜欢用政治术语来谈论诗歌，仿佛诗人都在搞阴谋似的。昨天，我参加了成都的一个民间诗歌节，我在发言里提出"后现代可以休矣"。也许人家又要以为这是一种策略。不是。我在写诗，也在思考诗。我为什么在一九九二年提出"拒绝隐喻",那是因为我对语言的思考到了一个阶段。隐喻对于汉语,那是本体性的,只要你用汉字写作,你就是在隐喻。这个与拼音文字还不一样。西方诗歌的隐喻是制造出来的,语言是抵达意义的工具,汉字本身就是隐喻。你不用说什么,把它摆那儿,它就是隐喻。我的那个文章《拒绝隐喻》,副标题是"一种作为方法的诗歌",我的思考限制在一个诗的技术范围内。实际上,我是从文化的角度来思考诗的。可我只针对诗说话,另外的东西我没有说。八九十年代各种西方的语言哲学进入中国,从维特根斯坦到雅各布森,再到海德格尔,刚刚进来时,我就在读那些书。在这之前,我对与语言有关的理论也非常注意,这个来自童年时代我母亲的影响。我母亲是中学数学教师。她总喜欢说,怎么样呢,而不是说为什么呢。怎样、如何对我影响很大。这影响到我的语言态度,我总是关心如何说。"拒绝隐喻"具体到写作是和诗歌如何说有关。但是从广义上来讲,我认为中国文化本身就是隐喻性、表现性、诗性的。在中国,日常生活通常就是一种象征的方式。象征可能太高雅了。我们换个说法,面子的方式。言此意彼,其实不像西方那样高深莫测,并且是在十九世纪法国象征派出现后才自觉起来的东西,就是世俗生活。那个时候我意识到象征、隐喻在中国现实生活中是一种逃不开的东西,是一种暴力。最近十年,社会的发展愈发使我觉得我那个想法是对的。面子文化在当今的中国非常发达,所有的事情不是从事物本身出发,不是从身体出发,而是从观念、主义、形象、面子出发。你看现在许多大城市越来越与居民的身体、生活、过日子无关,只是些现代、高大、宏伟、欣欣向荣之类意义的隐喻。"金光大道"已经成为空间性的象征。过去,这些东西只是观念,现在是直接空间化,用物质技术来完成这些象征,暗示这些观念。我觉得这很恐怖。工程不考虑到住在其中的人的体验感受,只考虑它是否象征什么意义,现在很普遍。比如汽车、房子,成为身份、地位、权力的等级象征,比如流亡、出国、被翻译、获奖成了诗歌质量的象征,这个国家还有多少"直接就是""A就是A"的东西?拒绝隐喻,就是要在语言上回到"直接就是"那种汉语的原始神性。我绝不是什么世俗的诗人,我是要在语言上回到神性,而不是许多诗人的"观念神性"。《尚义街六号》就是将日常生活神圣化,继续的是杜甫《酒中八仙歌》的传统。批评家总说我在写小人物,不,我写的是那个时代的少数人的仙人生活。世界的根源在语言,孔子说:"不学诗,无以言""名不正,则言不顺;言不顺,则事不成;事不成,则礼乐不兴;礼乐不兴,则刑罚不中,故君子名之必可言也,言之必可行也,君子于其言,无所苟而已矣"。海德格尔说"语言是存在之家"。我只是要把握语言本源性的东西。当时我没说那么多,但我一直在想。我受语言哲学的影响,我觉得应该从一种具体的写作入手,在写作的具体过程中来改变传统诗歌的方法,通过对语言的怀疑来重建对语言的信任,拒绝隐喻是一个方法,而不是颠覆。颠覆隐喻意味着颠覆汉语存在方式。五四时期,有激进的知识分子就想干这个,将汉语拼音化。天佑我中华,他们未能得逞。人们并未注意到我的"拒绝隐喻"后面有个副标题"一种作为方法的诗歌"。这就是当代批评的水平。唯一注意到这个副标题的是荷兰的柯雷。八十年代至九十年代初期还不存在"知识分子写作""民间写作"的划分。九十年代不是后来的人以为的知识分子、民间那样对立的，我们都是一伙儿，而且我们要共同面对一个要把我们绞杀的主流文化。《文艺报》九十年代初期曾经发表整版文章批判我们。当时提出那个说法不是什么策略性的东西，纯粹是写作上的思考。当然，那时我写它还是比较粗糙的，只是讲出了一些要点。二十年来，我一直在想这个东西，后来想得比较清楚，这个观点是对的。我并不是标新立异以引人注目，但是批评家会这么去想。我认为批评家在九十年代是比较软弱的，他们被那个时代铺天盖地的理论吃掉了。对当代诗歌缺乏判断力，当代诗歌写作是很强大的，批评却是矮子。我当然希望我写的东西同时代的批评者有所呼应，可是同时代的批评层次很低。我于坚从来就不是老想到策略的人。

周航：从你九十年代的一些诗论中可看出，你似乎对天才写作情有独钟，是这样的吗？你认为你是天才式的写作吗？世界上有很多的天才诗人，你是如何看待自己这么多年来的写作的？

于坚：诗人是比较敏感的，九十年代不想写的人都做生意去了，认为写作没前途的人该干什么就干什么了。而八十年代在活法上是没有选择的，大家都待在某个单位里。优秀的年轻人要想鹤立鸡群，大多是在写作上来表现，来发泄，通过写作才能显得与众不同，中国五千年来出人头地的大都是写作的人，所以在八十年代很多人选择写作是传统使然。九十年代以后，选择的机会多了，人生可以有许多方式飞黄腾达，不必守着写作，许多人就离开了。我记得那时候我的朋友中就有人劝我干别的，何必拴在一棵树上，我大吃一惊！他居然敢这样说，他把写诗视为一个饭碗。九十年代继续写诗的人那是真的喜欢写，九十年代是一个平静地琢磨怎么写的时期。我的许多有力量的经过深思熟虑的文本都是在九十年代写的,那时已不是振臂一呼、应者云集的年代。九十年代,许多诗人出国了,许多前诗人都不写了,另谋高就,后来甚至以曾经写诗为幼稚为耻辱。我很穷,但与诗的关系更深入,我一直在沉思八十年代所想到的东西。如果没有这些沉静下来的思考,九十年代的文本我是写不出来的。那时我对天才产生了怀疑,我本来是崇尚天才的,八十年代是一气呵成的年代,现在我意识到天才必须要养,养就是要自我警惕那些所谓才华性的东西,要自觉地成为一个匠人。我认为天才是完全不重要的东西,我看到很多有才华的人都像流星一样消失了。中国五千年来很少有把写作看作专业,优秀的文人写作都是通过写作来通达仕途,或用来改变人生的际遇,逞才使气于一时。我认为,中国这一百年,通过对西方的学习,如果没有学到专业精神,那么这一百年就算是白学了。应该追求一种纯粹意义上的写作,李白、杜甫在写作上其实是很专业的,但他们不是主流。对于中国来说,专业精神是最本质的现代性之一,许多人以为现代性就是什么"象征主义""荒诞派""后现代",我以为那是过眼云烟。写作是对语言技艺的一种持续打磨,它不靠才华来支撑。才华很有可能变成那样的写作,"春风得意马蹄疾,一日看尽长安花",就不写了,混吃混喝混会去了。我在八十年代就体验到"一日看尽长安花"的快感,我的诗在中国被大家承认,然后就是著名诗人。我很快意识到这不足以使我的写作持续,所以我对天才是很怀疑的。后来我写的东西,很多人认为不是一个天才写的了,他是一个匠人,我很高兴。这是我的写作得以持续的一个重要原因。

周航：你认为故乡、母语是你重要的记忆，所以你说你在为过去写作。你的诗更多的是对现实的否定，进而你不相信未来，主张从非历史的方向进入历史。一直以来，大多数人把你列入先锋写作。我是否可以把你的这些诗观考虑成你之前诗歌写作的基调？能否做简要的阐释？

于坚：从表面上看，很多人认为我是一个先锋派，比如说我的《0档案》是一个振聋发聩的文本。但是我认为现在是一个批评矮子的年代，这个时代的诗人，他们得自己当自己的批评家。在批评上，诗人真的是有许多真知灼见的。他们看不到我作品的空间性，他们只能局限于文本。我的价值观是非常传统的。雅是什么？雅一方面是"诗无邪"，一方面也是"怎么写"的雅驯。李白说"大雅久不作"，他突破前朝诗歌的雅驯，是回到大雅、清真（清真是什么？就是要从矫饰死亡的隐喻泥塘回到"直接就是"。），回到朴素，回到正声，如杜甫那样"再使风俗淳"，而不是什么"先锋到死"。"先锋到死"，那是一种猖狂，把文学变成一种行为。魏晋就是一个猖狂做作的时代，诗没有几首写得像样的，一堆"世说新语"，什么用剑去杀蚊子之类的东西。魏晋之后的诗人肯定有一种"大雅久不作"的感慨。我所有的作品都是一种"仁者人也"的东西，只是我的言说方式是非历史的、拒绝雅驯的。所以，非历史对我来说只是言说方式的革命。但是回到历史，我要发扬的是中华民族那种基本的世界立场，而不是颠覆这个东西，我从来没有颠覆它。有些西方汉学家认为我是亵神的，其实我亵渎的是"雅驯"，以及这个时代的丧失常德。我没有亵渎"诗无邪"这个神灵。"雅驯"是形式上的一种相对限制，五言七言，甚至到了自由诗，文明的习惯老是想要获得一种规范性的东西。我认为诗就是"为天地立心",只要立心,怎么写都可以。人们没有看出我的"反传统"不是反抗"仁义礼智信"这类东西,我在"文革"年代目睹传统价值观是如何被摧毁的,亲身体验,我的家庭也遭受磨难。我看到了仁、善在中国如何被踩在了铁蹄之下,所以我的诗里面是要回到这种东西。从我早期到现在的作品,我从来没改变,在这点上,我绝对是传统的。

周航:你好像历来对九十年代诗歌有点看法,认为八十年代才是伟大的。我想其中原因不外乎你对九十年代"知识分子写作"风头颇劲的抗拒。同时你还论证了九十年代是"民间写作"的时代,认为那才是值得重视的一股写作潮流。时至今日,"知识分子写作"已成过去,你认为是以你为代表的"民间写作"反拨的结果吗?你以前的一些想法有无改变?

于坚:其实,在八十年代末期到九十年代,后来所谓的"知识分子写作",一直暗中有些争论。一九八八年的《诗歌报》上说是要写"正派"的诗歌,那个"正派"的诗歌我到现在也没弄清楚,可能是指修辞上要更为文雅一些。它有没有涉及"德"的东西,那个时候还看不出来,但是也有一些所谓知识分子写作的诗人比如西川,从他身上我也看到涉及"德"这个层面。但是在八十年代我们所面对的语境,"知识分子写作"是想从那个语境中脱离出去,而那个语境是个非常严峻的。就是说,诗人要面临主流文化的压迫。比如,民间诗人基本上都有因为创办民间刊物或者是民间写作的被审问的经历,包括我、韩东。相对来讲,"知识分子写作"没有这个历史,他们一直在象牙塔里面。知识分子写作当时强调的那些东西在那个语境里不重要。你想，如果你办个诗歌刊物都要被审问，诗歌还是个象牙塔吗？我认为他们说的那些东西没有什么问题，但是他们说的不是那个时代应该说的东西。后来的时代，宽松多了，知识分子写作自然要彰显它的价值，比如说在最近十年，"知识分子写作"也在彰显它的价值。其实我并不是说"知识分子写作"一无是处，我认为他们提出的那些也是对中国当代诗歌的一种纠正或一种修正，这是必要的，特别是现在，它有它的意义在里面。我说八十年代伟大，不是针对"知识分子写作"。我认为整个八十年代对思想界、诗歌界奠定了一个重要的东西，那就是自由主义的基础。自由主义经历了八十年代、九十年代之后，终于在中国当代诗歌中扎下了根。自由主义在三十年代、四十年代只是少数人比如胡适等人的一个主张，那时有各种主义的交锋，比如自由主义、马列主义等；但在八十年代、九十年代自由主义成为先锋派诗人的一个基础。我昨天的那个发言就是这个意思。但是我们所强调的自由主义是在八十年代确立的，在确立自由主义的过程中我们忽略了一个重要的东西，在诗歌上也就是在自由主义上有没有一个神灵，就是有没有"德"这个东西。你有没有终极价值和底线，那么像我的"非历史"是有这个底线的。但我就没有想到在往"后现代"一路狂奔的路上，已经完全是无神论写作了。在这个意义上，我肯定"知识分子写作"提出的某些东西，虽然那是来自观念、知识，它们缺乏经验。八十年代还没有"拜物教""彻底无神"的经验，那是一个短暂的众神归来、众神狂欢的时代。在八十年代我是感觉到神灵在场的，今天我完全感觉不到了，我体验到了何谓神性缺失。"知识分子写

作"当年从观念阅读得来的"神性",今天他们自己是不是还在继续,我很怀疑。我觉得"知识分子写作"好像也要被今天市场经济这个东西收编去了。他们当中也有许多人不坚持了,这令我好失望。"盘峰论争"发生后,其实两方面的诗人都对对方的观点有所吸收,对自己的写作也有所调整。最后的结果是,诗坛曾经如诗人朵渔说的"不团结就是力量",但现在实际上"民间写作"与"知识分子写作"的对立已不存在。大家共同感受的恐怕是受这个时代猖獗的拜物教影响的写作上的"无德"。最近十年,虽然民间写作占有上风,但是这个上风只是声势上的,文本我并不那么看好。我觉得这个"上风"对具体诗人的写作影响不大,网络上出现了一些优秀的诗人、年轻的诗人,与民间、知识分子都没有什么关系,我觉得是有希望的。但是像八九十年代那样有影响力的作品基本上没有出现,这个原因是非常复杂的。

周航:你能用最简洁的话对"九〇后"的诗歌与诗歌观念做个哪怕是片面的评价吗?尽管九十年代是复杂多元的,并非三言两语所能概括。

于坚:如果说八十年代是鱼龙混杂的话,那么九十年代的写作可以说是一个水落石出的时期。就是说,真正要写诗的人继续在写,那种混在诗歌队伍的人就自动消失了。然后呢,最近十年又是一个鱼龙混杂的时期——网络时期,年轻一代出来表演。接下来,我认为也许又会是一个水落石出的时期。最近这十年,不仅是年轻人在表演,对我们这一代诗人也是一个考验。你的文本是不是依然具有一种力量,对每一个八九十年代成名的诗人,对知识分子与民间诗人来说都是一个考验。

旧事重提：关于"盘峰论争"

周航："盘峰论争"一晃过去十年，研究者多有谈及，似乎有一个公论，说那是一场"意气之争"，是论战双方的某种狭隘心态使然，是文坛的权力之争。时过境迁，心态也该平静，你今天是如何看待那场论争的？想不想来点"盘峰论争"十周年祭的想法？

于坚：其实，"盘峰论争"是势所必然。它涉及诗歌标准多元化。因为在过去，诗歌的标准是唯一的，歌功颂德。民间、知识分子诗歌的标准都是被压着的。总有一天，民间的诗人会出来说我认为的好诗是什么样子。这本来是一个自然的生态，每个人都可以站出来说自己所认为的好诗是什么，然后由时间与历史去选择。九十年代倾向"知识分子写作"的一些批评家已经在做一些编选诗集的工作，诗集就是在确立诗歌标准。在八十年代大家相安无事，你写你的，我写我的，谁也没有确立标准的权力。虽然我不认同你的诗歌观念，但是我也无权否定你。在九十年代末期有些诗歌批评家掌握了编选诗集的权力。本来大家都是民间的，诗人之间是惺惺相惜，虽然风格不一样，彼此对某个人作品的分量都心知肚明，但诗歌选本是批评家的立场，只有民间的一部分诗人进入诗歌选本。那时候的选本和现在泛滥的不同，一旦正式出版，那就是国家意志。官方出版的权力可不得了啊，那就是盖棺论定。倾向"知识分子写作"的批评家首先运用了这种权力。"盘峰论争"的起因，就是因为这种权力已经被使用了。从程光炜编的那个东西开始，他在序言里面说得很清楚，要来一次清场，清场就是要重建一个诗歌秩序，ABC重新排列一遍。不过,于坚是清不掉的。他的那个场里,我与韩东都在里面,但是他把很多的第三代诗人给清掉了,而他的选本打的是全称性、权威性的旗号。这个书出来后不久,杨克在广州搞中国新诗年鉴,邀请我、韩东、谢有顺等当编委,讨论时韩东说"诗歌在民间",后来被杨克改成"好诗在民间",差别很大。编委会要我为年鉴写个序言,我不针对诗人,但不点名地批评了批评家。许多观点都是我一直以来的看法,这次明说出来罢了。后来谢有顺在《南方周末》上发表了《诗歌的内部真相》。这是"盘峰论争"之前的情况。盘峰会议是自费的,我根本不想去,我就是一心一意在写作的人,何况那时候我很穷。但如果在这样一个清场已开始的情况下,你有了名声,人家也承认你,我就装聋作哑不出气,那作为诗人的良知是有问题的。有些诗人当时不在场,比如杨黎,他当时在忙于谋生,九十年代的市场经济使很多诗人都生计窘迫,不在场。那么我这个一直在场的总得出来说几句话,没有批评家为这些诗人的杰作说话,人家说,他们被遗忘了,不对,至少我没有遗忘。我就说两句吧。把当代诗歌的真实情况、我的标准给大家说一说,所以我去了。我在九十年代写了不少诗,他们也不会认为我退出了诗歌现场。之前的暗中较劲,现在就公开了。大部分批评家当时都站在知识分子写作一边,包括北大那些教授。他们把这个论争叫作"发难",说得很傲慢,也很准确,可想见那时候是个什么情况。诗人之间的争论,居然用到"发难"这个词,可想而知,已经认为自己就是诗歌君主了,本来都是一个大民间的,一旦掌握了文学史的话语权,就这样搞,不对。"盘峰论争"一开始并没有所谓的火药味,后来吵了一下,主要是几个年轻诗人在吵。实际上我后来没有说话,我开始时做了一个发言,一些话也只是开开玩笑,比如说,每个诗人背后都站着五十个批评家。那时我去的时候大家还是朋友,只是讨论。王家新愤怒地写了一篇批评我的新诗年鉴序言的文章,他念的时候,我站起来出去了一下。后来第二天都批我,我当时非常难受,眼泪都出来了。我觉得老朋友怎么能那样说话呢?这都变成"文革"去了,我很受伤害。但是,我觉得这些都不重要。诗人都是从"文革"过来的,"文革"的那一套都在潜意识里影响着大家,我对这些是深恶痛绝也深受其害的。我也说过过于激烈的话。但重要的是,盘峰之前是官方拿民间的某个诗人、某种风格来批判,诗人与诗人之间从来就没有这样过。我们没有过公开争论的经验,我们的历史记忆那就是批斗会。牛汉对我说,你们在这里争论,后面还有人看着你们呢。我明白牛汉话里的意思,但我觉得过去那些政治批判与诗没关系。我们的争论,我知道,可能最后两方都会被收拾掉,但是我们确实在争论诗的标准问题、公正问题,不是在搞政治。虽然用的话语方式表面上很暴力,但是民间其实说的是诗要直指人心,比如用日常语言、口语,实际上我不喜欢"口语"这个词,我说的是日常语言,要表现生活世界的诗意。知识分子说的是诗要正派,修辞要有难度,要表达一种超凡脱俗的精神境界。其实都在讲诗与形而上的关系,知识分子用的精神、灵魂,民间用的是人心。知识分子的形而上有许多知识背景,民间的则更强调经验、超验和感性。也可以往深里说,知识分子写作意识到现代文明中的理性、智性、祛魅,民间则要返魅,强调"诗关别材""不涉理路",有道家的影响。那时大家都非常焦虑,铺天盖地的市场经济使诗人的身份发生危机，我们也许是这个文明最后的诗人了。西方文化对中国文化的入侵，不只是一个思想观念的问题，每天都看见各种各样的西方生活方式全面进入，所以每个诗人的内心都有一种焦虑。最扯淡的是那些不在场的批评家，他们至今缺乏对这场论争的理性梳理。中国诗歌批评界对盘峰的发言，我以为真的是很不知识分子。

周航：一般认为，"盘峰论争"的直接导火线是因那两本众所周知的选本而引发的，但是从你之前的诗论中早就有对另一方不满的言论，如果没有北京那次研讨会双方的碰头，对立双方的论争会不会以另一种方式爆发？你认为那是"民间写作"的一次契机吗？

于坚："知识分子写作"在盘峰会议之前就在张扬的一个观点是要以西方诗歌为蓝本，公开地讲诗人写得好就是因为像某某德林某某茨基。我内心一直有民族主义的东西存在的，这也是使我愤怒的另外一个原因。即使没有盘峰，我也会以另一种方式说出来。你在八十年代讲无所谓，因为封闭得太可怕，大家都在拿来。也必须拿来，让众神狂欢吧！但是到九十年代后期，这个"拿来"也太疯狂了，西方已经成为一个全面的几乎是唯一的标准。你看所有的东西都是西方的，评职称都要考外语过级什么的。这太恐怖了，而诗人还在讲这种东西，这就是"盘峰论争"中争论的另外一个话题。"知识分子写作"在"盘峰论争"以后其实调整了这个思路，也有回到母语、回到中国经验的反省。最近十年，"知识分子写作"还在写的诗人在调整，民间也在调整，所谓民间立场的诗人对口水化、无德也很反感。

周航：你觉得"盘峰论争"对你本人和"民间写作"有什么影响？

对"知识分子写作"有什么影响？它对新世纪的诗歌产生了怎样的直接后果？

于坚：我觉得"盘峰论争"对我个人影响不大，因为我的写作一直都在继续，而且我思考的东西就是我说的东西，但是对其他人出名可能有好处。对"知识分子写作"那方的真正诗人的影响其实也不大。"盘峰论争"真正的影响是为那真正有才华的无名诗人打开一道光明之门。我们这一代人都在黑暗中写作，要依靠各种刊物去发表自己的作品，你不是你自己的主编。盘峰以后，诗人都成了自己的主编，无论作品的好坏都直接送到读者面前，所以改变了很多人，没有走我们走过的路。而我们也面临着新的考验。也就是说，你以前依赖刊物发表作品赢得的名声现在变得很可疑。你的作品是否可以直接在网络上依然被认可，成了对成名诗人的一块试金石。在这点上我又发现，民间的诗人直接面对网络的要多一些，"知识分子写作"好像比较回避网络，我不太清楚他们是个什么心理。面对读者，没有必要把自己关在象牙塔里，你完全可以写象牙塔里的作品，但要对自己的作品自信。

周航：当时"盘峰论争"对参与论战的双方都产生了不好的人际关系影响，事到如今，这种影响还存在吗？是否还觉得还有点"隔"？

于坚：大家见面都很客气。又不是阶级敌人，都是诗人，在这个时代，诗人不容易啊，团结就是力量。我觉得对于盘峰怎么估计它都不过分。一九四九年以来到现在，文人大部分处于一种被官方敌对怀疑的状态，他们"利用写作反"。一旦批评，文人就很不适应，觉得一批评就是要整你，而盘峰把这个东西改变了，大家可以彼此批评了，批评完了还可以面对，没有人被带走。这十年来，知识分子把我骂完，（我其实没有点名骂过谁。）民间的在网络上接着骂，我恐怕是中国被骂得最多的一个诗人。二〇〇七年我获鲁迅文学奖，我没有主动争取这个奖，我的诗集是作为一套诗歌丛书中的一本送去的。结果被"左派"老诗人整整骂了两年，到处告状，（不喜欢你的诗，不是通过文学评论。而是期待行政解决，这是当代中国的一个老传统。）最后告到领导那里，颁奖者最后只好承认他们对评委监管不力。知识分子、民间对我的骂，我还可以忍受，最可怕的就是来自"左派"的。报纸上整版整版地登，那些文章这么写，"于坚是什么人？他一贯反对文艺路线"。"盘峰论争"最好的一点就是，诗人都可以容忍对方的批评，批评的是你的诗学观念，就算人身攻击一下，但是没人把你往政治上搞，盘峰结束了这种东西。之前徐敬亚被骂，谢冕被骂，都是以评论员文章的方式，而且诗人根本不能为自己辩护，不能还嘴。用这种方式对付诗人我觉得太恐怖了。牛汉的担心是有道理的，但是"盘峰论争"改变了那一套。正因为如此，后来《华夏诗报》对我的政治批判才没有多少效果，如果没有"盘峰论争"，那种文章一出来我要倒霉的。

当下与展望：新世纪的诗歌

周航：从你一九七九年第一次在昆明的一家油印刊物发表诗歌起，迄今刚好三十年。三十而立，诗龄三十年的你，对写诗最大的感受是什么？

于坚：我最大的感受就是写作的生态环境已往好的方面转变，但是恐惧没有最后被消除。我永远有一种恐惧感。从"文革"开始到今天，我越是恐惧我越是写。我的写作在某种意义上是对这种恐惧感的一种释放，这种恐惧是一种深入到生命当中的恐惧。

周航：多年来，你坚持写"棕皮手记"与"便条集"，还兼写散文，另外还搞摄影。抛开兴趣的因素外，你有写作计划吗？或者能否谈谈你近几年写作的大致状况？作为在中国当代诗坛举足轻重的人物，你的写作动态肯定有不少人关心。

于坚：从整体上来看，是跟着感觉走。但是一旦找到一种感觉，那就有了清晰的写作目标。持续地表达一个主题我觉得有点累，我想写一种更为自然的东西。我想让诗深入到更广泛的生活世界里面，表面上是日常化，实际上是把日常生活神圣化，我是一个非常迷信神性的诗人。我认为今天批评家对神性的理解非常肤浅，他们认为神性就是海子的那种东西才是神性。海子是在表达一种观念神性，而我是把日常生活中大家看来毫无诗意的东西通过汉语的神性力量把它神圣化。其实这也是中国的一个传统。《尚义街六号》，我受的是《酒中八仙歌》的影响。它通过诗歌把普通人升华成仙人，把中国的日常生活通过语言来神圣化。汉语的神性不是一个高高在上的上帝观念。一定要注意到语言在中国的特殊力量，我写《尚义街六号》，语言是非常严肃、郑重的，这是一种神圣的命名，把日常生活传世不朽。我绝对不是批评家所说的世俗化的诗人，我的诗一点都不世俗，我只是把那种世俗的生活神圣化。我觉得我的写作现在处于一个比较丰满的时期。有很多东西现在可以开始。我过去写的东西现在越来越清楚，以前那种自然发生的神性我现在会刻意为之。过去我不太讲神性，不太讲"雅"一类的东西，随着现在后现代变得十分媚俗，什么都处在后现代的解构之中，神性的东西有必要在写作中张扬。我在最近几年想把诗写得更为复杂，诗是一个曼陀罗那样的场。

周航：新世纪以来"七〇后"诗人崛起，你对"七〇后"诗人多持赞许的态度。另外诗坛怪事也层出不穷，标准不定，诗的前途难卜，诗坛似成"诗江湖"。你对这些现象是如何理解的？

于坚：九十年代的诗人写作态度非常严肃，写作是处于世界的常态上，诗人是对诗本身负责。但是最近十年我觉得诗人为名声而写，为吸引眼球而写，这成为一个普遍的态势。那么诗本身写得如何已变得不重要了，写得好的诗人被抢眼的诗所遮蔽，那些最耀眼的明星往往是写得最臭的。我在二〇〇五年开始就发表这样的观念，先锋是后退的，不一定总是在前进的，而且我也提到中国传统文化的学习。我认为对"七〇后"的诗人，还是主张只肯定文本，不肯定群体。我从来都是反对什么后、什么代，诗人就是一个一个的，你不能以一群来评定某个诗人。我不看你的口号，不看你的汹涌，所谓"七〇后"与"第三代"是一样的，最后剩下来的就那么几个诗人。这十年过去，闹闹哄哄，烟消云散，其中也出现了优秀的诗人，只不过优秀的诗人被抢眼球的东西遮蔽住了。批评在这喧哗面前有点茫然。现在许多人在确立标准，其实尺子只是自己那个小圈子的小真理。在八九十年代是有标准的，那个标准是中外诗歌的经典。那时的诗人是读经典长大的。我们这一代人与后来的诗人不一样，最大的区别就是无论是知识分子还是民间，我们是读经典长大的。为什么呢?"文革"时期把所有的经典都封闭了,对经典的渴求就成为我们那一代的读者的最大目标,所以那时的知识水平是在一条线上的。比如说,讲莎士比亚,讲庞德,都是知识分子耳熟能详的事情,而民间也熟悉,我们都公认那些是经典,这是不分知识分子与民间的。我喜欢拉金,有些人喜欢荷尔德林,无论是喜欢哪个诗人,我们都认为他们是经典。而二十一世纪的状况是什么呢?我感觉他们不读经典,他们从当下的诗人开始读,所谓"取其中者得其次",这就是近十年诗歌普遍下滑的原因之一。很多诗人只读网上的诗,他只看谁走红就读谁的诗,这太恐怖了。那么批评家之所以无标准,是因为他们没有以经典为标准。我最近还在想,如果有布鲁姆那样一本《西方正典》的书镇住,那么年轻的诗人就可以通过这种阅读来判断诗歌的好坏。我们通过当下的诗歌来定标准是非常可笑的。我还是主张当下的要向古典的东西学习,这不仅仅是诗歌界的问题,整个中国都放弃经典,绘画的、写小说的,等等。那些艺术学院培养出来的画家,连素描都不会,伦勃朗是谁都不知道。一年级就教你抽象,就教你创造,这太恐怖了。你看刚获奖的穆勒,写作时各种字典是放在旁边的,这与我一样。我写东西时什么词典什么词源都有,我有七八种不同版本的汉语词典。这又得回到我开头说的,我为什么反对才华的写作,写作应该成为一个工匠的东西,它是一个不断打磨语言的活计。

周航:我知道,你以前是很反对诗歌中所谓的"西方资源"的,十分反感从翻译过来的西方诗歌中获取灵感。你曾一度谈西必斥,特别是在九十年代,你对不少"知识分子写作"的诗人参加国际会议不以为然，尤其是对他们在诗作中向西方大师致敬表现出某种不屑与愤怒。可我发现你与西方并不是绝缘的，以前你多次回答外国诗人的提问，也有出访西方的时候，作品中难免会有不少西方的影子，最近看你博客发现其中外国人名与写外国的诗作为数不少，于是我有一个疑问：对于西方，要么你与拒绝隐喻一样也是一种策略，要么你原来的诗歌观念发生了调和、变化或修正。也许是我对你理解得不深，希望你能谈谈不少读者与研究者所关心的这一话题。

于坚：我从来没有反对向西方学习。实际上，西方的书我读得非常多，我深受西方文化的影响。但是我认为我们和西方的关系应该是一种平等的关系，而不是孙子与老子的关系，我反对的是这种东西。当时的"知识分子写作"的诗人在谈到西方诗人的那种语气，那简直是顶礼膜拜。要说读西方的东西，我可能比"知识分子写作"的人还要读得多。我从"文革"时代就在秘密阅读，从他们的基本名著读起。我刚才说西方的名著对我的影响非常重要，这种影响不是如何说，是他们说什么。"知识分子写作"可能认为西方最重要的是上帝。我最近写了一篇文章说，最近三十年中国对西方的学习可以说什么都学会了，你不能说现在还有什么没有拿过来，没有拿过来的是不能拿来的东西，可以拿来的，从政治、经济、哲学、文化到日常生活方式，我们都在拿 但是我们只有一个东西没有拿过来，那就是上帝。"文革"摧毁了诗教，今天的中国没有诗教，中国的"上帝"在诗教中。上帝是拿不过来的。西方可以拿来的就是匠人的精神，那种道成肉身的写作，我认为这才是从根本意义上的学习西方。最重要的是西方人的那种写作的专业态度。如果我们学习西方一百年，没有学到这一点，那就是白学了。上帝得我们自己寻找，它其实就在汉语中，只是被遮蔽着。

周航：与九十年代相比较，进入新世纪后，总的来说你的诗歌写作与观念有变化吗？

于坚：我是一以贯之，也有自相矛盾的时候，但我大的方向是不变的，万变不离其宗。

周航：说一个最新的但与我们的访谈关系不是很紧密的话题。二〇〇九年诺贝尔文学奖授予在罗马尼亚出生的德国女作家和诗人赫塔·穆勒（Herta Müller）。瑞典文学院在颁奖辞中称，穆勒的作品"兼具诗歌的凝练和散文的率直，描绘了一无所有者的境况"。我自然联系到你。你多次提到维特根斯坦的一句话："要看见正在眼前的事物是多么难啊！"日常性成为你一再强调的写作方法，即使是像《0档案》一类的诗作，你拒绝的是文体形式的探索，提倡的是对存在的澄明。而且你明确说过，你的诗歌注意戏剧和散文的因素。这一切都让我想到这次诺奖与你的创作。你对此有何感想？

于坚：你说的这个问题实际上是个不能回答的问题。你说你不在乎这个，人家会说你自大，你说你在乎这个，我确实也没法去在乎。我觉得从一个人的基本自尊心来讲，我不会去想这个东西，但是如果从一种世俗的虚荣心来看，每个人都会觉得得个什么奖是个非常好的事情。写作，我想象的读者都是说汉语的人。对汉语翻译成外语我是不抱什么信心的。因为语言是存在之家，海德格尔说这话的时候，可能也没有深刻的理解。可以简单地说，所有汉语的东西翻译成拼音语言的话，它永远是意译过去，剩下的东西就是作品的身体，是翻译不过去的。实际上，翻译只是一种解释、转述，要解释、转述我的作品是很困难的，无法转述。我的作品不是要赋予语言一个什么意义，它们就是存在本身。我对我的作品被真正翻译过去是不做指望的。我的写作不只是在组合意义，它组合的是"字"，我认为用汉字写作已经是很高级的了，我不会因想获得较低的语言的什么奖而梦魂牵绕。我的日子过得不错，起码我一日三餐是无忧的。在能指与所指之上，还有"字"这个东西，汉字把能指和所指变成了一个东西，西方语言没有达到这一点。对于汉语写作来说，这个什么奖只是奖给二流意义上的写作，永远不会奖给一个一流意义上的写作。因为字已经在转述中被消灭了，它只剩下拼音和意思。在这方面，我信任的是汉语的奖。我要补充一点，就是关于神灵至上的问题。刚才讲到九十年代"知识分子写作"，海子提出这种崇高的上帝问题，他们提出这个东西，我认为是读书的结果。知识分子总是把这些当作一种知识、一种观念、一种主义来提出，这个无可厚非。八十年代我就没有那么讲。我的生活经验，我的身体、年龄还体验不到这一层。那么我现在为什么提神灵、召唤众神？我最近出的书就叫《众神之河》，这是一个长篇的散文，是因为我已经感受到这个彻底的唯物主义的时代，诗教作为具有宗教风格的文化，在"文革"时期被摧毁了，整个民族的精神处于一种虚无状态。这个时候，使人深刻地感受到神的重要性。我总是从经验、身体、感觉出发的，就是古代所说的"随物赋形"，我不是从观念出发，这是和知识分子写作最大的不同。

二〇〇九年十月十九日

我有时候故意模糊风格

吕布布 × 于坚

吕布布：于坚先生你好，很高兴今天能和你聊一聊诗歌的事情。我在高中时就读过你的诗歌《坠落的声音》，到现在我还清晰地记得这首诗的音律、音调和一些句子。诗歌自古以来就不反对音乐效果，你怎么看待这一效果？

于坚：汉语本身就是音乐性的，四声和轻声可以视为五个音，创造音乐足够了。如果再加上方言对正音的乱，那就更丰富了。我在西方念诗，每次听众都说好听，汉语好听。新诗有没有音乐效果呢，我以为更强大了，律诗的音乐效果来自律，律是模式，其音乐性是模式化的结果。新诗解放了律，回到了孔子"正声"之前的"郑"，郑声乱嘛，新诗的"郑声"解放了音律，其实它要求读者自己去听，而不是模式化的律听。如果古诗是律韵，那么新诗就是蓝调、布鲁斯、爵士乐。

我写诗是自律的，我一直在控制一种内韵，就是一首诗内在的节奏，韵是变化多端、时隐时现的。许多朗诵者认为我的诗适合朗诵，这得益于我青年时代对古代诗歌的大量背诵，某种语言的律动其实已经进入我的语感。我的散文念起来也是好听的，但这里面没有什么规律，是一种音感的直觉，一种私人的蓝调。我考虑某个地方用某个字，是包括意义和读起来是否谐和悦耳在内的。汉语本身的音乐性构成使诗人得益，其实无论如何汉语听起来都是悦耳的，而且极易风格化。例如，如果你集中某类语词，朗诵时它也会呈现某种风格；例如社论，只听声音你就知道那是社论的声音。律诗，你只听声音也知道那是律诗。诗人的工作是将语言处理得更丰富复杂，新诗放开了声律，但我们还是可以听出那是在念诗，何况许多朗诵者不由自主都想将新诗的声音风格化，例如电视台的朗诵。我反对这种风格化，有时候我故意写得喑哑沉闷。

吕布布：艾青主张诗歌的散文化，米沃什大肆赞扬惠特曼诗歌中的泥沙俱下，我在读你的诗时也能发现这些特点。包括你提出的"拒绝隐喻"也使我想起卡瓦菲斯的"明白无误"。比较一个诗人与另外一个诗人的作品是一件有趣的事情，你自己有与他们比较过吗？

于坚：这个不好比。我大学毕业论文写的是艾青，他是我的传统的一部分。我也很喜欢米沃什和卡瓦菲斯。我只能说作为后辈，我自信可以把我的诗放到他们后面。

吕布布：这些年接触过一些诗人，发现了一个有趣的现象。有一类诗人喜欢对自我诗人身份做标榜，也有一类对这一身份只字不提，似乎一提及大概就会被钉上耻辱的十字架。而我自己总会在身份和诗歌的形而上和形而下之间做一些摇摆。联系到你说过"只有彻底的形而下才能抵达彻底的形而上"，你焦虑过自己作为诗人的身份吗？

于坚：我从来都宣布我是诗人。无论早年还是现在，我知道这个时代，承认自己是诗人有些难以启齿。许多人将曾经写诗视为应当抹去的前科，但我宣布我是诗人，并非一种悲壮的象征或者对时代风气的抗议。我确实一直在写诗，我的笔一直都在写诗，我有许多小笔记本，记着各种句子。一九七〇年在写，今天还在写，从未犹豫过，从未停下来。

吕布布：一个诗人写得快跟一个诗人写得够好往往是矛盾的。辛波斯卡、特朗斯特罗姆都是慢而精工型的诗人代表（我在一篇文章中得知你与特朗斯特罗姆的私交甚笃），而众所周知，你的诗歌和随笔数量可谓著作等身，请你谈谈上面这些问题。

于坚：我与特朗斯特罗姆谈不上私交，见过两面。一次是在昆明，另一次是在瑞典他家里。他其实已经无法说话，如果说私交，那只能是他的某些诗我很喜欢。慢不是一个时间概念，不是说一首诗你写了一年就是慢。慢是诗本身的慢，有一目了然的诗和需要慢慢想的诗。每个诗人都有这两种诗。我写得不少，但也写得很慢。

吕布布：艾略特通过《荒原》《四个四重奏》建立了二十世纪上半叶代表诗人的地位，庞德也是通过《诗章》建立了自己的地位。而众所周知，你的包括长诗《0档案》在内的德语诗集《0档案》二〇一一年被评为德国第十届"感受世界"——亚非拉美文学作品奖的第一名，更被一些诗评家誉为当代汉语诗歌的一座"里程碑"。另外，我也非常喜欢你的许多短诗——《尚义街六号》《避雨的鸟》《怒江》《只有大海苍茫如幕》等。在一个诗歌不断缩小的时代，有人说国内现代诗歌缺乏重量级的长诗，对海子的《弥赛亚》也褒贬不一，而事实是诗人呕心沥血创作的长诗几乎鲜有人问津，你怎么看这其中的尴尬？

于坚：我有时间写，他们没有时间读。"有人"，通常是没有时间读的那些人。

我最近在读《浮士德》，对于我来说，现在是可以读《浮士德》的时候了。长诗不是为庸众写的。其实那些伟大的长诗有几个读者就够了，我想诗人想象中的那几个黑暗中的读者恐怕包括上帝。

吕布布：在《坠落的声音》这首短诗里我竟然读出了一种支离破碎的意味，这首诗几乎都由短句组成，就像从高空坠落被摔得粉碎的玻璃，而诗歌本身也不断提到从高空坠落。形式几乎成了阅读这首诗的一个非常好的切入点。请你谈谈这首诗歌的创作情况。

于坚：我那时（九十年代初期）住在一栋法式洋房的二楼，我以前单位的房子是前英国领事馆。人家认为这种老房子很落后，分给没有资历的人住，他们要住新房子。于是我分得一间，在洋房和花园里住了两年。我楼下是一个西式花园，我有时候在那里看三角梅，这种花昆明最多。老房子是柚木地板和不知道藏着什么的天花板，临街的窗子被封掉了，经常会出现起源不明的声音。

想象和虚构不同，想象先得有一个"象"。虚构则是想当然。想象是时间和空间互补，虚构是空间的泛滥。这首诗的"象"是从这间老房子开始的，从时间、历史、经验开始，然后展开虚构。这房子已经拆掉了，而这首诗还在，世界成为语言在"在场"，然后又影响世界的建构，这就是诗的魅力。

后来我也看到杜尚的作品"大玻璃",你也可以想象这首诗与那玻璃的联系。

吕布布:你的诗风格阔大,措辞也较阔大。帝王、高原、大海、森林、岩石等词语在你的诗歌中随处可发现。近几年在网上有过一定影响力的诗人却以小见长,这正好形成了一个鲜明的对比。哈罗德·布鲁姆认为现代诗歌是一个下降的产物,自华兹华斯开始已经下降到以个人为核心的书写方式中去了。你怎么看布鲁姆口中的"个人"和当下诗人写下的"小诗"?

于坚:他这么说吗?有道理,我也认为现代诗是室内乐,而古代诗歌是在大地上的,历史的趋势是人类一步步退出大地,文明越衰弱,离大地就越远。李白"大块假我以文章"的时代真是文明的黄金时代,就像蓝调,从棉花地上的纯朴歌谣转移到了酒吧间。

我的诗也有不大的,而且很多,比如《尚义街6号》,批评家认为写小人物,世俗化。如果从当代中国文学史的角度,我大约是最先下降的诗人之一。

吕布布:迪兰·托马斯很多诗歌是服用大麻之后写就的,凯鲁亚克、艾伦·金斯堡也有这种情况。是否在诗歌上存在这样一种情况——无论是音乐、烟、酒、茶和兴奋剂都有解放思想的作用,或者说刺激想象力的作用。这些有着精神迷狂的诗人,诗歌里面包含了一种毁灭的功效。而我坚持认为毁灭是第一步,毁灭之后的重建是更高的境界。请问于坚先生怎么看待这个问题。

于坚：我是喝水写诗的诗人。当然包括泉水、奶水、河水、海水、自来水等等。我不相信斗酒诗百篇。李白许多诗也看不出来是酒精的结果，比如"床前明月光""想看两不厌，只有敬亭山"。诗人是天人，酒精大麻是他生命中与生俱来的东西。其实迪兰·托马斯、凯鲁亚克、艾伦·金斯堡都有表演性，只是二流，这不妨碍我喜欢他们。我倒是更欣赏另一位托马斯——R.S.托马斯，威尔士的一个乡村牧师，一生写下了一千五百多首诗，"八十六岁时居住在威尔士一个无名村落的一间农舍里，附近没有酒店，没有邮局，也没有商店。""最使他忿不可忍的是当今英国诗歌的虚弱无力。'看看这情形吧，净是些玩弄技巧，可怕的无神论，政治把戏。伯蒲、德莱顿肯会毫不留情地加以揭露，但丁会鞭笞这些人。我们今天所有的就是拉金，他会时不时地吟上两句无足轻重的诗行，比如"戴着眼镜冲着最新的接管咧嘴笑笑"。'""'是的，当代英语诗坛已经没有了精神支柱。我给自己设定一个任务，我就是一根年迈的搅棍，插在这先进的技术时代，要看看你们是否还能有意义地使用像上帝、不朽、灵魂这类的词语。如果你得到别人的心、肺、肾，你在玩弄男人生孩子的想法，你还能写出关于上帝和永恒的有意义的诗篇吗？'他将这个问题悬在威尔士的空气中，俾人极为不安。""没有人知道迪兰·托马斯能否继续写诗。他三十九岁那年去世时也许是他最辉煌的时候"。

吕布布：我喜欢这样一种诗人，这个名单包括但丁、阿米亥、卡瓦菲斯等，《圣经》的主题也是他们诗歌的主题，甚至他们的诗歌就可以当作一种新约来阅读。卡瓦菲斯和阿米亥在诗歌风格和诗歌语言上都吸收了《圣经》的语言,而在中国却没有这样的一部精神之源的著作。西方社会在很长时间是政教合一的,而我们的古代是文政合一的。请于坚先生谈谈这种现象。

于坚：文明很难比较,不在于某种形式,而在于这种形式是否能够延续一个民族的文化生命。而在这方面,汉语显然是一种伟大的语言。二十世纪的中国知识有一种巨大的西方文化迷信,在这种迷信中,中国永远不会有但丁式的人物。但不是没有,而是被迷信遮蔽着,苏东坡其实对我来说就是一个但丁那样的诗人,在唐的落日和宋的光辉中,出现了伟大的苏轼,他给我的启迪是无穷无尽的。苏东坡是一个神。

"圣经"是一种文明,"论语"是一种文明,它们都引导人生世界向善。就精神之源来说,孔子、老子、公孙龙、墨家、宋代理学、王阳明……足够了。

《圣经》和《论语》,完全不同的语言和叙述方式。这是两种栖居。

如果理性是一个现代语词,那么古代中国非理性创造的真理并未得到理性的阐发。非理性的真理、非理性的阐发,只是"六经注我",这令思无法深入。

吕布布：二十世纪还有众多我喜欢的诗人,其中的切斯拉夫·米沃什、谢默斯·悉尼、布罗茨基、奥登、曼德尔施塔姆、博尔赫斯等人都以评论见长,是否可以说一位诗歌大家同时还包含一位评论大家？之前也阅读过你的部分诗歌随笔和访谈,你对于文学卓有见地,可以说是国内诗歌、随笔、诗学均衡发展的一个代表,想问下你是在何时进行这些纵向发展的,这些发展对于写作可有利弊？

于坚：我的诗学文章与诗是两种不同的写作，不是彼此依赖的。按照我那些谈诗的文字去写诗，大概写不出我这些诗来。写诗是写诗，某种驱动写作的黑暗力量我从来没有说出过，也不可能。我的诗学文章其实在谈另外的东西，诗只是一个题材，借诗论道。

吕布布：在快节奏的现代，有少数人是不会用电脑写作的，而我自己离开了电脑几乎已很少写字。你呢？请谈谈你的写作习惯。

于坚：我用笔记本记录灵感突至的片断——句子或者一个词，然用电脑修改，长时间地修改。这种修改有点像爵士乐的对话，我并不完全知道我要说什么，但有一个词或句子像入口一样出现。我也写毛笔字，每天，以保持我和汉字的肉体联系。

吕布布：诗歌风格是衡量一位诗人是否成熟的标准之一，甚至是区分一位作家和另一位作家的标志。但普遍上理解的风格都是狭隘的，我想诗歌风格还包含诗歌气质、语调、节奏、修辞方式等等。而你所认为的风格领域必须包含哪些因素，它们又是如何影响一位诗人的？

于坚：风格吗？某种易于辨认的东西，语感、口气、词汇表。但我有时候故意模糊风格，有时候你很难相信那都是我的作品。随流赋形，我也许更希望我的写作是对风格的不断否定。

吕布布：哈罗德·布鲁姆认为就语言来说，诗歌很大程度上是一种隐蔽的修辞，诗歌并不能真正完全拒绝隐喻。我记得你也说过你的诗歌没有完全拒绝隐喻。请问隐蔽的修辞和隐喻之间的区别和联系是什么？你的拒绝隐喻和没有完全拒绝是什么意思？

于坚：隐喻其实是一种西方诗歌的现代时髦，汉语无须故意营造隐喻，它的隐喻是无所不在的。

诗言志，奇妙的是如何言，就是要把志隐蔽起来。"超以象外，得其环中"，"环中"是什么，就是那种要通过言之妙故意隐蔽起来的东西（志?）。

诗言志是汉诗的宿命。布鲁姆说隐喻是将隐喻作为一种工具、游戏技巧、修辞手段；而在汉语中，隐喻是存在性的、本体性的。拒绝隐喻可以说是一种写作上的"亲在"——亲自去在。隐喻是汉语的天命。汉语无法不隐喻，它是表意文字。它不像拼音文字，创造意义非常重要。汉语就是直接说，也是在隐喻的如来佛手掌中。所以必须时刻清醒地警惕隐喻，这种语言意识能够令写作相对干净些。

吕布布：同诗友们聊天，发现他们中绝大多数都对象征派持保留意见，甚至反对进行象征主义诗歌的尝试。他们一致对后现代主义比较认可。二十世纪是一个流派众多、大师辈出的时代，但进入下半叶，特别是九十年代之后新流派涌出的现象逐渐减少。这是否意味着诗学已经发展得较成熟和完整了，要提出新的具有轰动效应的诗学困难加剧？

于坚：这是在汉语语境里面，用西方理论思考诗歌的结果。汉语的传统就是象征、隐喻，这些在西方很时髦，在汉语中则令人窒息，禅宗早就明白。所谓后现代，无非是要回到汉语某些失传的传统，后现代其实是后退，从二十世纪的泛意识形态的象征回到直接表态。为什么要"要提出新的具有轰动效应的诗学"呢？把"诗言志"想清楚足矣。

吕布布：现代诗歌技艺是一个非常重要的组成部分，特别是知识分子雕章琢句技艺已经到了相当成熟甚至是杰出的地步。诗歌评论中剖析技艺的部分也占了很大篇幅。而诗歌中的思想却相对滞后，甚至只字不提。众所周知，你不是一位炫技主义者，你怎么看一首诗中的技艺和思想，它们如何分配，又如何统一起来使诗歌更完整？

于坚：现代诗的核心是思。只有白话诗的发生，思才可以展开，我想诗人们还没有意识到这一点。

我其实看不出那些所谓炫技的诗有什么技巧。技巧是深思的结果。托马斯·特朗斯特罗姆可谓有技巧的诗人，可以看出他深思过那些句子。

大巧若拙，这是更高的技巧。技巧是整体，不是显而易见的局部。炫技的诗，我只能这么说，这个句子还不错，聪明。

吕布布：请问于坚先生如何看待创作中的自我重复，这几乎困扰着每一个具有一定诗歌水准的诗人。最近十年来，你的写作在题材、写作手法以及思想上有什么新的变化？

于坚：写作就是重复。尤其是在时间中的诗人。只有空间表演的炫技才害怕重复。比如一口井，不停地朝着一个方向推进，这就是重复，重复保证深度，塞尚画圣维克多山，永远在同一位置，但深度是不一样的。

当然，你也可以同时打多口井，毕竟如果深度够的话，地下水也会彼此汇合。其实还是一口井，这要巨大的能量，像杜甫、歌德那样的诗人。

吕布布：美是艺术的本质，要求诗人具有独特的感受力，这是诗人的个性。而伟大的诗歌又具有真理品质，要求诗歌具有普遍性。你在自己的诗歌写作中是如何解决这一问题的，或者说你是如何看待这一问题的？

于坚：今天诗歌的贫乏就在于大多数只是自我戏剧化的表演。我相信那些不朽之作都表达了上帝的意思。诗对于我来说，是一种宗教活动，是文教。我不是为自我表现或者被时代认可而写作的。杜甫说，"千秋万岁名，寂寞身后事"。只有超越性的东西才是千秋万岁的，这就是普遍性。我们如何与过去或将来的时代相遇？当然不是自我，而是庄子所谓"吾丧我"那种东西，在这个短语中，有两个我，一个是"吾"，一个是"我"。"吾丧我"就是超越，超越"吾之患在吾有吾身"的患，"吾丧我"，向吾的归依就是回到无名的普遍。

吕布布：让我们回到古典文学上来吧，与你同时代的诗人在写作之初都受到西方文学的影响，而到了后来又全都回到古典文学中，提倡汉语的声音和汉语的品质。但古代汉语和现代白话文的差异如此之大，以至于传统断节。请谈谈你的想法，你在自己的诗歌中体现了哪些汉语品质？

于坚：我与同时代人的路数大概不同，我青少年时代深受中国古典文学影响，后来受鲁迅和新文学影响反叛。我最初写的是古体诗，之后才是新诗。这是我的一个生长过程。我无非是回到我的开端，西方文学是一面镜子，我终于可以看见我青年时代比较懵懂的东西。这是一个自然的过程，某些东西会在你生命不成熟的时间中睡去，然后在适当的时候醒来，你只要自我守护着自己。

在自己的诗歌中体现了哪些汉语品质？这个我不知道，由读者去说吧。我们其实还是在用甲骨文中出现过的那些字眼写作,但汉语显然也不是周公时代的汉语。什么叫深厚、丰富、吸纳、辽阔,汉语令我惊叹!

吕布布:最后一个问题,请列举三首您最满意的作品,并谈谈这三首作品。

于坚:无法列。每首诗都必须写到最满意为止,否则不能拿出来。就是拿出来我也有自己看走眼的,还得改。

二〇一三年七月四日

关于八十年代云南大学的银杏文学社

《春城晚报》× 于坚

《春城晚报》： 现在大学里有各种各样的社团，而在八十年代，你们为什么要成立一个文学社团？

于坚： "文革"，顾名思义就是对文化的革命；十年"文革"，是一个清教主义的时代，什么事情都不能做，很多青年就把激情、精力转移到文学上。文化的革命就是对精神的禁锢。大家对精神的渴求都超乎寻常的强，属于精神领域的文学自然就受到很多青年的喜爱。那个时候很多同学喜欢日本作家厨川白村的作品《苦闷的象征》，其实这本书本身如何并不重要，但为什么那会儿那么热衷于那本书呢？完全是因为书名，认为文学是苦闷的象征。而且那个时候，人生可以选择的道路非常少，不像现在，生活的道路是非常丰富、广阔的，每个人的才华都可以得到发挥。而当时，很多人只能通过文学来表达自己精神世界的苦闷。所以，那个时代有很多青年可能不具备文学的才华，但都走在了文学的路上。那么多人喜爱文学，是很畸形的。等到市场经济兴起，很多人忽然发现自己其实和文学一点儿关系都没有，于是他们就干别的去了。

《春城晚报》：成立文学社的时候，有没有受到过阻挠？

于坚：党的十一届三中全会，是中国历史的一个伟大转折点。虽然三中全会开了，但社会的氛围不可能一下子就随着理论前进。所以，八十年代的社会文化氛围从某种程度上说与"文革"前是一样的——很压抑。当时在大学搞文学社，是领导非常害怕的一件事情。在我们搞银杏文学社之前，七七级中文系的学生成立过"犁"文学，但出了一期就被叫停了。

我们八〇级，就想搞文学社，请系总支书记批，任没有得到允许。大学中文系里有那么多人喜爱文学，成立一个文学社团是很正常的事情。但是，那个时代"文革"遗风还在延续，认为文学创作是一种危险的、对抗性的东西。后来我们又请示了系主任张文勋先生，他大力支持，才成立了。

《春城晚报》：银杏文学社是什么时候成立的，为什么取名"银杏"？

于坚：一九八三年十月二十七日，在云大的银杏叶开始变黄的季节，银杏文学社在会泽院一楼举行成立大会。一开始让我当社长，但我的梦想是当主编。后来朱洪东当社长，张稼文和蔡翼当副社长，我当主编。云南大学最美的树就是银杏树，云大最灿烂、最辉煌、最激动人心的季节就是秋天。大家都很喜欢银杏树。

《春城晚报》：能描述一下你们对文学的热爱和痴迷吗？

于坚：文学社的同学，每个人都读大量书，如饥似渴地读书。每天见面谈论的都是文学,还传阅各自的作品,写得好的就夸奖,写得不好的就打击,有点儿像喝了文学的酒一样,非常地迷狂。

那个时候的大学生,读的书档次非常高。"文革"时非常禁锢,改革开放后可以看书了,大家读的都是各种经典作品,中国的、西方的经典作品在朋友间是耳熟能详的,还被广泛地、深入地讨论。

《春城晚报》:这些书能在图书馆找得到吗?

于坚:一九七九年后,很多经典书籍重新出版、发行。大家跑到新华书店排队买,可以说是抢购。另外,昆明白云巷有个地下书市,大家拿着书去交换——你的这本书我没看过,我就拿我的书跟你换。普希金的诗歌、雨果的诗歌,都是在书市和不相识的人换来看。换久了,就都彼此熟悉,都是昆明市各行各业喜欢读书的人。

《春城晚报》:八十年代全国有很多文学社团成立,当时你们和别的社团有没有联系?

于坚:文学社成立时,各个学校的诗人都有联系。当时甘肃有个省级刊物《飞天》,里面有个编辑叫张书绅,他非常支持校园文学创作,他在《飞天》上开辟"大学生诗苑"栏目,发表各个大学学生的作品。今天很多著名诗人的早期诗作都是在《飞天》上发表的,如韩东、海子和我,等等。在《飞天》上发表作品,会写明"某某大学某某人",比如"云南大学中文学八〇级于坚",这就成了通讯地址。觉得你的诗非常好,喜欢你的诗,就写信和你联系。这样,整个中国的大学生就取得了联系。银杏文学社是当时中国最著名的十大文学社团之一。

《春城晚报》:当时全国还有哪些文学社团?

于坚：太多了，记不起来了。

《春城晚报》：成立后有些什么活动？

于坚：银杏文学社成立前一个星期，文学社最初的十九个成员，爬到长虫山山顶，在那玩、喝酒。银杏文学社成立后，又去了西山，人就更多了，三十多个人，大家喝酒喝了一夜。黎明的时候，大家一起欢呼着冲向太阳。那是充满青春和激情的岁月。

还搞搞诗歌朗诵。另外就是办刊物《银杏》。起先，没有条件印刊物，就出壁报。壁报是我和吴丹捡了一块被丢弃的黑板，在图书馆背后挖了个坑插起来的，每期张贴的作品都是我用手抄的，看的人相当多。我毕业后，他们才申请到点经费，改成油印。

《春城晚报》：以前你们那么热爱文学，现在却没有那么多人痴迷于文学，这种现象你怎么看？

于坚：党的十一届三中全会后，各种积蓄的精神力量猛然爆发。被时代的黑暗压抑的才能在那个时代集中爆发了，那是一个天才辈出、具有英雄主义、理想主义的时代，"天下者，我们的天下，国家者，我们的国家"。今天，文学衰落了，这和时代有很大关系。时代的精神力量被释放了，年轻一代处在相对顺利的环境里。好多我们那一代人像噩梦一样的东西，他们是不会体验到的。

不仅仅只是对文学丧失兴趣，对哲学、艺术都丧失兴趣。有人说"是文学衰落了"，不对，衰落的是整个社会科学。你说，现在还有几个人在搞戏剧，有几个人在写诗？有几个人研究哲学、美学？没有几个人了。用尼采的话来说，天才辈出是整体时代精神压抑的结果，今天的平庸也是时代变化的一个结果。

现在,文学社衰落了,这也比较正常。在正常的社会里,搞文学的毕竟是凤毛麟角。八十年代那么多人搞文学,文学社那么火热,是一个社会不正常的表现,但这恰恰对个人来说是一种机遇。我是属于那种不正常时代造就的诗人,就像十九世纪普遍压抑的欧洲,成就了尼采这样的天才。如果一个时代相当正常,就不会有那么多压抑的东西。

《春城晚报》:人往往只有在被逼无奈的时候,才会想更多的事情。

于坚:所谓"愤怒出诗人"。愤怒可以理解为时代环境,时代的压抑会造就精神世界特别强大的人。

《春城晚报》:很多没有经历过你们那个时代的人,会羡慕你们拥有那么强烈的精神追求。

于坚:在一个普遍平庸的社会里,(平庸不是贬义词,正常的社会都是平庸的。)怀念英雄时代的人,说明他内心也有英雄情结。

《春城晚报》:在今天,能否再产生像你们那样有激情的人?

于坚:我觉得可能性不大了。现代化在中国全面推进,现代化的结果就是消灭改造生活世界的各种原始细节,将世界平台化、数字化、量化、规范化。文学产生光明与黑暗交替、脏乱差的地方,如果一个社会变得像医院一样干干净净,我觉得是不能产生文学的。但这个趋势是不能阻挡的,没有办法。就像欧美文学,它最辉煌的时代是在十九世纪、二十世纪上半叶,二十世纪下半叶纷纷进入后工业化,文学就衰落了。

《春城晚报》:你毕业后是在哪儿工作?

于坚:毕业后就在省文联,一直到现在。

《春城晚报》：当初你们那批人中，有多少人还在从事创作？

于坚：张稼文还在写，钱映紫、倪涛文、润生等人也都还在写。即便不写，也在从事与文化有关的工作。韩旭，《大家》副主编；张稼文，《都市时报》副主编；蔡翼，电视台副台长；朱洪东，在政府机关工作。

《春城晚报》：你一直都走在文学的路上，在你前进的路途中，有没有什么困惑和困难？

于坚：困惑是一生的，现在我也很困惑。每次动笔我都不知道该怎么写，要如何穿过那片新的黑暗，到达光明的林间空地。对作家来说，困惑是一生的。困难，不存在。因为文学是我一生的热爱，我做不来其他事情。写作是最适合我的事情。语言这种东西，没有哪个人是可以完全把握的，把握了这点，又没把握住那点。文学是不断生长的过程。

重要的是你的作品有没有人看，作品能否穿越时间，能穿越时间的只有作品本身。一个作家可能会以先锋为动力，但先锋不是写作的标准。写作的标准是非常落后的古典标准。我曾经讲过，我的作品不是要标新立异，只是想在古典作品完成的高度上，能够长出一毫米就算不错了。

三十年前，有人在街上问我"于坚你在干什么"，我说我在写诗；今天，即便世界经济崩溃了，我还是在写诗。

二〇一三年八月

写作不是诗人顺应时代,而是时代向诗人脱帽敬礼

舒晋瑜 × 于坚

舒晋瑜:《我述说你所见2》这本诗集的编选是什么标准?

于坚:贯穿了我三十年的诗歌创作。可以看出我对诗和世界、人生的认识、感悟的变化。古人说,文章为天地立心。写诗对我来说是"悠悠万事,唯此为大",每一首诗都是要把它写到"只能这样了",拿不出手绝对不拿出来,就是已经出版了我还会修改。在编选过程中我很尊重编辑的意见,幸运的是,这位编辑(李宏伟君)是我的知音,他是非常严肃认真、非常专业的编辑,一方面是作者的角度,一方面从编辑和读者的角度,这本书我很满意。

舒晋瑜:由云南师范大学文学院、西南联大新诗研究院主办的《诗与思》也在国际文学节上推出,作为主编,能否谈谈《诗与思》的主旨和追求?

于坚:当我着手编辑本刊的时候,想到的是保守这个词。保守这个

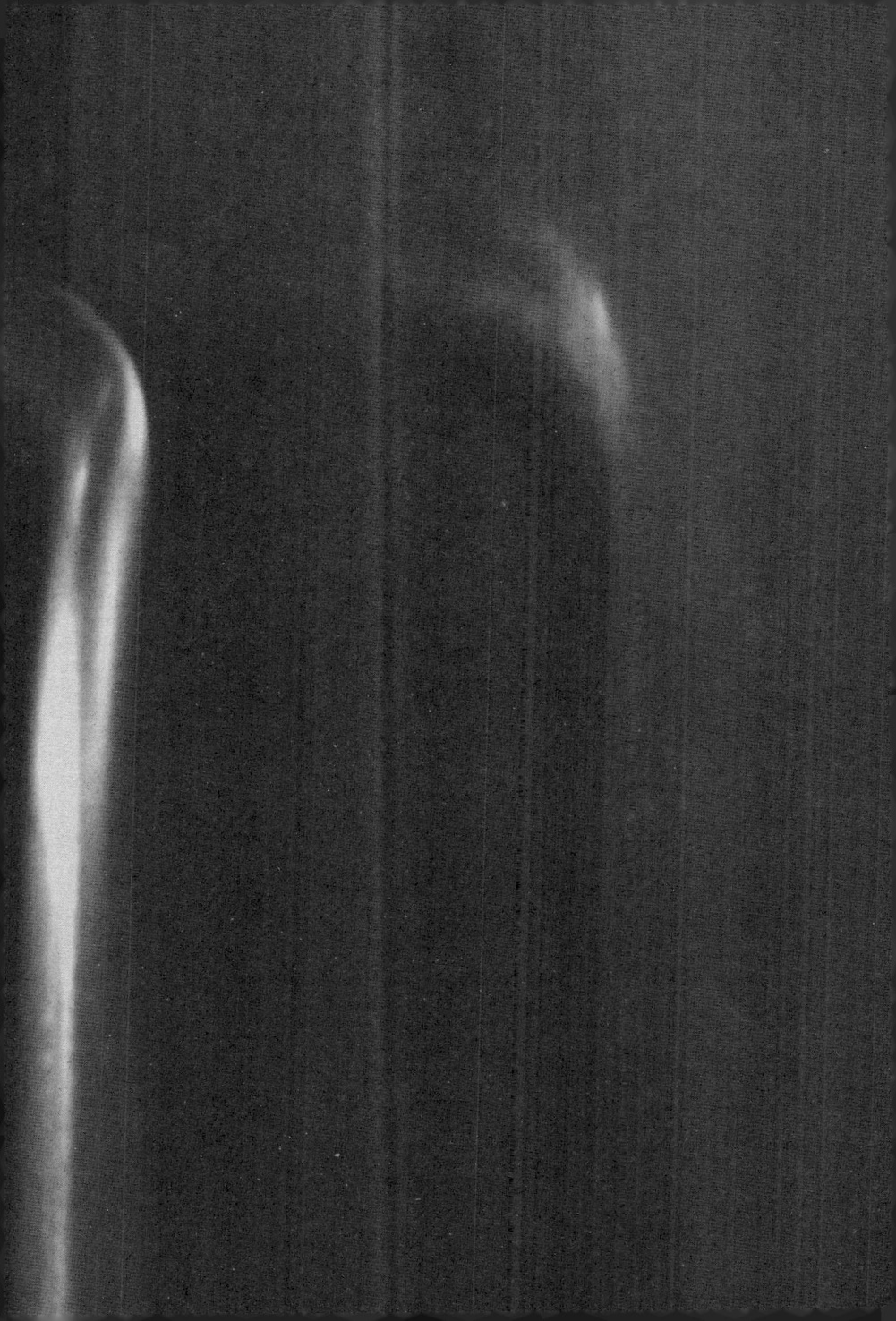

词在二十世纪的汉语词汇中很悖时，为人不齿。积极进取是时代的常态，影响到诗人，积极之诗也非常普遍。先锋就是积极，诗人作为文化运动中的积极分子也是势所必然。积极指向未来，保守却是守成。

从根本上来说，政治要改造世界，而写作却是为世界守成。席勒说，诗人或者是自然，或者寻求自然。前者使他成为素朴的诗人，后者使他成为感伤的诗人。积极之诗可以说是感伤的，积极其实偏于自恋、虚构和装饰。而朴素之诗则是守成的，这是一个感伤的时代，李白说，"大块假我以文章"，这就是守成。里尔克说，诗来自经验。经验就是一种成。一段时期以来，保守主义声名狼藉。保守总是被理解为落后，固守陈规、不思进取。没这么简单，保守主义其实正是文明的基石。有成可守的文明才是成熟的文明。我们可以保守些了吗，而不总是青春期的感伤？为了编辑这个刊物，我近期阅读了大量当代诗歌，这种阅读令我对编辑一本保守的诗歌刊物而不是昙花一现的诗歌宣言或者诗歌运动有了信心。

舒晋瑜：四十年来您对于诗歌理解的变化，是怎样的？

于坚：早年是非常感性的写作，不太重视对诗歌本身的思考，对诗歌传统的研究和思索也总是在感性的层面，缺少理性思考，有某种感觉和语言冲动就去写，有一点逞才使气，这种写作我觉得并不是专业的写作。最近二十年，我越来越认识到，中国传统的才子型写作，面对日益丰富的世界时不能够完全地表达存在。现在我越来越重视经验性的写作，对语言有一种自觉的把握，有更为深入的思索，而不仅仅是有点感觉就去表达。感性不是贬义，感性也可直达人心、直抵真理，但我以为中国思想并没有对先哲们感性的、直觉的真理进行更理性的思索。宋代的理学有过这种努力，但是还不够。

王安石有《伤仲永》，仲永其实是某种中国传统，不是个案。中国有很多诗人都是仲永，靠着才气写作，将才气作为饭碗，一本书混一辈子。少有歌德那样的道成肉身的、匠人式的写作，写作是专业而并不是职业。过去我老害怕"专业"这个词，"为学日益，为道日损"，中国诗人都有这种恐惧。理性层面控制得越厉害，离诗的悟性越远。但后来我越来越意识到，这是如何把握语言的问题，维特根斯坦说，我的语言的边界就是我的世界的边界，我们时代的语言边界与古代是不一样的，许多古代世界黑暗的部分，被现代照亮了。像托马斯·品钦《万有引力之虹》那样的作品，如果没有现代物理学的语言出现，是完全不可想象的。比如理性，这不是个人是否愿意的问题，现代化就是一种巨大的理性存在，仅仅率性而为的写作显然无法把握我们时代的更奥秘的诗意。

舒晋瑜： 当您倾向理性的思维，会有何利弊得失？

于坚： 我可能会远离八十年代和九十年代的读者，他们喜欢我的感性的诗歌，可能不能接受我现在的写作方式，这对我来说并不重要。首先，写作是表达我对世界的感悟，写作不是诗人顺应时代，而是时代向诗人脱帽敬礼。我不同意"诗属于青年"这种幼稚的说法，杜甫、苏轼的诗只属于青年吗？那些伟大的作品同样令世故的人群震撼，包括政治家。我们时代受"少年中国"这种思潮的影响，许多诗人想象的读者是毛头小伙子，海子的诗打动不了成熟的人，更别说那些老于世故的商人政客。弗罗斯特的诗可以在白宫朗诵，杜甫也是帝王之师。这是诗的成熟。如果想象的读者永远是少年人，诗歌很难走向成熟。我想象的读者是没有年龄的，如果只是将诗理解为一种语言的青春期，这些读者看我现在的诗可能会有隔阂。

舒晋瑜：您最看重诗歌创作的什么？

于坚：汉语写作的现代性。现代性，不是你接受了多少西方的观点，而是个人写作质地的变化，写作从业余冲动变成可以自我控制的专业。我并不是说古典写作中没有持续写作的人，苏东坡、杜甫都是，但他们不是主流。二十世纪的新诗前辈，写作的年龄多数不超过十年。人们并不将写作看成悠悠万事，唯此为大。背叛写作在二十世纪有许多借口，战争啦、革命啦、时代啦，甚至投奔先富的行列……都成为放弃写作的借口。张爱玲、周作人、鲁迅也是持续写作的作家，他们的写作是唯此为大的，其他都不在话下，是一种神圣的使命。天降大任于斯人也。郭沫若、徐志摩、戴望舒则是靠才气写作。我这一代诗人所经历的时代大起大落，从另一个角度讲也是利于写作的时代，如果不对生活质量有过高要求，这也恰恰是可以安心写作的时代，不像以前有那么多的干扰，战争、吃了上顿没下顿、政治运动，等等。

舒晋瑜：您说要像匠人一样专业写作，可是创作又是需要摆脱匠气的。

于坚：这是作家永远要面对的问题。一方面要保持感觉，一方面还要控制感觉，不能让感觉消耗你。具体到每个人是不一样的，只能说，它和诗人天生的材料有关。李白说"天生我材必有用"，你如何把握这个"材"，让它像树一样生长。如果你自我调整、自我修养不到位，可能自我消灭,也可能隐含的可能性生长起来,总之,作家将写作放在他生命的什么位置是非常重要的。杜甫说"千秋万岁名,寂寞身后事",这就是杜甫的伟大,他是把诗放在"万岁"这个位置。对我来说,一方面,不放弃对经典的学习,也不放弃与日常生活的联系,不能因为写作有一些成绩就使自己进入某种所谓"比你较为神圣"的"诗人、才子"状态。在这一点,我比较欣赏帕慕克的一句话:他一辈子的努力就是避免成为名人。你在写作时不能成为一个名人,不能用名人的方式写作。

舒晋瑜: 您最早写诗是什么时间?

于坚: 早年就是写着玩儿。七十年代的时候,生活世界全面政治化,精神生活只是私人的秘密生活,我偷偷写些诗,只是想使朋友对我另眼相看,赢得朋友的尊重——你不是个庸人。后来诗歌变成专业的嗜好,写作变成一个"恶习",就像吸毒成瘾,必须每天都写。我反对靠灵感写作,这是一个神话,其实作家就是匠人,他可以在任何状态下写作,不是明月东升的时候才能写,他整个生命都是写作的状态。

舒晋瑜: 您怎么看待写作与土地的关系?您的诸多作品,比如《云南这边》《丽江后面》《人间笔记》等,都在关注故乡。《尚义街六号》还入选"历代昆明十大文学名篇"。

于坚: 我父亲是一九四九年来到云南,母亲是明代的移民。我属于汉文化的传统。在云南这块土地上,更强大的是地方性知识。中原的主流文化在这里融入了边缘文化的血液,地方性知识对我的写作影响很大。我很少中原主流文化的那种大一统意识,在云南,人们天生就知道这世界是多元的。有些人说话你听不懂,风俗、衣饰、世界观都跟我不一样,但我们在一个世界上生活,在一个集市里交往,这对云南人来说是常识。这些常识非常深刻地影响了我的写作,使我天生成为自由主义者,对我影响最深的思想家之一就是以赛亚·柏林。在我看来,他就像是一个云南思想家。我青年时代对于自由主义——不仅仅是书本上的,而是日常生活中体会到的,它不仅仅是理论上的概念,而是来自我的生活世界。

舒晋瑜: 您最早接触朦胧诗是在什么时候?

于坚: 我看到朦胧诗是在一九七九年,我在地下沙龙里看到《今天》,一开始是非常震撼的。云南和政治的关系没有那么密切,对时代的感觉相对微弱,对人的生命、生活、爱情的感觉更为强大。昆明是非常安静的城市,我整天沉浸在诗歌里,八十年代中期我开始思考一些问题:为什么走红的诗歌没有对日常的存在状态的表达?二十世纪中国文学有一种鄙视日常生活世界、反生活的潮流,作家诗人热衷的是故乡批判,热衷未来主义,这也是张爱玲这样的作家不被待见的原因。那个时候我的诗转向了日常生活,《尚义街六号》就是那时写出来的。

舒晋瑜: 有一段时期,日常生活是您创作的重要主题。

于坚: 在古代文学里,宋词中就有很多日常生活的主题。二十世纪的中国文化有一种很可怕的趋势,就是反生活的文化。时代思想的主流是观念、主义至上,而忽视存在。这种观念在"文革"时达到极端,"文革"的根本其实是对生活世界的革命。人们只注意到"文革"对知识分子的迫害,而没有注意到对日常生活世界的摧毁。中国的传统是天人合一。天人合一意味着形而上和形而下是一体的,"文化革命"必然是生活世界的革命,必然导致日常生活世界被摧毁。生活不仅仅是过日子,生活是与哲学、历史、时间、传统密切联系着的非常丰富的层面。我的写作不仅要表现日常生活的诗意,而且要重建日常生活的神性。

舒晋瑜:在多元化的时代,诗歌关注日常生活的表达,会带来更强的生命力吗?

于坚:当然,至少在最近二十年,中国先锋诗歌的主题已经转向生活世界。人们以为诗意仅仅是风花雪月,而对关于他们日常人生的诗很陌生,很反感。而这正是诗的生命力。反感,是复活的一种状态,习惯才是危险的。当代诗歌也是碎片化的,诗人也有不同层面的。有的诗走得比较远,有的诗还停留在比较僵硬的浅表层面,而意识形态不反感的诗往往是那些只令诗越发声名狼藉的东西。为什么许多诗歌朗诵会令智力正常的人起鸡皮疙瘩?这不是诗的问题,是审美观念陈旧老化的问题。其实中华民族从来没有停止过关注诗歌,只是关注诗歌的角度在每个时代是不一样的。八九十年代大家可能更关注诗歌如何对时代、对政治发言,现在那些较为正常的读者更关注诗歌怎样为生活世界提供存在的意义。诗可能会越来越变得像家里要摆一束玫瑰或墙上挂一幅油画,而不是广场上的投枪。越是迷惘的时代,人们越是希望通过诗来领悟人为什么要活着,领悟存在的意义。宗教在表达,诗也在表达。诗先于宗教。宗教和诗歌在某种情况下是殊途同归,但诗依然是诗,宗教依然是宗教,不可取代。

舒晋瑜:很多时候,大家常规中的印象是,"愤怒出诗人","国家不幸诗家幸"。

于坚：我认为诗不能只是简单地表达对现实的不满，不能仅仅停留在怀疑和批判的层面。二十世纪末期一些中国诗受西方推崇，主要还是由于它们暗示了作者的意识形态立场。批判、反抗的主题固然重要，但这种写作也遮蔽了另一方面，就是任何意识形态都无法穿越、控制、摧毁的普通人的永恒世界，这个生活庸常的美丽是不以历史运动的意志为转移的，任何暴力都无能为力。这种日常生活世界的美，不是时代赋予的，而是自古就存在于人们的日常生活世界中。我的意思是，就是在奥斯维辛，一个女子也会在想象中为自己的脸颊涂脂抹粉。这是庸常的、无奈的，也是超越性的、没有时代地域的。我以为文学应该表达这些。最近门罗获得诺奖，我几年前看她的作品，就说她会得奖。我喜欢她小说中表达的日常生活的深度，在庸常的家庭里对生命意义的追问。中国当代文学在这方面表达太弱，还在批判、怀疑、解构的层面。就像798那些东西无论在拍卖行价值如何飙升，它们只是时代性的，我没有看到生命的美好，在地狱深处的美好。我以为今天需要写作去建构的东西，恰恰是中国本来存在的，是连接每块大陆的花岗岩，但是也被写作遮蔽着。诗要好很多，但依然不够，这可能也是读者远离诗歌的原因。

舒晋瑜：全球化的时候，您认为诗歌的存在有何意义？

于坚：全球化是一种命运，这不是谁可以拒绝的，我们每个人都已经被卷入全球化。歌德曾经呼唤世界文学。全球化的席卷为世界文学提供了一个知识基础，世界的疆界其实不仅仅是在知识领域被打开了。无论如何，我们今天是在世界中写作，而不像以往的诗人，他们在中国写作，但是拥有世界。今日的危机也许是，世界拥有你，而你并不在世界中。

同质化正在摧毁古老的生活世界，全球化最后的疆界也许只是民族语言，语言证实无的力量，而一个民族的尊严仅在于它与某个无的世界之联系的深度和广度。诗是过去流传至今的古老魔术，语言的神性在于它是与不可知者的对话。有无相生，语言指向无。古老的悖论，语言一方面命名世界，一方面也是无法被量化、标准化的。它是同质化的天然抗体，同质化最后的障碍就是民族语言。诗是民族语言的最高表现，语言开始了世界，在今天，它也是一种最后的拯救。

诗为我们时代保持了尊严。这种尊严的存在也是新诗必然被冷落的原因。正因为被冷落，持久的写作所遭遇的困难、诱惑和折磨皆为史上罕见，最悲壮也最庸常，诗人这种古老的手艺在今天更接近于宗教式的祭献、牺牲，因此诗的持续才具有了专业品质。

舒晋瑜：在云南师范大学举行国际文学节，这样的活动对于大学生、对于当代诗坛有何影响？

于坚：中国传统的文学制度，在现代主义的冲击下，已经完全失效。现代化其实已经把我们变成了陌生人的社会，作者和读者之间的联系非常脆弱，甚至没有联系。西方也面临这个问题，他们用文学节、咖啡馆、沙龙等形式，把个人化、碎片化的读者和作者连接起来。像卡夫卡这样的作家，在二十世纪初他的作品主要是通过沙龙来传播。我去了世界上很多文学节，给我印象最深的就是我前年参加的英国切尔滕纳姆国际文学节，它是一九四八年建立的，已经成为世界上最大最著名的文学节，它每年可以邀请世界六百个作家、艺术家去参加。我去那一年，它邀请了《哈利波特》的作者以及联合国秘书长安南。

从古代的口传文学发展成书面写作之后,为了更利于传播,诗人必须把诗写得朗朗上口,利于背诵和传播。你可以说它是文学形式,实际上它也是一种文学制度。但白话诗兴起之后,这种制度不存在了,诗完全变成了个人内心的旋律、语感,我内心的旋律跟你的旋律是不一样的……一九四九年之后,我们以政治的制度代替了文学制度。政治挂帅和"诗言志"的老传统联袂,导致中国主流的诗歌教育,把诗遮蔽起来。

这次请的都是在中国当代诗歌界有持久影响力的诗人,其他国家的著名诗人,他们的写作不是短时段的,是长时段的。我本人欣赏的某种诗歌——不应该是文学节的标准。文学节不是一个个人趣味的展现,而是对各种趣味的包容。但是各种各样的文学趣味,必须是在他那种趣味里面有持久力影响力、有重量的,不能只是昙花一现。舒婷、西川他们来了以后你们就可以看出他们的风格、写作的方式,南辕北辙,但是他们在那种风格里面都是最重要的诗人。这种南辕北辙出现在今天的大学校园里尤其合适。大学生希望任何事情只有一个答案,但我不告诉他什么对什么错,什么好什么坏,我只给他一个有重量的东西。优秀的诗人是一种材料。李白说"天生我材必有用",如果你有材,你的写作只是使这个材生长起来。材质本身并没有高低之分,只要有材质,而作者又能自我养颐,它就会变成很丰满的东西。两块石头,你可以说我喜欢这个,不喜欢那个,但是你不能说这块石头太轻了,轻如云,不是石头。它们一样重。

舒晋瑜:您在七十年代就开始摄影,最近《印度记》收录了您很多照片,非常有冲击力。此外您还拍过纪录片《故乡》《碧色车站》,为什么会对摄影有这么大的热情?

于坚: 我从来不想当什么摄影家,就是玩儿。我觉得导演比起诗人,需要更强大的介入世界的能力。我不想令我的写作只封闭于室内。如果你抬着一台摄像机,你就得用另一双眼睛去看世界,你无法再想当然了。摄影,我首先考虑的是如何看,电影要拍得好,导演首先得明白什么是诗,我喜爱的大导演费里尼、布勒松、安杰依……其实都是诗人。一切艺术的核心都是诗,只是表现的材料、手段不同而已。

舒晋瑜: 很多诗人放弃了诗的写作,转向小说、散文或者其他,好像诗人的创作生命力格外短促。而另一种现象是,一些坚持创作的诗人,如欧阳江河、梁平等,写起了长诗。

于坚: 我写作四十年没有放弃什么,没有放弃诗,也没有放弃散文、摄影……都在搞,它们都是我的写作,核心都是诗。古代中国的文人都是诗文书画俱全。自从三十年代名誉扫地,文人这个词声名狼藉,呵呵,一为文人,便无足观。但是回顾中国历史,政治家、士大夫,谁不是文人?就是商人也以附庸风雅为荣。载入史记、通鉴的,谁不是文人,我还真找不出一个。在这方面,我是公认向后看的,否则你怎么说你是汉语作家。

舒晋瑜: 法国诗人穆沙的演讲之后,您说到对于他的诗歌"似是而非"的理解。这也是诗人与读者之间甚至诗人之间存在的一种常态。比如德国诗人顾彬在演讲中也提到他翻译欧阳江河的诗歌,其实也是不能完全看懂的。您所理解的好诗是怎样的?您如何理解这种"看不懂"。

于坚：我们还是可以依据阅读经验辨别出什么是好诗。好诗的要素已经约定俗成。对好诗的感觉已经积淀在我们关于语言的经验中。

我以为诗就是那些可以蛊惑人心的语词。当你被蛊惑的时候，你就进入了一首诗。那些语词经过诗人的组合，具有返魅的力量。

狄金森说："它令我全身冰冷，连火焰也无法使我温暖。我知道那就是诗。假如我肉体上感到天灵盖被掀去，我知道那就是诗。"说得好，诗是一种带来感觉、令人心动的语言。

一首诗就是一个语言的"场"，"篇终接浑茫"。就是语言已经被创造成为一个"场"，进入"意有所随，不可以言传"的境界。主题、意义、情绪、修辞、深度……都是小于"场"的东西，而这个"场"是心的在场，语言在这里已经消失。读一首诗就是被击中，而不是被教育。诗是语言创造的一个存在之场，离开了这个场，诗就不存在。最得人心的诗是最具魅力的诗，为天地立心。

一首魅力四射的诗是一个塔。塔的基础部分人人可进可懂，个人的修养（心灵、阅读经验、知识结构）决定你可以进入诗的哪一层。诗最核心的塔顶部分，只有少数人可以进入。但如果只有这个高处不胜寒的少数，没有下面的基础，塔就飘在天上。

齐白石说"太似为媚俗，不似为欺世"，媚俗的诗只有一层，欺世的诗只有飘在天上的尖。

好诗是，其最大的一圈是引车卖浆者流都明白的汉语，其最小的一圈是禅。好的诗歌是七级浮屠。深度属于最小最核心的一圈，最基础的部分，外延只要懂汉语都可以进去。

一个塔是一个立体的场,也可以用佛教的"坛城"来比喻。"汉魏古诗,气象混沌,难以句摘。"王国维所谓"有篇无句",是新诗气象。

舒晋瑜：诗歌朗诵在这次文学节上是比较受欢迎的活动之一。作为一个诗人,您对诗歌朗诵这一国际盛行的活动如何看待？您曾经强调要念诗而不是朗诵诗。

于坚：我反对的朗诵是其他人用所谓正确的声音来表演、阐释原作。文学节的魅力就在于它是请作者到场用自己的声音念自己的作品,听众其实要听的就是这个。这首诗是什么声音？文字是无声的,只有作者到场,读者才能听见原作的原声。朗诵强调的是朗,而并非每一首诗都是朗的,这是朗诵的先入之见。我的诗其实很沙哑。念,就这个字的字面组合来看,就是心在现在。今心嘛。别人念其实也可以,一首诗也可以用多种声音阐释,重要的是用心而不是检验普通话是否标准。我参加过许多国际诗歌节,大都是作者自己念,作者们没有拿腔拿调朗诵的。国外偶尔也有请演员朗诵我的诗,但是朗诵者一定要先听我念,他要听我的声音、母语、我的沙哑,因为这是我诗的原声,是母本。

舒晋瑜：近年来,您出版了《昆明记：我的故乡,我的城市》《印度记》《挪动》等多部散文随笔,可否谈谈散文创作的感受？

于坚：散文和诗只是速度不同,因此导致的空间格局不同,诗的格局像是星座的格局,比如狮子座,给出几个星点,读者要想象出狮子。如果这些星点之间的距离,位置不到位,读者就摸不着头脑。散文则是大地的格局,写散文你不能天马行空,你要像前往拉萨的朝圣者那样在大地上爬。我深受人类学的影响,我的散文都要有田野调查的基础,我很少想当然地写。散文接近小说，不同的是，散文你不能编，否则那只是篇幅较大的散文诗。

舒晋瑜：您认为怎样才能使作品保持长久的生命力？

于坚：这个不是作者可以把握的事情，声称对此有把握的作者绝对是骗子。师法造化，但造化不是作者管得了的事，这个是神的事业。杜甫很清楚，"千秋万岁名，寂寞身后事"。当然，作者也要有"诗是吾家事"的自信和耐心、"道成肉身"的写作态度。写作只是逞才使气，"朝着牛×的路上一路狂奔"的自我表现，自我必在时间中灰飞烟灭。不朽之作抵达的是"吾丧我""齐物""作者已死"。李白、杜甫、苏轼、但丁、歌德都不是作者，而是文明。自我写作比较自私，比较便宜，投机取巧，追求的是当下兑现。

杜甫是个寂寞的诗人，他从来不是当下的诗人，"熟精文选理，休觅彩衣轻"。

舒晋瑜：对于故乡，您怀有怎样的感情？

于坚：故乡是一种世界观。昆明赋予我看世界的立场。故乡这个词今天与心痛同义。

舒晋瑜：二〇一七年举办了很多纪念新诗百年的活动，作为具有世界影响力的诗人之一，您有何特别的感触吗？

于坚：新诗百年的各种活动我的印象是肤浅，与新诗百年来积累的重量、体积不相称，充满陈词滥调。人们，包括诗人和那些评论家，对新诗已经没有胡适那一代人的使命感和激情了。我写了《新诗的发生》一文。新诗百年，它令诗缓慢地重返历史上的重器之位。政治、商业、世俗都害怕新诗，因为他们没有量器。对新诗的攻击如果在一百年前还义正词严的话，那么今天这种攻击大多数是不知所云，笑话而已。可悲的是，那些吃研究新诗这碗饭的人，要么处于失语状态，要么把新诗说得就像他自己养的一条狗。这恰恰表明，新诗已经具有它自己的体量，诗在汉语中再次建造了一个精神世界，而不是修辞游戏，它的论者必在不久的未来诞生。

二〇一三年十一月十一日

诗是世界的隐喻

《大家》× 于坚

《大家》：一九八五年，你与诗人韩东、丁当等创办《他们》文学杂志，在当时影响很大，也可以说影响深远，你认为现在的中国诗歌和二十世纪八十年代相比，发生了哪些变化？

于坚：诗很少受到时代潮流的影响，这个时代的主潮是：只要富起来，怎么干都行。我经常在文学家的聚会上听人们谈论自己的"爱车"，诗人冷眼旁观。这些穷人在这个时代真是疯了，还在写诗。因此，诗越来越高级，越来越纯粹，这意味着一种自觉的牺牲和宗教般的使命感。诗已经被时代的庸俗送上了祭坛。如果在八十年代，诗还是一种与地方性知识、意识形态语言之间的对抗、解构。那么今日中国当代诗歌是世界性的、普遍的、对汉语本身(如何写)而不是写什么有实质性的贡献，我可以说，正是诗改变了"文革"以来的汉语面貌，诗令汉语再次成为生活世界的语言。小说以传奇获奖，诗守护着汉语的魅力。

《大家》：你开始写诗是在二十岁，那时候你还在工厂当工人，你是怎么写起诗来的？可以谈谈那段经历对你今后的写作有什么影响吗？

于坚：一九七〇年，有一天在我父亲流放地，在他住的破庙里，我发现了藏在稻草堆里面的一本内部读物，六十年代印给高级干部阅读的古代诗选。谁藏在那里的，这是一件神秘的事。里面有三维、苏东坡、李白、杜甫、范成大等人的诗。我读完像被雷击般震撼，我开始在作业本上疯狂地写诗，想写出他们那样的诗，我记得我在从陆良县回昆明的大卡车的车厢里还在一首一首地构想着。回到昆明，我借到《唐诗三百首》，马上开始背诵，我全部背诵了这本书，之后我背诵平仄，看《诗韵新编》。如果说我为什么会写作，印象深刻的事还要早。我十二岁时，有一个中午，日头毒辣，大街上浓烟滚滚，红卫兵和群众都在烧纸，我亲眼看着人们将一个图书馆烧掉，图书馆在冒烟！那种触目惊心就像耶稣被绑在十字架的那一日。之后的一天下午，我跟着父亲躲在家里烧书。我记得我们用一个搪瓷脸盆烧，是别人送我父亲的结婚礼物，里面印着"囍"字。满屋飞着黑纸，就像一个仪式，这是我生命里的另一次神秘事件。为什么要把这些美丽的文字烧掉？（我记得里面有《新观察》，封面是一张齐白石的白胡子肖像，还有《收获》。）这令我困惑而害怕。我决定写作，也许就是从这时候开始的。写作令我恐惧而刺激，恐惧是一种动力，今日依然。

《大家》：今天的文学环境，我的感觉是，真的和八十年代没办法比。现在的孩子谁还写诗、读诗，都捧着手机发微信呢。你怎么看更年轻的一代诗人?"八〇后""九〇后"他们关注的东西,肯定是不一样了。

于坚:八十年代,世界的风吹进来,那时代诗人的知识谱系回归正常。

他们关注的不一样,但是未必全世界都是如此。在法国,地铁上少有人看手机,更没有人拿着手机什么都拍。我与青年诗人聊天,他们的知识谱系非常正常,传统、现代都具备。我们可以聊《诗经》、荷马和莎士比亚,巴尔扎克、格列柯、莫兰迪、朱耷、罗布·格里耶或者《秃头歌女》。我觉得今天中国的教育相当封闭,与富起来无关的知识无人问津,年轻一代受这种风气影响,阅读、知识的准备急功近利,越来越封闭了。经济走向全世界,但是文化在退回到封闭的地方性知识。我夏天在广州与韩国最有影响力的现代派诗人李晟复聊天,他说《诗经》是最高之诗。我的朋友知道章东磐是研究第二次世界大战的专家,他最近告诉我,有人问马歇尔将军,对第二次世界大战怎么看,他说,只有但丁可以比喻。我在法国的朗诵,每场都有很多听众,主办者也以为会有很多中国听众,我也很期待有中国听众,我是中国来的嘛,但太少了,太少!有一场来了两个老华侨,是八十年前移民的。中国今天对诗的冷落,只与这个国家自己文化水准有关,不是世界文化的普遍趋势。

《大家》:你年轻的时候曾在云南各地漫游,这期间发生过什么让你印象深刻的事吗?为什么要漫游?保持与大地的亲切感?

于坚:这是受先辈诗人的影响。李白说,"大块假我以文章"。在大地上漫游，于天地之间养浩然之气，目击道存，是中国思想的真谛。中国思想是在运动中思的。我在漫游中思。思是一条道路，不是在书斋里苦思冥想。大地保持着天真，这大地总是令我回到文明的开始之处。作者往往会迷失在图书馆的迷宫里，但大地很简单，立刻再次觉悟。有一次我在金沙江的峡谷里行走，大雨之后，另一人从对面走来，我向他问路，聊了两句，停了两三分钟，他继续走，一群巨石从山上滚下，如果他没有停下来，那些巨石就砸在他恰好走到的地点。我现在也在漫游，我去那里都是走的，我讨厌汽车，我最近在法国的卢瓦尔河畔走了一天，城堡、乌鸦和芦苇，原始的河岸，就像回到我少年时代的大地。

《大家》：一九八三年的时候你写下了《河流》这样的作品，这个阶段的诗是否就是基于这样的经历写成的？有人据此称你为"高原诗人"，你认为这个"标签"对你合适吗？

于坚：是的，八十年代我写了许多高原之诗。我可以说是高原诗人，我的标签之一。如今人们已经很少这么写了，人们与大地的关系改变了，现代化使大地面目全非，许多高原失踪了，河流死了。人们不再信任大地，地久天长令人怀疑。多么可怕，当我在一个湖边蹲下来的时候，我首先想到的是它是否有毒。

《大家》：《尚义街六号》在取材上倾向于世俗化、日常性，描写具体的、琐屑的、平常的生活场景。这样的取材是不是有这样的意思，即这是对重大的、有意义的、整体事件的反抗和反叛？

于坚：尚义街六号是八十年代中期云南大学中文系一群诗人作家自发的地下小沙龙。地址确实是昆明尚义街六号——一幢位于昆明老城南部的、一九四七年建造的法国式的两层临街楼房。这一条街及其周边是旧时代法国侨民和商人集中的地区,到处是梧桐树、百叶窗和褪色的黄色墙壁。在二楼,吴文光独自占了一间七八平方米的小屋,窗子开朝西面,在那里可以看见梧桐树、落日、云南高原永远蔚蓝的天空以及另一幢法国式建筑的红色屋顶上的鸽子、猫和麻雀。我们之所以在吴文光家聚会,是因为当时这些朋友大都没有单独的房间,只有吴文光有。这里方便秘密地谈话,在那个时代,谈论诸如萨特、柏格森之类的名字都可能有人去告密。而在大学生宿舍里,告密被许多人看成是一种公民责任和进步向上的行为。小屋的光线不好,永远处于阴暗与朦胧之中,看不清事物的细节,只能把握一种整体的氛围,犹如一处教堂中的忏悔室。我记得我们有过无数的谈话,从存在主义到新小说派,从《癌病房》到《聂鲁达诗选》,从帕斯捷尔那克到福克纳,从《人·生活·岁月》到《城堡》《变形记》,从斯大林时代到中东形势,从法国电影到荒诞派戏剧,从肖邦的音乐到黑人的舞蹈……关于西方现代派文学,关于中国政局,关于云南高原某几天的天气,关于女人、性交,关于生活方式,这个沙龙一周往往要聚会三四次,从黄昏持续到深夜。这个沙龙令我们这一群在思想和知识上超越了同时代人,尚义街六号的谈话是激动人心的,富于切割性、解构性和滚动性。这些危险的谈话和聚会成了我们的精神寄托,智慧得到交流,令我们在文学观念上处于那时代的前卫。尚义街六号关于当代文学的讨论至少在一九八一年就开始了对中国当代文学中的泛意识形态、乌托邦神话、鄙视身体、日常生活(生活在别处)的普遍性倾向进行了抨击,也具体到对北岛一代诗人的作品价值的怀疑。那是我生命中最美丽的年代，在这里，我有一群非常优秀的朋友。我的诗在那时候很难发表，被视为"非诗"，那时候诗坛流行的是追求想象力的浪漫主义作品，我的诗表现了日常生活，这在当时相当罕见。尚义街六号的这些朋友坚定不移地肯定我的作品，给我极大的鼓励。

　　评论家说这首诗就是写了世俗生活，写了小人物，实际上，我是受杜甫的《饮中八仙歌》的影响。"李白斗酒诗百篇，长安市上酒家眠，天子呼来不上船，自称臣是酒中仙。"实际上八仙都是李白的朋友，是普通人。我写《尚义街六号》，我的那些朋友也是。汉语本身就有神性的力量，把一个活着的人写到诗歌里面去，等于你要把他变成诗教的一部分。实际上是对这个人的升华。可以说，我就是把他们当成仙人在写。但是仙人不是必然要做仙人的事，仙人做的事是普通人的事。《尚义街六号》是把日常生活神圣化，依靠的是汉语本身的神性。人们以为神圣的东西就是要用所谓神性的语言来写。那是一种观念神性。我的写作不是观念神性。我的升华不是赋予这些人物神性的观念，而是通过对他们的命名，通过汉字本身的力量，让他们具有神性。比如说"桃花潭水深千尺，不及汪伦送我情"，它只是描述了一个事实，它并没有说神仙在此，但是汪伦因此而不朽。把"汪伦"这两个字写到诗里面，本身就是不得了的事情。它依靠的是语言本身的力量。如果你写的这首诗是将要不朽的，那么这个人也跟着你的诗成为神仙。"子不语怪力乱神"，说的是不语虚构的、胡编乱造、想象出来的神，而论语本身是具有神力的，来自语词的力量，来自"子曰"这种东西。

　　这个诗写在一九八五年，那个时代没有人这么写诗。"文革"的语言暴力使汉语丧失了它的幽默感、生活气息。《尚义街六号》对生活的调侃、自我讽刺、自我反讽、幽默……这种东西在朦胧诗里面是没有的,在朦胧诗以前的当代诗歌中也没有。有一年我去天津,南开大学的学生把这个排成了一个诗剧,我很感动。后来我就想这是为什么,我发现实际上它表达了一种典型的青春经验。可能那个时代过去了,但是这种青春经验是不会结束的,每一代人都有他自己的《尚义街六号》,虽然表现的形式不一样。《尚义街六号》有十多种版本,那些版本都是,比如说这一群把这首诗里的人名改成他们身边的朋友的名字,很好玩。诗就是要表达一种普遍经验,虽然它的具体场景是特定的时间中的,但是它传达的应该是一种普遍经验。《尚义街六号》可能正是因为表达了这种普遍经验,才会在发表三十多年后依然被人喜爱。

读这首诗,我认为读者是需要智慧的。当年这首诗出来的时候我同时代的诗人是不能理解的,他们认为这首诗没什么意思,比如说到李勃有一本作协会员证,他常常躺在上边,告诉我们应当怎样怎样洗短裤等等,暗含着一种反讽,但是当时我看到评论就认为这种完全没有什么意思,就是一种大白话。那个时代人因为长期的恐惧,已普遍失去幽默感,读不出这首诗的弦外之音。

《大家》:应该说你一直是一个真正意义上的探索者,你认为探索对于一个写作者意味着什么?

于坚:探索,并不是故意标新立异,经验是诗的出发点。探索只在"如何说"上。在"说什么"上,我是后退的,就是要回到中国古代的大道上去,杜甫说的"再使风俗淳",就是这样。

《大家》：你开始被誉为"先锋诗人"了……如何理解"先锋"一词？或者说，你对先锋精神及其意义是如何定义的？

于坚：先锋总是有针对性的，但是这不只是一个向前再向前的姿势。没有后面何来前面，如果先锋不知道后面为何，这种先锋只是历史虚无主义。知道后面，你才知道你要在什么上先锋。尼采是十九世纪以来最伟大的先锋派之一，他的"上帝已死"可谓惊世骇俗，佢他是基于西方文明的经验。尼采的先锋不是朝向未来的空间扩展，标新立异，而是基于对西方千年历史的反思，他要回到后面，回到希腊。狄俄尼索斯是在后面，不是未来之神。就是弥勒佛这个未来神，他也是在后面就在场的。海德格尔也是如此，先锋只是真理在我们时代的新说法。

先锋，就是一次次重返大道。因为文明的积弊、雅驯、解释总是遮蔽着文明之明、之光，先锋就是要去蔽，使道重新在场。《诗经》说，"维天之命，于穆不已"。孔子说，"天何言哉"！又说，'毋意、毋必、毋固、毋我"。每个时代的先锋总是意识到说得太多了，意义纷繁、观念缔结、固执、自我嚣张，道晦暗不明，于是，再次通过写作，"圣代复元古，垂衣贵清真"，重新彰显道的"于穆不已"。"吾丧我"，这是最根本的先锋。匿名于写作，就是写作上的先锋派，我认为。

《大家》：二十世纪八十年代中期，口语化写作成为你这一时期创作的主要特色，《作品××号》《事件》等都被认为是与"朦胧诗人"决裂的宣言书，你认同这种观点吗？

于坚：口语的问题，我已经说过很多。我在一九八九年出版的第一本诗集《诗六十首》的前言中就说过，我的诗不是口语，是"于坚语"。

我读到朦胧诗是一九七九年。这之前,我已经读过很多书,包括诗经、唐诗、三十年代的新诗、波德莱尔、惠特曼、普希金、莱蒙托夫、艾青……对诗我已经有我自己的判断标准。朦胧诗令我震撼的是,我终于在黑暗里遇见了同时代的作者,我不认为就我读过的诗来说,朦胧诗是不成熟的诗。它更像一种地方性知识,是时代而不是诗歌自身的产物。我的作品是与黑暗的对话,是与那些死者、那些不朽的语词之间的对话。我从未想过要与同时代的谁决裂。

《大家》:你曾经说过,"诗歌可以使你摆脱生命的无意义状态,如果你不想庸俗,不想生活在毫无意义的世界里,诗可以帮助你抵达另一个世界,它是与神的对话"。是不是可以这么说,诗歌的意义近似宗教的意义?

于坚:我已经多次说过,诗接近于宗教,尤其在中国。文教、诗教就是某种宗教。对汉语这种起源于巫的语言来说,口语是交流工具,文字却是教堂。写作必须诚惶诚恐。海德格尔所谓,"语言乃存在之家",用于汉语最恰当。

《大家》:云南老诗人邹昆凌经常说,当下,很多人写诗既缺少对诗歌内省性的充分认识,对更多诗歌所载之物缺乏认识。但这似乎是两个方面,换言之,诗歌或为艺术而艺术,或必须文以载道。中国的诗歌经常在"载道"方面不遗余力,可能却悄然偏离了诗歌的真实内涵……你怎么看这诗歌的两面?是内省的、艺术高于一切,还是必须"载道"?

于坚:必须载道。道在时间中。道在二十世纪的解释中,被庸俗地解释为主题、意识形态、意思,等等。道是"于穆不已""天何言哉",

"道可道，非常道"，止于至善。生生之谓易。为艺术而艺术，如果离开对大道的守护，就成为标新立异的空间游戏，不能"生生"，也是死路。后现代艺术一味地玩空间扩展游戏，骨子里与通过技术对物的占有是一致的。今天，技术充斥世界，大地萎缩，道晦暗不显，"生生"越来越不易了。不善。

《大家》：世界太冰冷，诗人太柔软，你是否经常有绝望之感？诗歌和诗人备受重视甚至能改变时代的时代，真的不复存在了，但诗歌又岂能丢掉它的担当呢？你怎么看诗人、诗歌和一个时代的关系？

于坚：人类正在遭遇根基性的毁灭。我们时代的怀疑主义，是基于对"永恒"的怀疑，对"地久天长"的怀疑。抓住当下，曾经只是诗的细节需要，现在成了根基性的。只有当下，没有永恒。这就是我们的时代。对于我这种迷信"千秋万岁名，寂寞身后事"的作者来说，绝望是必然的，哪里还有身后事呢，哪里还有读者呢？世界如此疯狂地发展，文明必将终结。年轻人已经读不懂我三十年前的诗了，我歌咏的那个滇池已经不存在了。从前，写《赤壁赋》的苏轼可没有我的这些问题啊，他迷信"挟飞仙以遨游，抱明月而长终"。可是现在，他也被迫面临这一局面了。他的诗从大地、文明的证据变成语言中的神话，而宇宙飞船倒成了现实。没有明月飞仙，人类照样发展。死亡在我们时代就是存在，死亡没那么遥远了。杜甫、苏轼都知道他们是不朽的，死亡遥遥无期，"笔落惊风雨，诗成泣鬼神"。哪里还有风雨、鬼神？这就是文明的悲剧。悲剧就是正剧。我们也许真如福山（《历史的终结》一书的作者）所说的只是"最后之人"，大地上的最后之人。我与我自己的时代，恐怕也就是我行我素了吧。

《大家》：《纯棉的母亲》抒写的是既柔软又有质感的母爱，这里面有八十年代中期把日常生活写进诗的成分，但似乎不再像从前那样冷静，这是不是年纪大了以后对世界的看法有所改变，才有了这样颇为柔软和温暖的诗？

于坚：不知道。我写诗是随物赋形。

《大家》：还会写《0档案》这样的诗吗？

于坚：不知道。

《大家》：很多时候，某种温温吞吞的大环境，或者说，在那些被关起来的腐败官员治下的大环境中，我们仿佛很长一段时间内被谎言和假象欺骗了……诗人，或者文学艺术家，是否该担负起某种使命，让我们对周围的环境，保持足够的警惕？

于坚：文以载道，生生之谓易。诗是"生生"的。诗是止于至善的。我们时代充斥着太多的不善，这些不善都已经正常化了。对诗人的敏感性是巨大的考验。诗人就是看得见地狱的人，但丁就是。

《大家》：我们再说一说散文。你在什么样的情况下开始写作散文的？你认为好的散文应该具备什么样的品质？

于坚：我写散文和写诗同步，只是散文后来才逐步发表。我的写作试图回到古代文人的那种"写一切"，一切都是文。诗、散文、评论什么的，都是文。写作，就是以文明之。

散文，就是散点透视、归于混沌，"篇终接浑茫"，像中国山水画一样，还包括题字、图章。文字的画、文字的诗、思考、叙述、白描都在一篇之中。我现在的散文,还经常插入分行的诗,就像章回小说那样。

《大家》:你说散文因其边界的模糊性,因此保持着文体的试验性,你还说只有散文可以引领思想进入自由写作的王国。你在散文领域也做了很多探索,那你认为散文和诗的写作,哪一个能给予你更大的自由?

于坚:自由的方向不一样。散文在空间上更为自由,诗的自由在于与词的时间深度的一次次对话。

《大家》:那么小说呢?你现在也写小说并且出手不凡,让我们写小说的主编陈鹏都击节叫好、艳羡之极,同时也倍感压力——诗人于坚都写小说啦,还让我们怎么活?你怎么看待当下的中国小说写作?

于坚:当代中国小说我看得不多,因为不好看。就我看到的而言,好像中国当代小说还是喜欢讲传奇。或者模仿西方罗布·格里耶那些人,而缺乏门罗那样风格老派、自甘平庸、琐碎、喋喋不休着家常世界的作家。我深受托尔斯泰、契诃夫、纳博科夫、普鲁斯特、乔伊斯……这些人的影响,我也非常喜欢卡佛、约翰·契弗或者加拿大的门罗。最近我读了好多门罗的小说。他们的作品影响到我的诗。虽然小说备受时代尊崇,我注意到在主流文化中,诗人几乎已经完全退出。但与寂寞的中国当代诗歌抵达的深度比较,作家们给我的印象,基本上是地方性知识。中国小说理解的先锋性基本上是形式主义的,而在我,这是世界观。

《大家》:《暗盒笔记》中你总是关注那些即将消逝的世界,比如老挝琅勃拉邦古老的生活方式、三峡的老船工、小街边的炒货摊,是不是更古老的生活方式更吸引你?

于坚:我是唱挽歌的诗人。这是命运。

《大家》:你曾经说年轻一代的作者,只在形式上起点高,但在历史感和永恒的价值、上帝方面,要么没有,要么就非常轻。但很多人都说,中国人原本就没有宗教信仰,对这个说法你怎么看?

于坚:西方意义上的宗教是没有,但就宗教所要抵达的某种东西的方式,中国不缺,只是不命名为宗教,也不在教堂里搞而已。宗教说到底,是为世界建立一个世俗的、可以"生生不息"(永恒)的秩序,它的说法是这种秩序天堂已经具备,因此给人"宗教是向上"的印象。而其实,就是没有宗教,"仁者人也"(孔子语),人也通过语言在经验中无所不在地、日日新地辨识着世上的善与恶、神灵与魔鬼。只是宗教更加观念化,将善与恶解释、规定得更加清楚、严密、坚固而已。没有宗教,现世就没有秩序;没有底线,就陷入混乱野蛮。复活总是大地上的事情,是此时此地的事情,而不是什么千年禧。中国人的宗教其实就是语言之教。文明,就是以文明之。文明就是要履行宗教的使命,中国直接就是以文明之、文之、文教。文就是底线、秩序。文不是观念的固化,而是意义的随物赋形,所以文要讲中庸。中庸不是量化,而是基于经验的度,止于至善。至善也不是固化的,而要在各时代因地因时制宜。今日中国之世风日下,就是文明被遮蔽的结果。现在重新发现了中国传统的重要性,乃是基于"文革"的大教训,这个教训是必要的,否则一代代知识分子总是对文明持怀疑态度。文明被摧毁的局面,我们这个时代终于看到了。中国须臾不可抛弃文明。

《大家》：你也抱怨中国的传统思想对年轻一代毫无影响，但这似乎不能忽视"五四"以来对传统文化的否定，在这样的情况下，传统思想对年轻一代没有多少影响是不是也情有可原？

于坚：这是教育的问题。"文革"其实发展了一种历史虚无主义的新文化。历史从我开始，以前只是白纸一张。唯我独尊，这种虚无主义通过教育深刻地影响到青年一代。"文革"新文化的特征，就是观念先行，这导致普遍的名不副实，观念是观念，行动是行动，只说不做。说一套做一套，阳奉阴违盛行。

但所幸的是，汉字没有像"五四"有些人希望的那样被废除，被拼音文字取代，而汉字就是中国最伟大的传统、根基性的传统。谢天谢地，汉字犹在，我还可以用这种字来写作，汉语似乎已经取代了大地，成为我的信任之源。"大块假我以文章"，所幸者，还有千古文章。

传统文化其实无法不影响青年一代，因为它就是汉语本身。年轻一代还在用甲骨文上的那些汉字写作，复活只是时间问题。我担心的只是他们的现代性是骨子里的还是时髦？我觉得是时髦。

《大家》：这种"没有影响"会否真的影响到他成为一个优秀的第一流的诗人或小说家？可鲁迅先生不也一直拿传统开刀的吗？

于坚：是的，绝对影响！写作不是横空出世，写作基于经验。汉字就是历史，每一代的作者要与这个历史对话。读者也是识字的！你的语词如何呈现，读者是知道好歹的，除非你拒绝读者，那么这就是世界观的问题。在古代中国，非历史的写作毫无前途。二十世纪非历史的写作成为主流，但是，非历史的写作也无法拒绝读者，人类为什么出现文明，而野兽没有？文是为读者而文，文的冲动就是要创造历史，这个根基无法摧毁，否则，非历史不如就此沉默，无文也就没有什么历史。鲁迅用甲骨文上的那些汉字向传统开刀，而今天在我看来，他正是汉语的伟大传统的继续。

《大家》：不管写诗、写散文还是写小说，你的语言都很朴素又深具意蕴，为了达到这样的语言高度，你做了哪些方面的语言训练？

于坚：我深受古文的影响，老子说，大巧若拙嘛。司马迁说，不虚美，不隐恶。我非常喜欢《左传》的语言。我背诵过字典。我厌恶某些词，自觉地不使用某些词。有些记者采访我，登出来的意思是的，但不是我的话，我绝不会那么说。

我记得普鲁斯特的朋友说，普鲁斯特最厌恶的词是"拜拜"。对现在网络流行的某些词我也非常厌恶，我喜欢创造词，但是这里面有一个度，中正朴素。现在创造的新词大多数油滑轻浮。似乎罗丹这么说过，用旧词就够了。

《大家》：什么语言——无论诗歌还是小说，是最好的语言？

于坚：朴素。朴素，还是朴素。"辞达而已矣"。写得不好，是因为说得太多，不相信微言大义。自我表白。

《大家》：你认为哪些作家，或者说什么样的作家，可以称得上好作家？你的好作家和好诗人的标准是什么？

于坚：古代的大师都是标准。诺贝尔获奖者倒不一定。作者死掉一百年也许可以说他的好坏。写作是一种语言史。纳博科夫说，是如何说的历史。我同意。

说的都是历史，但陈寅恪说得就比钱穆更庄重。钱锺书才过了五十年，已经有点不知所云了，太聪明。陈寅恪是外枯中膏。外枯中膏是语言的最高境界。

我记得塞林格说，好作品就是那种看了就想打电话给作者的那种。现在许多作品，说不上好，也说不上不好。发表也可以，获奖也行。这是最糟糕的。平庸就是这种东西。

我怀疑如果一切都以钱为动力，如果已经持续了如此之上的时期，人们是否还知道好歹。比如现在将鲁迅撤出教材，就可以看出人们已经不知好歹了。也许鲁迅"说什么"可以再讨论，但是他的"如何说"绝对是第一流的。他是因为写得好而伟大。

《大家》：最近在读什么书？给我们推荐一部好书、一部好电影。

于坚：《苏轼全集》《耳语者》。我看过大多数费里尼的电影，我非常喜欢他。

《大家》：有时候你语出惊人，给人留下先锋和前卫的印象，但有时候你又呼唤传统和回归，表现出传统的一面。应该把你归为哪一类，前卫还是传统？

于坚：我没有方向，随物赋形。文人而已．但不是"无足观"，这是我的努力。

《大家》：现在很多著名文人都写字，不约而同啊，说明大家骨子里还是认同书法这种极致的线条艺术，认同这种传统文化的根性之美。说说你练字的缘由吧，想过要卖字、办个展之类的吗？

于坚：我写字，就是保持我和汉字的肉体关系，通过不断地临摹去接近那些古老的呼吸、气韵、节奏，感悟道之运行。颜真卿不仅教我写字，也教我写作、何谓中正。

《大家》：你在国外参加过很多诗歌节和文学活动，国外的诗歌节和中国举办的诗歌节有什么不同？

于坚：国外的诗歌节重点在诗，而不是排场、交际、宣传。我最近在法国的八场个人朗诵，很简单，就是听我的原声念诗，听译文，全场闭着眼睛听，像音乐会一样。然后讨论，我念了许多诗。在中国，诗歌朗诵会，诗是次要的，没有几个人真的要听，大家是来玩。

《大家》：我们再回到诗的写作。你说写诗时很焦虑，那你觉得写诗是痛苦的还是快乐的？是写诗感到焦虑，还是写散文和写小说也同样焦虑？摄影呢，会不会带给你焦虑感？

于坚：焦虑就是复活。当你焦虑时，诗就要来了。写作是一种劳动，与所有劳动一样，必须聚精会神，此时我是劳动者的快乐。我通常关着窗子写，有时候写到筋疲力尽。痛苦是我永远不知道那些穿越了时间的伟大的死者会怎么看我的写作，而我也无法信任我自己时代的那些溢美之词。在垃圾或者不朽之作间不断地怀疑，不断地写下一章，这令我很痛苦。就像农夫，播种是喜悦的，培土喜悦的，但没有一个农夫知道秋天，我有时候看见他们在农闲的时候张望田野，那是一种隐秘的痛苦。

《大家》：近年来，先后有几位优秀的诗人以自杀的方式离开了我们，让人莫名悲怆，你怎么看待诗人的自戕？你自己有过类似的念头吗？

于坚：我前面已经说过。根基性的存在已经动摇，不朽已经动摇。因此，死亡是可以随便接受的。诗人对此更为敏感。这个时代选择死亡很容易，因为无意义已经成为意义本身。知其不可为而为之，是我的终极意义。"吾丧我""齐物"，这都是死亡的一个漂亮理由，但是如果吾是宇宙之吾、我是身体之我的话，那么齐物的悲剧是，无物可齐。滇池那潭脏水你怎么齐？雾霾你怎么齐？无意义已经彻底的无意义。

《大家》：你被业界认为是中国诗人中最具备诺贝尔文学奖获奖实力的代表性人物。你自己怎么看这种说法？

于坚：其实业界也有更多的人说，这个家伙写的都是垃圾，而且自以为是。我用汉字写作，而那个奖的依据的是拼音，仅此一点，这个奖就无法信任。汉字都不在场了，这比弗罗斯特说的"诗就是翻译中失去的部分"，他指的是拼音文字写的诗。汉语诗损失的不仅仅是诗的空间，损失的更有象形文字。

我不反对翻译这种必须的文化交流，这个世界如此险恶，各民族应当彼此知道彼此的意思。但是，我不会因为被翻译而获得对我自己写作的自信。

《大家》：这些年，你在云南本土积极参与各种文学活动，对年轻一代也给予了相当支持，你仍然不是一个关在书斋的诗人和作家。怎么看云南的诗歌和新一代的诗人？

于坚：诗人必须互相支持。不是因为年轻人，看见好的诗秘而不宣是道德问题。诗人没有年龄，只有好诗。云南年轻诗人写得好的很多，许多是我的朋友，我愿意尽我所能，让他们的作品抵达读者。

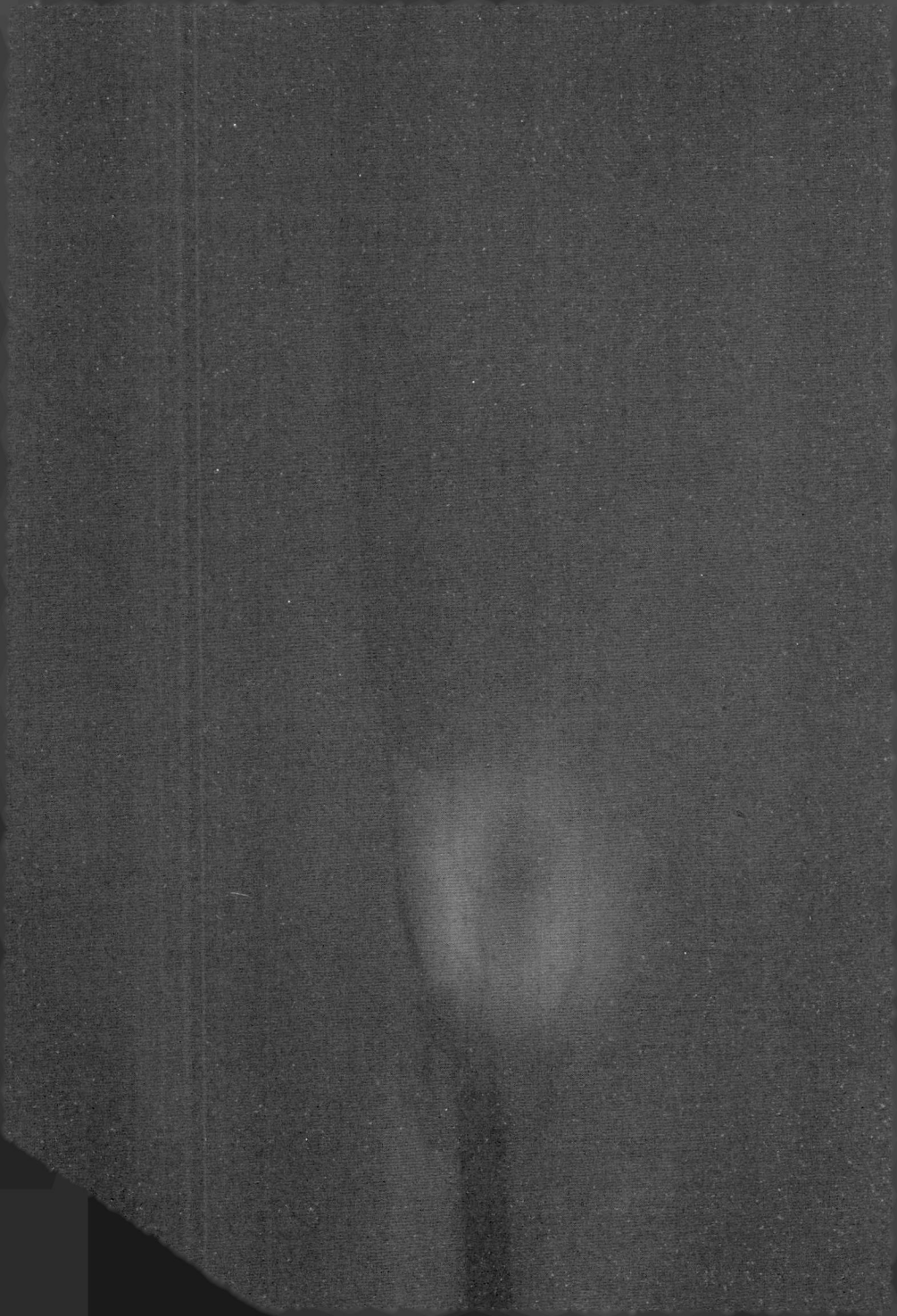

《大家》：说说你的工作习惯吧，每天都写？

于坚：是的。基本上是的。我有太多东西要写。我修改得很厉害，而修改的难度是修改得像是一挥而就。

《大家》：有什么宏伟计划吗？

于坚：没有。写就是了。

二〇一四年五月

我当然知道在汉语中"隐喻"是无法拒绝的……

明雷 × 于坚

明雷：我们很多西方人对中国诗歌开始感兴趣主要是通过庞德关于汉字和中国诗歌的一些看法，现在大部分的汉学家有点小看庞德的这些看法。我想问你一下，庞德的这些看法有没有影响到当代中国诗人，你自己有什么看法？也就是说，你是怎么看庞德对中国汉字的理解，还有你自己是怎么看汉字，汉字对中国诗歌是否增加了任何特别的意义？

于坚：我最初读到庞德是一些翻译成汉语的诗，并不知道庞德与中国诗歌的关系，我只是喜欢他的那些短诗而已。很直接，描述了一些画面，就像中国宋代诗人苏东坡说的，"画中有诗"。庞德对中国古诗的理解是有限的，但他凭着诗人的直觉，确实把握到中国古诗的某些东西。庞德的诗看上去就像是现代汉语诗人用白话写的具有古典意境的作品。

在汉语中，当我们说到语言的时候，它不仅仅是具有意思的声音，也是汉字。汉字决定这个声音是哪一个字的声音，这非常重要，正因为是汉字，汉语才可以容忍大量的同音字的存在，而不会引起混乱。汉字是听觉和视觉的统一，只是听是不够的，必须看，才能知道这是哪一个字，这个字的起源。汉字总是神秘地和它的起源密切关联，中国诗人其实依然在用七千年以前的那些古老文字写作。在汉字中，看甚至比听更重要。汉字保证了人们彼此可能完全听不懂，但看得懂。隐喻在汉字中是无所不在的，因为汉字本身就是一个个具有多层意义的符号。它既是能指，也是所指，而且所指总是大于能指，它们并不对等。这种不对等导致了汉字空间阐释上的不确定性，仅仅从能指其实并不能确定一个汉字的真正所指，而要看这个字在句子中的位置。位置不同，关系就不同，所指也不一样，虽然能指是同一个。我想庞德不能完全地理解这一点。他感觉到汉字与汉字之间的空间关系，隐喻的存在，但是这种空间关系基于一个巨大的熟人社会，共同文化背景、经验和习俗。它在一个封闭的文化系统是无限开放的，这种空间感基于一种古老庞大的地方性知识。我以为汉语是一种天然的民族主义，如果离开自己的场，它其实也是一种相当封闭的语言。

庞德凭着诗人的本能感觉到汉语的某些层面，他也遇到真正的障碍，那些伟大的障碍，那些令庞德永远无法进入的部分。这正是海德格尔所述："如若人通过其语言栖居在存在之要求与召唤之中，那么我们欧洲人也许栖居在与东亚人完全不同的家中。"

我很欣赏庞德对中国诗歌的研究，误读在汉语中其实是一种光荣，言有尽而意无穷。汉语并不在乎某种正解，"我注六经"，汉语其实是鼓励误读的。重要的是诗能否敞开空间，空间是无是非的。庞德对中国诗歌的误读正是一种诗的方式。

明雷：请你谈一下对诗歌清楚的起源最早是什么时候开始的，比如说小时候你是不是记住了很多中国古诗（这一点我听说至今是中国对小孩子的教育的一个特点）？然后，什么时候开始写诗歌，当时有什么诗人影响了你？你当时喜欢读中国二十世纪二三四十年代的诗歌，比如卞之琳、徐志摩、闻一多等？

于坚：汉语本身就是一种诗性的语言，基本的诗意的领悟其实不需要特别的教育，汉语本身就是一种诗的教育。如果所谓的诗是指分行的文字，那么我小学时已经读过一些中国古诗，更早些，在童年，我的外祖母经常会为我念一些押韵的歌谣，以哄我入睡。在小学和初中的课文里，也有许多诗。我自觉地阅读古典诗歌并深受影响是在十八岁左右。那时候我阅读了大量古诗（古典诗集在"文革"中是禁止阅读的），并疯狂地背诵它们，我全文背诵了《唐诗三百首》。我至今依然记得我在闲暇时躺在单人床上一首一首地背诵唐诗，为之着迷。对古代中国诗歌的学习对我有着巨大的影响，这令我知道了什么是诗，什么是好诗，这也有利于我后来阅读白话诗和翻译的西方诗歌。我知道了那种超越形式的诗是什么，而不为一首诗是否为律诗、自由诗、翻译诗或者著名诗人的作品所惑。

我读过卞之琳、徐志摩、闻一多等的作品，他们是时代中的诗人，在文学史的意义上，他们是有价值的，但他们不是那种可以超越自己时代的诗人。三四十年代的中国诗人对我而言，是一些先行者，他们受时代的干扰太大，许多人的写作没有展开。比较之下，对我具有深刻影响的是古典诗歌,现代诗只是在写什么上对我有所启发。古代中国诗歌有一种强大的世界观,这是现代诗缺乏的,三四十年代的中国现代诗似乎在世界观上无所适从。

明雷:现代诗歌因为用白话和古典诗歌在形式上有所斩裂。你怎么理解当代或现代诗歌和古典诗歌的关系,也就是你怎么看古典诗歌对你诗歌的影响?比如有人说他很喜欢古典诗歌,可是对他来说古典诗歌没有用,在写现代诗歌的时候没有用……你是怎么看这个问题。不知道我是否问得清楚?

于坚:汉语的现代诗在形式上与古代诗不同,更为自由,在韵律上也与古诗的模式不同,更强调诗人自己的语感和内在的韵律,但是现代诗依然是用数千年以前就存在的那些文字(不是全部,但至少是大多数。至少我们依然在用李白、杜甫、苏东坡使用过的那些汉字)在写作,只是其能指范围更为复杂、细微、丰富。

古典诗歌对我来说,从来没有断裂,只是它引起的感受与现代诗不同。在云南,由于现代化进入这个地区比较缓慢,在我青年时代,古典诗歌所歌咏的山水世界依然存在,因此它们也像是我同时代人的作品。而新诗开辟了诗的另一个方向,就是人与世界、事物的世俗关系,内心世界更为深入地表达。现代诗与古典诗如果有断裂的话,我以为主要是所指的断裂、世界观的断裂,而不是语言自身的断裂。语言发生了变化,汉语在现代诗中被拉长了,但字还是那些字。在古典诗歌中,字是诗的核心,在现代诗中,句子成为核心。从炼字、炼词到炼句,这是最重要的变化。

古典诗歌对于我来说不是有没有用的问题,而是如何在现代诗里面整合的问题。例如我的这首诗:

便条:583
乘赤豹兮从文狸　辛夷车兮结桂旗
祭祀了龙树和火　土著们走出青山
巫师在前　诸神在上　被树枝拉扯着衣裳
一路上谈着麂子的后腿　也说起乡政府
说起电视机里的汉人　他们不信神
曲木克已看见一个女妖蹲下去
在岩石后头　支稳了夜晚的锅
就催促大家　走快些噶　山鬼要来啦
他爱的女子阿嘎珊　正光脚涉过清溪
若有人兮山之阿　被薜荔兮带女萝
既含睇兮又宜笑　子慕予兮善窈窕
2007年的夏天　我在横断山脉某地做客
位于澜沧和金沙之间　前后左右还有
吉木狼格　何小竹子　哥布　鲁诺迪基
倮伍拉且　普驰达岭　米切若张　施袁喜
吉狄兆林　阿堵阿喜　俄尼木沙斯加
心得　楚辞不是幽灵书

开头两句"乘赤豹兮从文狸　辛夷车兮结桂旗"是屈原的诗,在这里,我将它作为一组形容句来用。因为云南山区的景致很多地方与屈原描写的一样。当然这不是事实,而是一种感觉。中间也有几句屈原的诗用来形容一位彝族女子。古代诗歌在我的写作里经常被作为成语使用,当然这个是我的首创。

明雷:你八十年代提出了一个"拒绝隐喻"的概念。这个概念怎么理解?是一种对当时的诗歌环境的反映吗?

于坚:中国现代诗自发生以来,诗人们的注意力主要集中在"写什么"上,在白话文的语境下,对汉语的本质思考得不多。二十世纪对西方语言学理论的引进,在思考"何为汉语"上给我许多启发。二十世纪八十年代末,我提出"拒绝隐喻",就是基于我对汉语本质的思考。

汉语天然是一种诗性语言,它起源于远古的巫。言此意彼,能指的固定和所指的无限扩张是汉语的一种特性。汉语不依赖于西方语言所谓的"语法",而更倚重上下文的关系和在场,一个词的确切意义往往是变动不居的。如果如海德格尔说的"语言是存在之家",那么在我看来,隐喻性、象征性的思维乃是中国最根深蒂固的传统。

而这种传统在二十世纪后期更为强大,二十世纪新文化的"反传统"在语言上恰恰借用的是汉语的旧传统,汉语越来越回避"直接说",回到事实本身非常困难,一切都在象征、隐喻的层面运转。这也与二十世纪的"文化大革命"导致传统世界观的分裂,观念、主义、意识形态取代世界观有关。

我提出"拒绝隐喻"乃是基于我对汉语的认识,我当然知道在汉语中"隐喻"是无法拒绝的,我只是相对于那种越来越像是语言游戏、缺乏世界观的"所指的空转",我追求一种难度更大的写作,"直接说"其实是汉语的另一个传统,它在过去数千年的汉语写作中都不是主流。在古代中国,那些富有禅意的诗人也许是这个传统的代表。当禅宗诗人追求"不立文字"的时候,也可以说他们并非不立文字,而只是要"拒绝隐喻""直接就是"。这非常难。一方面"直接说"意味着所谓"回到事实本身"。"回到事实本身",在我看来,就是回到语言的存在本身,而这一向为国家意识形态所忌讳。例如我的长诗《0档案》,被人们解读为象征性的,而它更重要的是语言上的"直接就是",那些语词的集合是对存在去蔽。我以为它彰显的是二十世纪汉语的贫乏和暴力。另一方面,汉语天然的隐喻性对于诗人来说是一个巨大的困境,如何走出这种困境,乃是我的写作的内驱力之一。"拒绝隐喻"对于我来说,不是象征性的,而是语言学的。所以在当初发表《拒绝隐喻》一文时,我有一个副标题"一种作为方法的诗歌。"

符号化的"言此意彼"在中国非常泛滥,它其实是一种相当世俗的现代意识形态。举个非语言学的例子,中国现在的许多新城,其实与栖居无关,它们暗示的只是"政绩"。

明雷: 你和其他诗人创办的《他们》是八十年代最重要的地下诗歌刊物之一。你可以谈谈《他们》的经验吗(他们的来由、意思等等)?

于坚: 我与韩东是在一九八四年左右认识的。当时甘肃省的兰州大学有个叫《同代》的油印地下刊物。第一期发表了我、韩东、海子等人的诗。那时候兰州是中国先锋派诗歌的堡垒。第三代还没有出现,还在地下。当时我们的作品在中国基本没有什么刊物会发表，就《飞天》敢登。一九八三年，中国先锋派诗歌的核心是在各个大学里，我在《飞天》发表的作品获得大学生诗歌奖，使我与许多大学里的未来的第三代诗人建立了联系。《同代》出来后，我接到韩东的信（他知道我的地址，是因为那时候发表作品，作者名字前面都印着某大学某系某级学生），他和我商量办一个刊物，我同意，回信取了几个刊物的名字。最后叫作《他们》，是韩东和丁当提议的，当时他们正在看英国作家奥茨（Joyce Carol Oates）的小说《他们》，这个名字大家都同意，"他们"一词没有什么象征意味，正符合我们彼此相近的诗歌观念。后来我把诗寄去了，还寄了一百元人民币，刊物是几个诗人联合出钱办的，轮流主编。《他们》创刊号署名主编付立，是集体化名，那时这是一个很严重的事情，如果出事情，大家都要负责。《他们》印刷了九期。创刊号头条是我的作品。《他们》作为地下刊物在中国的影响仅次于《今天》，它深刻地影响了朦胧诗之后一代诗人的写作。这种影响就是"诗到语言为止"（韩东语）、"拒绝隐喻"（于坚语）。

二〇一四年三月十六日

我要求的朗诵会不能声音和汉字分离

《MIND》× 于坚

《MIND》： 您曾将"诗"这个字理解为"言寺"——"语言的寺庙",在您看来,中国的诗歌是否具有宗教性?如果有,那是什么样的?

于坚： 诗在中国自古就与宗教联系在一起,这与汉语的起源有关。汉语开始就是与神灵对话的语言,是一种"萨满式"的语言,不像拼音文字那样起源于贸易,要求精确。汉语是隐喻的、象征性的语言,言此意彼、模棱两可。诗像宗教一样蛊惑人心,只是在诗这里,上帝就是诗人自己,他们创造蛊惑人心而又无限自由的语言。文章为天地立心,心是先验的,所以是"立"。人创造语言,所以立了心。野兽也是有心的,但它们没有发生语言,所以永远遮蔽在肉体的黑暗里,弱肉强食。孔子说,仁者人也,仁者就是立了心的人。立了心,人的灵魂世界就自由了,解放了。我记得残酷戏剧的大师阿尔托说过,戏剧就是解放。孔子又说"郁郁乎文哉"。文,就是立心。文教就是诗教。这是中国文明的独特处（这个特性在二十世纪对西方有也启发，尼采讲酒神，就是要呼唤诗神，用文教、诗性来补充一神教。）

"文明"一词中国独有，与他民族的"神明"不同。神明，语言是通向神的阶梯；文明，文就是对神的守护。古代诗人常说，"师造化"，造化就是神，就是不可见的造物者，道可道，非常道。庄子说，"今以天地为大炉，以造化为大冶，恶乎往而不可哉"？大冶，诗就是通过语言师法"大冶""超以象外，得其环中"。大冶就是诗教，"诗教"一词最早出现在《礼记·经解》中："入其国，其教可知也。其为人也，温柔敦厚，《诗》教也。"有无相生，诗教、上帝的作用都在守护世界的有无相生、阴阳和谐。宗教意味着人对不可知、对无的敬畏，对自己的限制，自我约束。如果世界只在可见的有的设计、把握、宰制上运作，世界就要耗竭。今日世界的危机无不来自对"有"的占有的贪婪。"师造化"就是通过语言来"圣经"式地守护、彰显、提醒着无的终极价值。"连物而无伤"（苏轼诗），诗教也可以说就是"无教"。诗与宗教不同的是，诗人自己扮演上帝角色，它接近于宗教，但它的"召唤"是每个文人都可以去召唤的，没有组织也没有纪律，只要他的分行能够召唤、守护。所以杜甫说，"笔落惊风雨，诗成泣鬼神"。当代，许多热爱分行的作者放弃了"立心"，在没有准宗教传统的社会中，这是读者冷落诗的原因。中国读者对诗有一种实用主义的态度，他们要求的不是语言游戏、自我的喜剧化表演，他们要求的是语言的教堂、寺庙。但语言的教堂并不是说教，而是温柔敦厚。温柔敦厚，就是生命有无相生的度，生命的意义所在，通过诗，人们觉悟如何才是"充满芳绩，但还诗意地栖居在大地上"(荷尔德林语)。"活泼泼地"(王阳明语)而不是奴役于物、丧失了自由的行尸走肉。

《MIND》：在您看来，中国当代诗歌和古代诗歌在审美意识方面是否有着传承关系？如果有，是什么样的？

于坚：我们依然在用那些古典作者使用的语言在写作，只是组合方式不同了，过去时代的热词现在变成了生词，词的能指也有变化、偏废、扩大或者萎缩，但许多基本的语词不变。比如"存在"，现在翻译了海德格尔，存在一词很时髦，其实《尔雅》里就出现了，"存，存在也"。

写诗还是与《诗经》作者的那一套一样，象征、隐喻、赋比兴、兴观群怨……司空图、王国维们的那些标准依然有效，我们依然要通过对古典诗歌的阅读来获得好诗的标准，新诗分行与律诗分行方式、韵律都不一样，但好诗是一样的，"笔落惊风雨，诗成泣鬼神"，味同嚼蜡依然是诗的大敌。

诗古老而"日日新"，这正是诗的魅力所在。"世界变了，可怕的美已经诞生"(叶芝语)，但"灵光"(本雅明语)并没有消失，至少在汉语中。其他语言我就不知道了。也许他们失去了上帝之灵也就失去了语言的灵光。

这是汉语得天独厚的优势：天赐，汉语是神性的语言，神不在教堂里、经书上，就在汉语中。它在我们时代创造了奇迹，即能指在西方(拼音中)开始的现代化，又继续模棱两可的巫性。

《MIND》：纵观中国当代文学创作，有许多作者的作品是与当时的意识形态有关的，您如何看待以政治现象为主旨的文学创作？

于坚：这要看怎么理解政治。意识形态是每个时代的小政治，屈原的"去终古之所居"也是政治；离骚（离忧）就是政治。大政治。"去终古之所居"，是历史的趋势，人类一再被自己的欲望流放。拆迁，你可写成小政治，也可以写成大政治。卡夫卡在我看来，写的就是大政治。人类在现代化浪潮中被异化的荒诞处境。比如"文革"，可以写成个人悲剧的小政治；也可以写成大政治，比如恐惧及其适应如何成为一种生存本能。契诃夫的《一个小公务员之死》也是大政治。庶务官伊凡德米特里·切尔维亚科夫打了一个喷嚏，喷到领导脸上，他因为猜测领导的表情隐喻何在，自己吓死了自己。这就是大政治。我想在今天，官场如此恐怖的时代，伊凡德米特里·切尔维亚科夫小公务员一定不乏其人。我也看过法国作家德尔菲娜·德·维冈，写的也是恐惧。

有一次开会，会场的座位排列挤了些，不容一人通过。领导请一位公务员再调整一下，这位公务员立即理解为是调整第一排。他这么做完全源于恐惧的本能，不是要巴结谄媚。那是我以前的同事，一个很朴素的来自乡村的小年轻人。这就是政治。

恐惧导致暴戾。他这么做其实相当暴戾，那个会场很大，后来的结果是许多人无法进出，非常不便，领导却很宽松，而许多人的牌位空着。为他们如此牺牲，是很暴戾的，但这种暴戾已经感觉不到了。正常，可怕的正常。

《MIND》：诗歌的创作是个人行为，甚至是私密的，但诗歌被创作出来之后，它便不再属于个人，它会被赋予某种社会功能。您如何看待诗歌的社会功能？您认为诗人与这个社会的互动方式是什么样的？

于坚：孔子说，诗可群，群就是共享。杜甫说"笔落惊风雨，诗成泣鬼神"，泣鬼神，就是一种共鸣。在我看来，如何写，是个人的创造，共享只在陈旧的主题如何被个人的语言再次激活、复活。比如爱情，每一个诗人的说法、意象都不同。诗的日日新，就在于语言是一种解放、自由，总是能创造新的、激动人心的说法来复活那些陈旧的意义。

《MIND》：您的诗歌常常与地景相关，比如山峰、河流、故乡、土地或者一个地名，等等。您认为诗歌的精神质地与地景变化是什么样的关系？

于坚：苏轼说过："吾文如万斛泉源，不择地而出。在平地滔滔汩汩，虽一日千里无难。及其与山石曲折、随物赋形而不可知也。所可知者，常行于所当行，常止于不可不止，如是而已矣，其他虽吾亦不能知也。"（《文说》）他说得很好。

《MIND》：什么是您创作的诗意源头？而在创作中，诗意如何开展？如何完结？

于坚：这个很难讲。一个词、一个场景，有时候就是偶然听见的一句话，偶然看见的一个动作，它们陌生化了我对世界的成见，诗于是开始了。在一首诗中，开始也许在南，结束也许在北，诗是不知道的；明确地知道要写什么，往往写不出好诗。一首诗如果太明确，你要将它处理得模棱两可，这是功夫。

《MIND》：你认为现代诗歌存在实际的创作技巧吗？技巧对精神表达会有什么样的影响？

于坚：当然。只是这种技巧不是像技术手册那样是通用的。一首诗有一首诗的技巧，必须诗人自己去创造。

技巧只在于将一首诗表达到位，但怎样是到位，这是每个诗人的天赋。这位诗人以为已经到位可以拿出来的东西，在另一位诗人则未必。

技巧就是为漂移不定的精神症状定位。

MIND:您认为您的诗歌的受众群是一个什么样的群体？您在创作时是否希望与他们达成精神交流？

于坚:不知道。什么样的读者都有可能。我不喜欢我的诗只是诗人在看，我更重视那些一首诗都不写、也没有什么诗歌知识的读者，他们就是靠直觉、修养去读。对自己的诗的任何自我辩解在这里都是无效的。诗就是这样开始的。

第一个诗人的读者就是某种语言的心灵感应者、觉悟者，第一首诗哪有什么对诗的解释、规定。需要自我辩解、阐释的诗肯定不是好诗，它没有自信。

我更相信汉语的神性，这意味着掌握这种语言的人天然就能够领悟诗意。

MIND:您曾四处游走，去过许多地方，并且拍摄许多照片，您如何看待摄影艺术？对您来说，在对世界的认知体验方面，视觉创作与文学创作有着什么样的异同？

于坚:摄影和文字的核心都是诗。诗或许是只能用语言或某种艺术形式去表达的那种不可言说的东西。它永远是一种悖论。它不可言说，你却越是要去说。照片这种形式存在的时候，我们才能感觉到那种不可说的东西何在，但你依然没说出来那是什么，你只有通过照片和诗去领悟那是什么。这是它最神秘的地方，也是它最强大的魅力。对于摄影来说，你拍的并不是可以看见的这个部分。一幅照片，某种作者企图拍出的东西其实置身在图像之外，它是图像的看不见的延伸。但你看见的也确实就是一张照片，没什么了不起，这就是魅力。

MIND：您认为朗诵是感受诗歌美学的必要途径吗？诗歌的口头韵律与书面韵律之间是什么样的关系，朗诵时需要什么样的转换？

于坚：是的。朗诵非常重要，尤其是现代社会。朗诵会就像远古的招魂仪式，就是创造一个仪式来招魂。但是我要求的朗诵会不能声音和汉字分离。现在有电子屏幕，朗诵的时候汉字也可以在场了。汉语与拼音文字不同，拼音文字主要诉诸听觉，发音清晰准确非常重要。汉语不同，书同文，统一的是汉字而不是声音，人们可以用各种方言去念同一个字。汉语还有书空这个动作，人们经常会问"哪一个字"。现代朗诵会受西方影响，强调声音，忽略文字，效果很差，重在宣传鼓动，复杂的诗在这样的朗诵会上往往无效。

现代诗的韵律是作者个人生命的语感创造的内韵，现代解放了汉语的声音，在那些好诗中，当然存在着韵律，只是它是像蓝调那样即兴的，一首诗有一首诗的韵律。

朗诵并不适合于念诗，朗诵是一种对诗的声音化阐释。我还是喜欢听作者的原声。读诗当然必要，但不一定只是朗诵，这方面是很丰富的。现在许多朗诵似乎都在模仿同一个声音，诗在这种朗诵中被弱化了。

现代诗不是为朗诵而写，它其实很多时候拒绝朗诵，但念是另一回事。

二〇一五年一月八日

诗是宗教的近邻

邓月娘 × 于坚

邓月娘：你对诗歌语言的看法如何？诗歌的语言应该是什么样的？诗人与诗的关系是什么？

于坚：诗是一种语言的宗教，语言中的语言。这种诗人创造的语言与日常语言不同，它具有招魂的魅力，它是一种文字的图腾，也是民族的根基。

诗与诸神对话，诗也是诸神之一，诗是对这个一神教（例如拜物教）趋势愈演愈烈的现实的记录、思考、怀疑、诘问、批判、疏远……而另一方面，诗也是对往昔文明黄金时代的赞美、回忆、守灵……中国思想认为，诗是师法造化、鬼斧神工的。造化就是创世，诗是宗教的近邻，区别只是语言世界的创造不是一神独占的，每个作者都可以用自己的语言创造诗的世界。

诗是好玩儿的。同质化正在使这个世界越来越无趣、空虚，丧失了玩场。我青年时代还看得见傈僳族人或者彝族人手拉手在河畔或者在夜晚围着火塘跳舞、唱歌，现在越来越难得一见了。高速公路两旁，旧世界和它的诗意一日日成为废墟。玩并非玩物丧志的语言游戏。诗止于至善。善并非道德概念，而是生生，生生之谓易，诗是令生命生生不息的那种语言，而不是控制、窒息生命的语言。

诗就是文明。文明，就是以文（诗）明之，照亮。诗不仅创造一种语言，这种语言为生命提供阐释、意义，以及存在的合法性。它照亮生命的黑暗，使生命活泼充实。孟子说，充实之谓美。

孔子说："小子，何莫学夫《诗》？《诗》可以兴，可以观，可以群，可以怨；迩之事父，远之事君；多识于鸟兽草木之名。"又说："不学诗，无以言。"兴，就是赞美。观，就是立场、阐释。群，就是团结、共享。怨，就是批判。"迩之事父，远之事君"就是说，诗可以像音乐活动中各种乐器的位置那样，调整、和谐人与世界的关系。诗所召唤的团结并非铁板一块，而是各得其所、各美其美的团结。伟大的诗人是那种具有普遍性的诗人、创造食盐的诗人，这种盐巴能够照亮碗。

诗人只在他自己创造的语言中显身，这种显身像诸神一样，是匿名的。匿名的意思是，当你说出佛陀的名字，佛陀并不会说："到！"但佛陀在着，在无名中。一首诗也不是作者的署名，而是那首诗。如果人是语言的动物，那么诗就是解放人的语言运动。

邓月娘：你对中国诗歌传统的态度怎么样？

于坚：我深受中国传统诗歌影响，我最初写诗，写的是格律诗，后来才写白话诗。古典诗歌深刻地影响了我的世界观。中国古典诗歌创造了不可逾越的黄金时代,当我沮丧地意识到这一点后,我转向了新诗,这是差不多四十年前的事了。中国古典诗歌令这个时代的有野心的作者们绝望。其实在宋以后,古体诗就再没有出现过伟大的作者。而新诗,我以为新一代诗人可以再次创造传统。这是一片语言的荒原,有无数的可能性。

中国古典诗词的格律化也许类似于西方古典音乐,所有声音都必须服从某种被指挥出来的旋律,个人的语调在格律中非常微弱。现代诗(新诗)则是蓝调,凸显的是个人的语感、语调、韵律。我青年时代对古体诗歌的大量背诵,令我对汉语的音乐性深有领会,这种音乐感其实已经成为我写新诗的一种潜移默化的语言习惯。写古体诗的经验,令某种本能式的韵律会在我的诗里形成一种内在的、神秘的、蓝调式的语感。这种语感几乎是只在我本人念我自己的诗才能感受得到,但它对别的读者也是开放的。我总是能获得一首诗的韵律感,没有这种韵律感我写不下去。这种韵律不是通用的,仅仅来自我自己。新诗在表面上看似乎是不押韵的,但它的韵律是一种内在的音律、个人化的韵律,也许叫作作者的私人语感、口气更恰当些。

邓月娘:对你影响最深的是哪一位诗人或哪些作品?

于坚:苏轼。

邓月娘:你觉得中国当代诗歌最大特点是什么?

于坚:诗人们正在创造一个新的诗歌传统。新诗就像唐诗、宋词、元曲那样,这是一种新的写法、新的传统。汉语因新诗的出现而获得现代性,更为丰富。

我以为，一个世纪之后，在今天，新诗诗人们已经创造了一个小传统，这意味着新诗已经经得住被冷淡、误解、诋毁、歪曲、否定……一百年前，那么多人在欢呼新诗，一百年后，那么多人在诋毁新诗，这正意味着它的存在已经是根基性的。

没有新诗的现代汉语是无法想象的，但我们可以想象古典诗歌作为一种图书馆诗歌的汉语。

邓月娘：在你看来，谁是中国当代诗坛上最有意思的人物？谁最积极？谁最先锋？

于坚：这样的人物有过很多，我也曾经是其中之一。

先锋今天已经过时了，太多的先锋了。先锋今天没有什么压力，未经官方批准的刊物泛滥成灾，谁有钱都可以自己办，比我青年时代自由多了。而在美学上，今天的诗只是对二十世纪八十年代先锋派诗人开辟的各种写作的可能性的重复或者持续。

中国先锋派诗歌，发生在二十世纪八十年代中期，主要是所谓的第三代诗人。那时候先锋派诗人不仅意味着美学上的反动，也意味着诗人仅仅由于写诗就处于危险中。

杜甫说，"千秋万岁名，寂寞身后事"。最后在时间中留下的那个死者不是由我们这些在世的人决定的。积极分子、先锋派在今天对于我而言，并非褒义，也不是贬义，我不再以此为荣。

邓月娘：俄罗斯目前有较多诗人是在网上而出名的。你如何看待网上写作？

于坚：我有一个博客，已经开了近十年。我上面发表了许多作品。

读者也不少。我非常喜欢我的博客,在这里,我是我自己的主编,我可以直接面对读者。

网络使得读者不再受刊物的控制。曾经,有限的刊物强迫读者阅读刊物指定的作品。而今天这种特权越来越萎缩,指令性的刊物越来越无人问津。博客,作者无法强迫读者点击。如果读者不想看,作者只能自甘寂寞。

将完成的作品放到网上,我一般是这样做的。直接在网上写作,我很怀疑这种写作的质量,如果你不能修改,字数被限制,还有网速在催促你,我不信任这种写作。我偶尔也在微信中发表短的、急就的短文。

网络倒是可以帮助人出名,如果你每天花很多时间保证你的名字不在流动中沉下去。有些诗人每天在网络上发表一首诗,确实令他们闻名遐迩。但是,为什么要写作?出名不是我写作的目的。写作本身是一种自我存在的确证,这个活计令我充实,它本身就是快乐的、生机勃勃的。写作需要绝对的自由,没有时间、意义、词汇、主题等等的限制。写作是一种自我的解放,如果作者自己都不能解放自己,他又如何解放读者?

发表是另一回事,发表、出名更具有商业倾向,它当然可以作为一件事去认真对待,写作是次要的,出名是首要的,这也是一种写作态度、一种世界观,我以为这种写作态度受到拜物教的影响。

我热衷于古典风格的写作。作品当然要发表,但是它首先来自写作本身带来的喜悦、充实、自足、解放、自由的深度和存在感。在没有网络的时代,作品仅靠自己的身体活着。中国有句格言说,"桃李不言,下自成蹊"。这也是一种世界观。

邓月娘:中国新生一代（譬如"八〇后"诗人）值得注意吗？

于坚:当然，他们中有许多优秀的诗人。但是，我无法列举，因为我从来不注意诗人的年龄，诗是没有年龄的。我只注意诗。

在中国，诗永远值得注意。诗是如此悠久、漫长、深刻地影响着这个国家。就是在经历过"文化大革命"那样灭文、灭诗的时代之后，诗人依然创造了一个诗的新传统，这在世界文明史上是非常了不起的。

只有汉语诗人有"文革"这样的背景，这意味着大灾难，也意味着独一无二的语言遗产。我认为这笔遗产是为诗人准备的。没有"文革"，我写不出我那些诗集。

一九七五年我写下我自己的第一首新诗，我根本想不到还会有"80后"诗人。我不指望我的诗会发表，那是秘密的地下活动。我记得我和我的朋友将我们写下的那些会因此而被捕的文字刻在蜡纸上，在瓦数很低的电灯泡下阅读，然后像异教徒那样将它们藏起来。

邓月娘:方言写作有未来吗？

于坚:这个前景很暗淡。普通话在中国取得全面胜利。在每个家乡，方言都有自卑感，用方言写作必须有巨大的勇气，你必须准备着没有读者。

如今，年轻一代人已经越来越听不懂方言了，方言越来越近于黑话。但是，方言就像土地一样不会消亡。在我的写作中，方言不是表面的俚语，而是看不见的思维方式。方言在黑暗里调节着汉语的韧性、湿度、温度、生殖力，否则汉语将会干瘪、枯萎。有时候，人们发现我的诗里面有某种说不清楚的与北方的普通话诗歌不同的东西，我以为那是方言的魅力所致。

邓月娘： 中国诗人有双语者吗？以汉语为基础的双语写作有可能吗？

于坚： 我曾经说我是双语诗人。我其实使用两种语言，一种是昆明话，一种是普通话。它们在书写上看起来没有区别，但在发音上，这是完全不同的，昆明话的发音比较卑微、谦和、幽默，不像普通话那样洪亮、理直气壮、仗势。我写作的内在声音是昆明话，但是在文字上看不出来。

昆明话是我的生活语言，我生活在昆明话里面。昆明话影响了我语感。这种语言在用文字发表后发生某种变异，令我的诗像是一种生涩、夹生的汉语。

邓月娘： 俄罗斯一大部分当代诗歌是以读者为主要受众，都是所谓"给眼睛看的"，念起来让听众听而不给他们诗文看，便会失去其魅力。中国情况如何，有类似现象吗？

于坚： 在中国，情况相反，今天的诗人们在朗诵会上更重视朗诵，重视声音。诗人们普遍忽略汉字。他们相信听众靠听就行，这一点也受到西方影响。朗诵诗曾经盛行于延安和二十世纪五十年代。

侧重于声音的语言和汉语完全不同，汉语是发音和汉字的合一，缺一不可。汉语有一个动作"书空"，一边发某字的音，一边用手指空书这个字的形，因为汉字的同音字太多，这是哪一个于，于还是余、虞、俞……

二十世纪以来，汉字被严重贬低。一度，人们试图将汉语改造为拼音语言,完全取消汉字。这一尝试失败了,但是它的影响还在。诗人们崇拜拼音语言。

通常,我参加朗诵会,一定要求必须有字幕,这个要求通常被视为多余,或者诗人的傲慢、怪癖。

我曾说,我的诗是看见的诗。这是另一个方面,我更喜欢从日常生活的细节出发,抵达一种对现实的超越。这是另一种看见。重道轻器,视而不见在中国文化中是一种传统,更热衷与世界保持一种象征性的关系,忽略正在眼前的事物,忽视存在而重视指鹿为马。汉语在形容一个人富有、智慧的时候,常常用聪明一词。聪,听在前;明,看在后。似乎,道,听就行。而我以为道是看见的,道显身于具体的存在。

我的诗如果对传统有什么偏离的话,那么就是在"直接就是"的看见的这个方向。我喜欢眼见为实,不喜欢想当然。只有通过具体的形而下才能抵达彻底的形而上。

邓月娘: 众所周知,诗歌中有时候存在着日常语言无法表现的现象。因此,可以说诗歌语言本身对一般口语来讲就是一种偏差或偏移。你支持这种看法吗?

于坚: 诗是日常语言的升华。我强调诗要从日常生活世界出发,但不是拘泥于日常语言,诗是对日常语言的超越。口语是无法写诗的,口语只在口上,一旦写成诗,诗人已经在开始理性地处理语言,已经超越了口语。口语的诗从来不存在,口语不是分行的。口语诗只是一个象征性的说法,我是中国最早提倡这样写的诗人之一,我说的口语诗,意味着一种古典的"道法自然"的世界观,只意味着中国美学一直主张的大巧若拙、大音希声，只意味着司空图在《诗品》里推崇的"俯拾即是，不取诸邻"。苏轼说的："吾文如万斛泉源，不择地而出，在平地滔滔汩汩，虽一日千里无难。及其与山石曲折，随物赋形而不可知也。所可知者，常行于所当行，常止于不可不止，如是而已矣。"（我的文章就像蕴藏着无数杯酒的泉源，随时随地都可以涌出来，在平坦的大地上滔滔汩汩，一日千里也不难。如果在山石凸凹不平的地方，我的文章就像水那样随着万物的形状而创造形式，会创造出什么的形式这是不知道的。可以知道的只是，文章应该在可以写的地方写，在不可以写的地方不写，就是这样。）

二〇一五年七月四日

彼岸不过是另一个飞机场

《界面》× 于坚

《界面》：您多次提到新诗要招魂，当今是一个失魂的阶段吗？招魂能不能理解成要恢复中国的"诗教"传统？

于坚：失魂散魄是一个世界趋势。尼采（"上帝死了"）、本雅明（"灵光消逝的时代"）、海德格尔（"世界的图式时代"）都提到过。用韦伯的话来说，就是"祛魅"。

我们时代的趋势是物化、不仁。随工业革命发生的世界祛魅运动，终结了古代世界的不确定性、混沌性和灵魂性，世界在一日日走向唯物化、标准化、量化和同质化。"去终古之所居"（屈原语），往日古代创造的细节一日日像流沙一样消失，这是一个细节越来越匮乏的世界。技术高度发达导致人的异化，人不再是"仁者人也"的古典之人，而是"天地不仁，以万物为刍狗"的非人。老子的非人是道法自然的真人，而非人却是上帝已死，"不仁"的技术时代产生的非人。我已经看见一个非人时代的开端。

汉字起源于招魂,占卜就是招魂,为什么仓颉造字,天雨粟,鬼夜哭,魂到场了,人立心了,仁者人也开始了。魂与技术时代的确定性不同,魂是不确定的、无法复制的,本雅明所谓的灵光,"恍兮惚兮,其中有象",道可道,"非常道"。招魂其实就是守护,诗守护着世界与古老的不可定位的、神性的联系。守护着与世界的感觉性的联系,就像佩索阿说的:"感觉是神圣的,因为它们使我们和宇宙保持着关系。"有无相生,没有对无的感受,敬畏的世界是野蛮的世界。对无的存在的感悟是人的基本特征,动物不知道无的在场。

新诗也是二十世纪世界先锋派文化运动的一部分。新诗就像兰波、波德莱尔们的象征派运动,俄罗斯阿克梅派、惠特曼、垮掉的一代那样是一种行动,这种具有浪漫气质的语言运动试图将生命从死文字里解放出来。这一运动与世界的祛魅运动背道而驰。语言是存在之家,修辞立其诚。诚是存在的根基。十九世纪以来,诚被物、商业、科学、技术严重遮蔽,不信如毒素一样弥漫世界,怀疑主义导致未来主义。基督教世界的信、儒教世界的信……各种信都被科学技术宣布为迷信而迷失。

道法自然就是一种最古老的信,但我们时代已经迷失了,一切都不自然了。

"诗言志","不学诗,无以言。"(孔子语)"语言是存在之家"(海德格尔语)不仅是中国文明的古代方向,世界文明亦然。德国诗人荷尔德林在十八世纪末期西方工业革命如火如荼的时代,觉悟到希腊人"充满劳绩,但还诗意地栖居在大地上"的往昔,并非偶然。

诗起源于萨满。孔子所谓"兴观群怨""迩远""多识"就是祭祀之场的能。只是这种在远古祭祀活动中的空间上的场被逐渐转移到文字里。文明比神明更有凝聚力,以文照亮,这是中国的路数。文就是召唤诗出场的场。

诗,可以理解为某种不可见者,黑暗的、不可言说的、心、灵魂、有无相生的无、知白守黑的黑,以及本雅明所谓的"灵光。"

古代世界的光明与黑暗是并存的。一个不否定另一个,阴阳交替,有无相生,如今世界运动只朝着阳去,朝着有去。一切都在离开,就像以色列人渡过红海,而彼岸不过是另一个飞机场。这是一个物的狂欢时代、物的喜剧时代、灵的悲剧时代、灵的孤独时代。

招魂,在屈原那里是对离的恐惧。离就是不信了,不信,"大块假我以文章",文就失去了根基,"去终古之所居"。离已经成为不可阻挡的世界趋势。美国人正在开发月球。

招魂就是对存在的一次次守护、确认,在此,立其诚。我说招魂,并不是重返死文字。阿甘本说:"通过秘密仪式,我们并没有学到任何什么——如秘密教义——对于这种东西,我们必须保持沉默。相反,启迪意味着让参与者如痴如醉地体会到他自己的沉默——在那一刻,直接面对了诸神。"

诗正是这种启迪。诗是语言对沉默的一种守护,知白守黑,一种启迪沉默的语言仪式。魂就是沉默。如果一切都可以说出,那么世界就被祛魅了。

诗是一种行动,解放生命的行动。语言解放生命,也窒息、雅驯生命。

"文胜质则史,质胜文则野",这是一种永恒循环,因此招魂之必要,"吾日三省吾身"。

诗教,对汉语来说,也是马丁·路德那种意义上的新教。

《界面》:您提到《诗大序》,并说古时的文既是功能性的场,又是宗教性的场。但今天诗在很多功能上似乎被其他方式取代了。比如"兴",可以发微博、朋友圈;"观",大家都信科学;"群",可以去唱卡拉OK,去影院看电影;"怨",对于创作者来说也有小说、电影等新的方式。就是宗教,也有了西方的舶来品。诗歌和它们处在竞争的关系吗?

于坚:"诗可以兴,可以观,可以群,可以怨;迩之事父,远之事君;多识于鸟兽草木之名。"兴,赞美,对存在、场的赞美。兴在第一,因为兴是信的结果。肯定,信任,"大块假我以文章",信任存在,才会道法自然。自然可道,大地可道,这是中国文明的根基。

观,是世界观。中国世界观基于对自然的信,对大地的信,而不是怨在第一。道法自然,是对在场的信导致的世界观。从前中国的诗、绘画无不是大地的赞美诗,就是这种世界观的结果。

群,团结、共享、沟通。怨,不满、怨刺、批评、臧否。不是在价值上判断是非对错,而是事情是否道法自然,齐物。诚。

迩远,秩序,定位。礼。"饮食男女,人之大欲存焉。死亡贫苦,人之大恶存焉。故欲恶者,心之大端也。人藏其心,不可测度也,美恶皆在其心不见其色也,欲一以穷之,舍礼何以哉?"礼记多识,知识。

判断，对经验的记忆、保存。

雪莱说，诗人是立法者。诗人总是在判断，但不是价值上的是非，这种判断是基于诚，道法自然。

《界面》：您说诗人最重要的标准是群，并且看重诗篇与世俗世界的共享。今天的诗歌有没有迎来它应有的读者？

于坚："凡有井水处，即能歌柳词。"这就是群。群并非群众，而是像水井那样团结。水是生命之源，它本具的团结是不言自明的。群并不是迎合，而是召唤、领导。读者必须跟上诗。一首诗就像一个水井、一场祭祀、一个教堂那样，可以召唤、信任、团结。

信，诗不是功利性的语言，修辞立其诚，所以可以信任。

在这个唯物时代，新诗依然诚。曲高和寡，因为时代在以有用与否来度量一切。诗人的焦虑也是对无用产生的焦虑。许多诗歌活动都企图将诗引向有用。

时代方向是积极进取，是未来。诗却固执地与过去发生联系。

兴观群怨这一套太古老了。灵魂太古老了。没有灵魂，意味着那是一个新家伙。

诗一直在为时间制作包浆。

《界面》：您提倡"言文合一"，这是从五四时期胡适等人那里继承来的吗？"言文合一"能不能理解成口语化？这是不是诗歌接近读者的主动尝试？（您又在一次访谈说中说：诗无法口语，诗是文字的。）

于坚：言文合一是五四白话文运动的纲领。言文合一不是要用言来取代文，而是借助口语、日常语言的活力来激发文的活力。这是一种语言解放。

关于口语,我在一九八九年出版的我的第一部诗集《诗六十首》的自序里说过,如果我在诗歌中使用了一种语言,那么,绝不是因为它是口语或因为它大巧若拙或别的什么。这仅仅因为它是我于坚自己的语言,是我的生命灌注其中的有意味的形式。

《界面》:今天有许多诗歌的语言都接近口语,写的也是日常事物。但我们仍然在谈论诗歌的边缘化,您认可边缘化这个提法吗?

于坚:口语就是脱口而出的话。口头语。狭义的诗是文字写下的文本。口语诗,只是说这种文本更接近口语的言说风格。

如果将"凡有井水处,即能歌柳词"视为一种隐喻,那么这是一个连水井都填掉的时代,但是水是填不掉的。边缘,要看从哪个方面来说,如果以唐为例,那么今天的诗何止边缘,这是一个非诗的时代、毫无诗性的时代。但是,诗还是在着,就是新诗所达到的质量来说,诗并不边缘,它依然是汉语的核心。诗被冷落乃是诗的光荣。世俗力量在今天亘古未有地强大,诗的神性完全被遮蔽了,因此诗必须在日常生活世界中行动。

诗人从来都是盗火者普罗米修斯。

《界面》:"边缘化"里这个"化"字很值得玩味,您觉得新诗以来,存在过诗歌的"中心"状态吗?那是什么时候?唐宋诗歌算不算"中心"?

于坚:诗越有用,也越世俗。往昔黄金时代的衰落,正在于诗的有用。

唐，那是诗的黄金时代，也是诗走向没落的时代。新诗的时代，诗彻底无用，这恰是诗的福音。

《界面》：八十年代是一个常被拿来和今天做比较的时期。许多人觉得那时诗歌比今日更加彰显，作为亲历者，您怎么看？

于坚：那个时代物没有今天这么强大，压力来自文化、精神方面。文化的衰败、精神的压抑恰恰在黑暗里凝聚成一种强大力量，一种复活的使命感，一种天才们在黑暗星空中彼此惺惺相惜、彼此依存的创造氛围，充满激情，思想活跃，没有功利，勇敢无畏，高贵纯洁，诗人就像一群革命家。我记得我和我的诗人朋友们经常彻夜长谈，口若悬河，从俄罗斯文学到卡夫卡，从萨特的存在主义到柏格森的直觉，仿佛我们与这些伟大人物是在同一个沙龙里。写诗是光荣的，诗人就像中世纪佩剑的骑士，豪饮很普遍，长发披肩，经常被审问。

那个时代非常性感，生命的风暴，压抑太久，有点疯狂，基本上都是过着凯鲁亚克《在路上》中写的那种生活。当然是中国环境下的。诗是一种生活方式、一种行动，一种通过语言对生命的解放。我那时候经常有的一个说法是要写海明威那样的硬汉诗。

《界面》：九十年代的"盘峰论争"之后，许多人长期把当代诗坛分为学院派和民间派，两者又被非常诡异地和书面语、口语各自对应上。这种概括有合理性吗？在今天成立吗？

于坚：这种区分没有意义，还是要看他们到底写出了什么。这场争论真正的意义在于它是一九四九年后第一次诗人与诗人之间的争论，争论的内容是怎么写才是好诗，各执一词。如果认真看下历史，就知道在

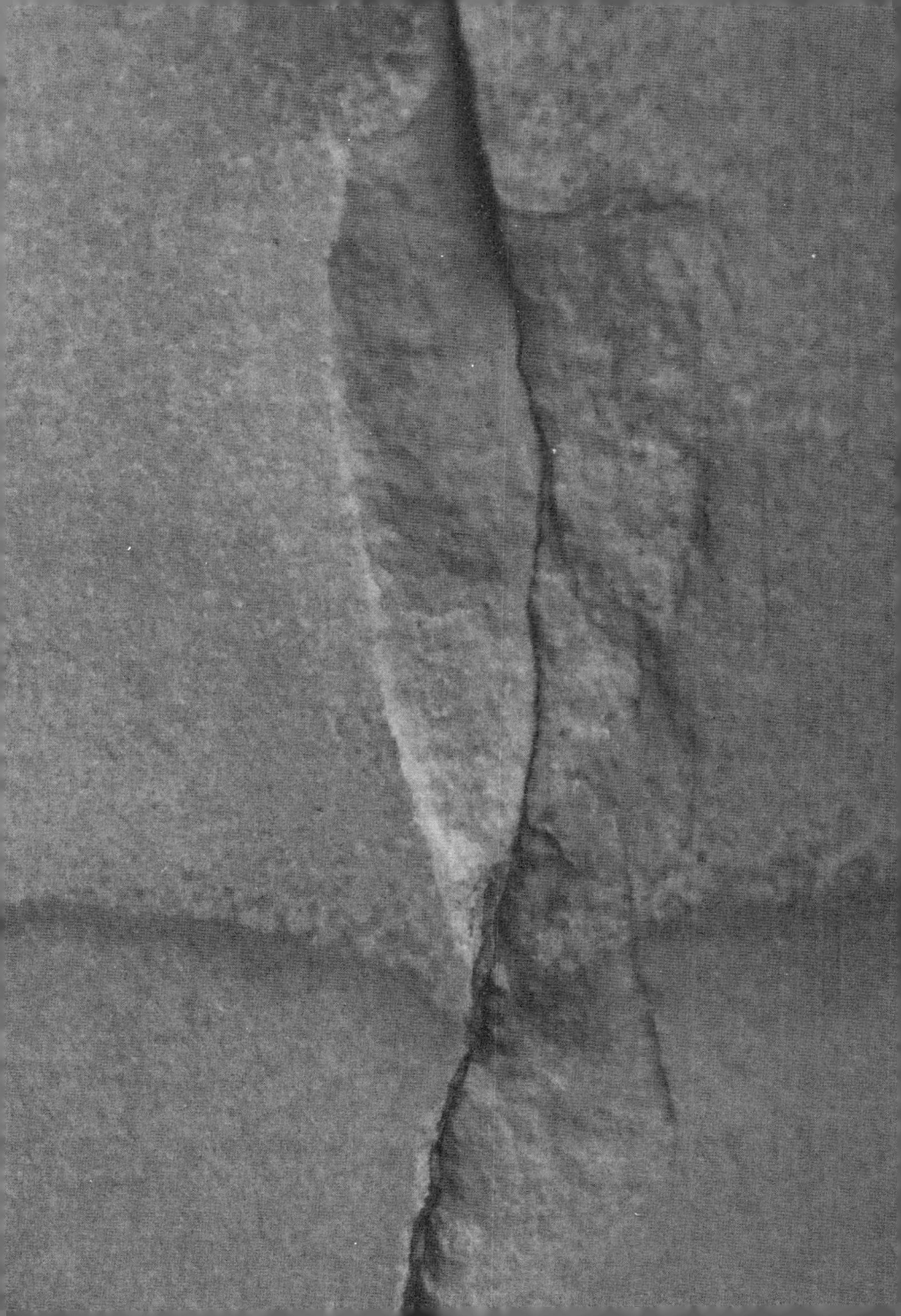

此之前，从来没有这种争论，不准，好诗由权力决定。争论都是主流诗坛对诗人的讨伐、批判。盘峰会议是钻了空子，那时候主流文化都转向钱去了，知识分子和民间诗人都是民间的。

对真正有力量的诗人来说，他使用的只有汉语，写的时候谁知道什么是口语或书面语？语词对于诗人是中性的。语词只是材料，处理它们的方式才是诗人的真本事。

《界面》：奥登有一个很有意思的提法。他说，诗歌在历史上就是处在偏向"修辞"的繁复化和回归"口语"的简化这两者的反复之中的，不同的时期大体上会有不同的偏向。您怎么看？

于坚：这个不需要奥登说。"文胜质则史，质胜文则野。""文胜质"就是修辞过分了，"质胜文"就是"言之不文，行之不远"。可惜奥登不知道"中"，中的意思就是度，对语词的度的把握是一个诗人的真功夫。

现在是诗歌界有点重修辞的倾向，写得差的口语诗太泛滥了，而且自以为是、令人生厌，太乏味。所以修辞被看重，但是这不是根本，诗不是修辞或者口水话的问题，而是修辞立其诚的问题。诚不立，无论怎样修辞都是获取功名的谋生技巧，就像唐代科举考试的诗歌考卷那样，真是字字珠玑的修辞。我不反对过分的修辞，我也喜欢策兰、阿什伯里的东西，在他们的修辞后面，都有着厚重。保罗·策兰甚至可以说是愤怒。但他们不是大诗人，修辞过度必然降低诗的品质，因为那是一个二流的难度。老子早就说了，大音希声，大巧若拙。这是本雅明所谓灵光消逝的时代，修辞必然泛滥，因为修辞可以掩饰心灵的贫乏，也很容易成为"高深莫测"的诗人。过度的修辞其实是一种隐蔽的复制。

《界面》:"纯诗"这个概念是不是舶来品?它和中国的诗歌传统是不是相悖的?

于坚:"在我们的时代,纯粹的诗人是罕见的,但也许更为罕见的是纯粹的诗人存在,一种完整的生活方式。"这是茨威格在评论里尔克时的一段话。屈原写《离骚》,他真是被流放了。

纯诗在中国当代诗歌中似乎指的只是"修辞的难度。"

文本是文本,作者是作者。现在诗坛,文与人不符的情况越来越多。修辞意义上的纯诗难免伪善,这里面永远有道德困境。

诗是一种僧侣般的生活方式。苏轼就是一位高僧大德。诗是对生命、身的解放,通过此在达到在世的天人合一。诗不是文本上的死文字,而是对生命的解放。诗不是像某些宗教那样离弃生命,控制生命,而是超越性地敞开生命。止于至善。

最近鲍勃·迪伦获奖,我的一位法国朋友告诉我,一位教授居然在课堂里砸教案。因为这是对他的饭碗的侮辱。那些被教授们攻击的不写纯诗的诗人,比如垮掉的一代,哪个不比写纯诗的过得快活,他们侮辱了修辞,但是解放了生命。

几百年后,哪首留下来的诗不是纯诗?屈原的诗按照孔子的标准,诗都恐怕算不上,郑声,乱音。

"《诗》三百,一言以蔽之。曰:思无邪。"孔子强调,诗是一种超越性的思,对生命的无邪之思。无邪之思就是诚,"修辞立其诚",诚是一种天真的、非凡的生活,勇敢的、宗教式的生活。

中国诗的传统,诗是一种宗教活动,这种诗教不是抽象的教条,而是通过个人的语言灵修而在世,人人皆可成圣人。在汉语中,"修辞立其诚",诗人既要独善其身,也要普度众生(群),写诗就是建造在世的语言教堂。这些被二十世纪的知识遮蔽了。

诗就像瑜伽一样,每个人都可以修炼,有高僧大德,有苦行僧。

"修辞立其诚","不学诗,无以言"。言就是在世。通过诗在世,"吾日三省吾身","修辞立其诚"。

"天命之谓性,率性之谓道,修道之谓教。"说的就是诗教。

诗在中国,与西方不一样。这种不同,根本在语言。汉语是存在性的,拼音是工具性的,这决定了对诗的理解不同,西方追求纯诗,因为灵魂是上帝管的。诗可以鹤立鸡群,但是在尼采之后,西方也逐渐走上以诗领导生命的道路。在布鲁姆的《西方正典》里面说到的那些大师,写"纯诗"的一个都没有,他们都有一种宗教、圣徒气质。

像屈原、杜甫、李白、苏轼这样的诗人西方没有。他们不是文本上的死文字,而是一种知行合一的生活方式。苏轼是诗人,王阳明是不是?是的。屈原是诗人,曹操是不是?是的。在中国,群众为李白、杜甫、苏轼立庙,立祠。在西方,诗人最多在教堂里面刻个名字,他们不是神,神是唯一;而在中国,伟大的诗人就是神的在场、使者。

纯诗其实是一种道德洁癖。虽然它声称超越一切。布鲁姆说得好,"时间腐蚀我们,摧毁我们,而时间更残酷地抹灭庸劣的小说、诗歌、戏剧、故事,不论这些作品在道德上如何高洁"。他还说:"我虽称赏王尔德的壮美宣言:'所有艺术皆无用处',但并不想印证文学于社会无用这一主张。莎士比亚可以代表文学造诣的最良善效用:倘若真正理解了，它能够治愈每个社会所固有的一些暴力。""佩特说'为艺术而艺术'之时，言下之意还包括D.H.劳伦斯的'为人生而艺术'。"齐白石说："太似为媚俗，不似为欺世。"

《界面》: 中国新诗到底从西方借鉴了什么？梁实秋曾经说，新诗就是中文写的外国诗，您怎么看？

于坚: 西方诗比较机智，长于思辨、雄辩。西方诗玩吊诡玩得非常高明，这一点我印象深刻，但是吊诡也就是吊诡而已。"明月松间照"，完全是废话，但是有教堂那样的氛围。

对西方的借鉴只是在巧言上。"如何说"。在西方思维方式的影响下，新诗确实更为丰富地敞开了汉语被遮蔽在黑暗里的那部分言说方式。

梁实秋那代人是想借鉴上帝，但是做不到，上帝不住在汉语中。汉语的最高当局是道。道在天，也可在屎尿。

梁实秋那一代人那么说可以原谅，因为他们是拿来主义时代，西方来的都是"圣经"。我们不同，已经翻译了那么多，不只是书，整个环境都已经西化。

古典中国其实已经彼岸化了。全球化是一个巨大的此岸，没有一个民族能够幸免。奇迹是，汉语还在此岸。这是中国文明的挪亚方舟。如果还是三十年代那些见识，我们就白活在这个时代了。

新诗肯定不是外国诗，因为诗的物质构件依然是汉字，只是组合方式发生了变化。如果拼音化，就是另一回事了。Pound肯定不是庞德。显而易见。意义是一样的，现象不一样。就现象来说，庞德不是

Pound,是庞大的德、姓庞的德。

现象就是本质。中文与拼音文字的翻译触及世界语言最坚硬的大陆。海德格尔所谓"语言是存在之家",在这里最为明白。

这也就是为什么我们今天为何触目所及、动身所至无不是西式环境,但我们依然是明白无误的中国人。人此在于语言中,不是物中。物最终是否对语言无可奈何,因此无法全面奴役人,现在是一个最严峻的检验时代。

《界面》: 不管是现代性还是后现代性,都是西方概念,却深深地影响今天的中国。我们搞人文学科、科技、艺术创作,都讲国际性。新诗需要中国性吗?这种中国性是什么?是"道可道,非常道"吗?

于坚: 只要我们还在说汉语,就不必担心。中国性,就是汉语。国际性其实就是物性,物是没有民族、地方的区别的。全球化的背后其实是物的占有量的争夺。

新诗的伟大不是它有没有国际性,而是它守护了汉语之道。新诗不担心自己是一种地方性知识。

《界面》: 您又说"现代再也不能向历史借鉴模式",要"从自身创造规范",怎么讲?您有哪些作品是这方面比较满意的尝试?比如《0档案》?

于坚: 这不是我说的。我只是引用了这段话。不能借鉴的是"模式",因为模式总是某个具体的模式,而每个时代的"在此"是不同的。我们为什么不再写古体诗,因为那种模式已经无法招魂,只是修辞游戏。但是,"诗可言"作为中国最伟大的文明经验,却必须不断地温故知新，怎么写才能"言"？新诗就是文明再次琢磨怎么写才能"言"的语言解放运动。

我最近在上海明当代美术馆做了一个展览，展出了我的120幅摄影作品以及《0档案》。我将这个展览命名为"0档案之祭"。在这个展览中，四个演员和我本人一道祭祀般地朗诵了《0档案》。我将这首诗置于一个空间中，回到场，看它是否足够重，足够镇住这个场。我也请来云南彝族的毕摩做了一场古老的祭祀。两个祭祀在一起形成一种时空上的穿越、交汇。

这次经验使我再次认识了这首诗，许多东西我作为作者并不知道。比如最后两章那种物的弥漫感、侵蚀感和吞没感。这种感受如果只读文本是释放不出来的，而在一个空间中，这种感受被释放了。我越来越意识到，现代诗躲在文本的堡垒中是一条歧路，现代诗应当像蓝调、摇滚、布鲁斯那样，在与空间建立关系，回到场。文本也是场，但文本也对应着某种空间的场。许多技术条件都为场的创造准备了条件。比如字幕、麦克风、舞台、灯光……这些技术为营造一种远古的招魂之场准备了条件。我将美术馆的空间设计成一个由我的摄影作品环绕着的祭坛，三个车间，中间这个是祭坛，竖立着高四米的巨幅照片。左边是巨石的照片，隐喻着大地，右边是大象的照片，也是隐喻。周围是日常生活世界，包罗万象的芸芸众生。通过杜尚式的转移，将云南高原的古老祭祀搬到这个西式教堂般的祭坛，以及朗诵、音乐、照片、舞蹈形成一种现代的招魂仪式。视之足之舞之蹈之言之，以实现巫师或文人这一身份的动词式重返。诗是行动。

如果说创造模式的话，我想，新诗的朗诵会本身应该成为诗人写作的一部分，不能只到文本为止。在明当代美术馆这个空间中，我才最终完成了《0档案》的写作。

柳永的水井也是一个空间。能不能置于空间中，对诗是一种检验。

我记得在扬州的一次诗歌活动中，当地人在瘦西湖的岸上，齐声朗诵"春江潮水连海平"，那种韵律在天地之间响起，真是天人合一。但诗人们在船上朗诵现代诗时，情况则有些尴尬，诗在这个空间里没有重量。那时我意识到新诗必须创造自己的场、水井。

《界面》：您九十年代以后的许多作品在保持题材和语言的日常性的同时，蕴含了很多形而上的思考。这些思考似乎承接了西方思想家对现代文明的反思成果。读者如果缺乏相关的阅读语境，是否能够领悟？

于坚：今天在知识上有一种实利主义的倾向，什么有用学什么，结果导致一代人的知识谱系脱离常识。我记得我在台湾书店看到像老子、海德格尔、福柯……都是出版那种看图识字式的普及读本。八十年代也一样，诗人和读者的知识谱系相当，在一个世界文学的常识之内。我的思想资源在世界文学的范畴内是常识的不是专业的，但是好像已经很深奥了。

我在日本、法国、美国和青年诗人聊天，他们说起荷马、李贺、莎士比亚、海神波塞冬是张口即来。我记得在哈佛大学，宇文所安主持的我的诗歌朗诵会后，一位捷克的青年诗人送给我一个陶制的小怪物，他说是逻各斯。在中国，最近几十年的以货币重估一切价值真的是毁灭了许多东西，读者也被毁灭了。许多伟大的知识不可思议地荒凉在书店里，被束之高阁，对我来说真是不可思议。因为在我青年时代，这些都是地下读物，看到一本就是一次探险。所谓"献给无限的少数"，并非故意为之，读者本来就是少数。

我的一个说法是，重建日常生活的神性。二十世纪是个反生活的世纪，"生活在别处""故乡批判"是写作的主流。生活世界今天几乎荡然无存，故乡成为废墟。人们生活在观念中，生活如果不是某种观念的隐喻，它就是荒凉的。在这种语境里，诗重建日常生活的神性是一种自毁的冒险。诗人资格会被打上问号，日常生活是庸俗的、低贱的，怎么写这些？这是诗吗？大部分读者认为诗依然是抒情者的风花雪月，而不能写盐巴。就像恩格斯批评歌德是小市民的写作，这种意识形态依然强大。

《尚义街六号》的意义仅在于，它重返席勒所谓的"朴素之诗"。当年遭到的质疑，许多读者不认为那是"诗意的"，诗意的是"再别康桥"或者朦胧诗、海子。鸡汤式的抒情在中国写作史上根深蒂固。三十年代的某个时期，新诗失去了二十年代的狂飙突进的生命感，新瓶装旧酒，感伤之诗再次流行。朦胧诗也是感伤之诗。只是到第三代人才对此进行了真正的反动。这种反动的意义到今天都没有被认识到。我以为这是对汉语气质的一个伟大贡献。汉语在宋以后越来越偏向感伤，朴素之诗越来越弱，这导致了文明的衰落。今天我觉得鸡汤写作又在回潮。

《界面》：有没有一些诗是只写给小部分人看的？

于坚：很多。我想象的读者往往是那些死去的作者。比如王维，我会想这首诗他会怎么看。

《界面》：在您的诗论里面，诗歌是与现代文明对立的？现代只有"祛魅"？

于坚：祛魅是最强大的力量，包括诗人都加入了祛魅的大军。比如二十世纪初的未来主义、苏俄、一九四九年后中国标语诗都在祛魅。

诗是最古老的。诗是一种天然的与物流的对立、一种斗争，就像宗教和世俗一样，是本源性的对立。

《界面》：您的诗歌作品在不同时期存在着一些转变。比如您早期写的云南自然的诗歌就和《0档案》很不一样。您能不能谈谈您创作上经历的转变以及促成它们的因素？

于坚：对于一种持续不断的写作来说，写作是一棵不断生长的树。写作是生命的外化形式，它必然也有少年、中年、晚年。我在写作上的变化是顺其自然、随物赋形的结果。温故知新，我对中国文化中那种常见的"仲永式"写作一直持有警惕。你一旦选择了出家，就不要有还俗的念头。那样会令你丧失存在感，丧失生命的意义。

"仰之弥高，钻之弥坚，瞻之在前，忽焉在后"，在汉语中，写作这件事有一种宗教式的魔力，值得私定终身。

《界面》：您如何评价今日的高校诗歌写作？（如果您有过接触的话）今天有一大批年轻诗人是从高校走上诗歌道路的。

于坚：今天的高校教育使生命弱化。文胜质则史，是高校诗人最大的危险。

《界面》：今天中国诗人是否保持了清醒？

于坚：他们很焦虑，似乎越来越热衷于各种联谊活动、圈子、评奖，很不自信，渴望被体制认可。自信的诗人极少。没有八十年代那么多，那时候，诗人信奉的是"桃李不言，下自成蹊"。现在，王婆越来越多了。诗人与体制的关系也发生了变化。美学上没有进步，与世俗倒越来越勾搭了。二十世纪八十年代的诗人与体制不仅有美学上的对立，也有世俗的对立，他们是纯粹的诗人，是波西米亚人。屈原、李白、苏轼、惠特曼、兰波、波德莱尔、阿克梅派、里尔克、奥登、拉金、垮掉的一代、第三代……不是一种修辞，而是一种延绵不绝、非主流的存在方式。纯诗，难道是世俗化的一块遮羞布吗？

《界面》：诗歌是高贵的，您同意吗？

于坚：高贵，是诗这种材料本身的黄金品质、王者品质。在为世界文身的招魂之场中，诗居于核心。诗人是西西弗斯式的淘金者。

二〇一六年十二月三十一日

为什么是诗,而不是没有

木朵 × 于坚

木朵: 我们从《漫游》这首诗的两个角度开启访谈吧。其一,结合《新诗的发生》这篇散文的观点"诗要回到洪荒去再次出场、招魂、布道","新诗必须重返语言的荒野",这首诗告诉读者你已经找到了"我自己秘密统治着的荒凉",这种觅得的体验既有跋涉之苦,也有"重返"的幸运与勇气,类似于陈子昂登临的"幽州台"或华莱士·史蒂文斯放置坛子的"田纳西山顶",个人的重返、皈依看起来是自觉的、切实可行的,而且不时得到成诗的良性反馈,但作为时代的出路、文类("新诗"作为诗的一种近况)的出路,"荒野"却是不易得到的,即便是自觉诗人的迫切呼吁。人们都在问:荒野在哪里?重返荒野对于当代诗人来说是权宜之计,还是能屡屡奏效?被无数人踩踏过、进进出出过的那些"荒野"是否很可能被简化为一次写作观念的农家乐式的"郊游"?

于坚: 礼失而求诸野。新诗干的就是这个事。野是什么?野就是开始。开始，就是怎么写？回到野，再次回到怎么写？过去的写法已经失效了，成为陈词滥调的机械复制，甚至都正在日益失去它的"客观对应物"，"雕梁画栋依然在"，哪里还有一根画栋雕梁？"南朝四百八十寺"已经拆掉。传统修辞所依附的空间几乎荡然无存。本雅明所谓的"灵光消逝"，修辞无法再领导生命。

诗是如何发生的？孔子说，兴于诗,立于礼,成于乐。兴就是开始。孔子说，不学诗，无以言。修辞立其诚。修辞就是对诗（诚）的守护、持存。诚，在汉语中有不同的说法，意思是一样的，比如诗、心、灵魂、仁、德性，善、天真、有无相生之无……归根到底，我以为诚就是一种超越性。(德，升也)，一种对万事万物的超越性。仁者人也，文以载道，在中国文明中，人，是通过文的创造持存超越性的。所以是文明，以文照亮。超越性，具体到修辞，就是指鹿为马，言此意彼、象征、隐喻。隐喻是一种修辞方式，过度的修辞会遮蔽诚，所以，我曾经宣布"拒绝隐喻"，拒绝隐喻就是回到"修辞立其诚"。

"文胜质则史，质胜文则野。"记录诗的文很容易坠入修辞的陷阱，因此野从来都是文的激活力量。新诗就是要从文的历史化的阴影里走出来，通过野重新激活诗的魅力。礼失求诸野，"礼失"，失去的是什么，修辞的魅力，修辞成了修辞，不再立其诚了，因此要求诸野，野是诚的原始性根基。

新诗的求诸野与《诗经》的求诸野不同，新诗的求者野是对传统的再认识。五四是一种认识。今天要有新的认识，否则，"拿来主义"就白拿了。拿来一百年之后，他者那面镜子已经建立，对于传统，我们这一代诗人不会再盲目,就像希腊那个美少年纳喀索斯在水中(镜子)发现了自己。"文革"之后,传统已经不是那个传统,传统已经彼岸化了。传统不再是那个固若金汤的传统,而是废墟,传统已经从此岸变成了彼岸。事实上我们无论在时间中还是在空间中都已经置身于废墟。传统已经成为荒野。求诸野,就是在废墟上写作。

波普尔曾经提出"世界3"。"世界3"是文明的产物,我们都生活在"世界3"中。"世界3"是文明的巨厦,也会成为文明的桎梏、牢笼、异化力量。"文革"创造的废墟令我这一代诗人可以重新看见诗的兴(开始),但是一个晚清的诗人看不见,他被"世界3"囚着。

修辞立其诚。修辞就是说法。各种文明都在创造寻找自己的说法、自己的语言,说出自己,规范自己,这是世界文明之道。汉语将这种世界之道以"文明"一词概括,非常准确。在我看来,基督教是一种说法,印度教是一种说法,佛教、伊斯兰教都是说法,怎么说就怎么在。无论如何修辞,各文明的根本都是在说人要如何在世,如何向死而生,如何与诸神联系。中国文明的大道是诗教、文教。

海德格尔有个著名问题,为什么是有,而不是没有?我把这个问题换一下,为什么是诗,而不是没有诗?汉语必须问这个问题。印度人不问这个问题,他们问,为什么是神,而不是无神。在基督教文化中,太初有道,这个道是上帝之道。老子说,道可道,非常道。中国文明的"非常道"就是诗道,以文明之、持存。孔子说,兴于诗,郁郁乎文哉!不学诗,无以言。在开端处,诗就处于文明的最高地位。中国文明最伟大的经典叫作《论语》,现象学式地理解,就是关于语言的讨论。

这不是偶然的，如果"不学诗，无以言"，"必也正名乎"，"名不正，则言不顺；言不顺，则事不成；事不成，则礼乐不兴；礼乐不兴，则刑罚不中；刑罚不中，则民无所错手足。故君子名之必可言也，言之必可行也。君子于其言，无所苟而已矣。"——那么，语言（如何说）必然有至高无上的地位。

世界从语言开始。讨论语言，就是讨论真理，讨论哲学，讨论诗。

仁者人也，意思是人是超越性的动物，第一个人是兽，是普遍的兽里面的一员。仁就是超越，仁的觉醒令人超越了原始的物性。人通过修辞（语言）获得超越，人的诞生，就是修辞的开始。我曾经说，写作就是从世界中出来。人通过修辞超越万物，获得灵性、敞开黑暗之心，立心。心是先验的，修辞以立心，意味着超越性的持存，对万事万物的超越性，这是美的根基。

修辞领导生命，为生命去蔽，使诗得以持存着灵光，超越性永不坠入物的黑暗。修辞不是领导修辞。

孔子意识到修辞的危险。过度的修辞会令修辞成为花言巧语的知识。诗就丧失超越性，自己将自己遮蔽起来，成为巧言令色的修辞空转。巧言令色，鲜以仁。马一浮早就担忧，他说，兴观群怨，迩远，多识。现在，多识成了第一位。兴观群怨、迩远倒被遗忘了。过度的修辞导致对诚的遮蔽，对心的遮蔽。人将因"世界3"而重坠非人。这种非人比原始的非人更可怕，无德、不仁、唯物、贪婪。修辞而不立诚，必无德。"文胜质则史，质胜文则野"，文必须把握中庸，中庸是一种度。文本来是明，成为遮蔽，皆由于过度。

文质彬彬,然后君子,如今滔滔者(小人)天下皆是,君子何在?君子,就是通过诗获得觉悟的具有超越性的人。君,尊也。尊是一个超越性的动作。(尊,盛酒的器皿,像双手捧举酒坛。)

过度的修辞导致对"为什么是诗,而不是没有?"这个中国文明的终极问题的遗忘、遮蔽。我们时代的状况证实了孔子的担忧,这是一个修辞泛滥的时代,名不副实,名实分裂,言过其实,不诚。修辞而不立诚,写作就成为宣传活动。

野,并不是那些小资诗人以为的怀旧、复古。野,是一种去蔽的力量。这种力量本身被文的陈词滥调遮蔽着,李白说"大雅久不作""绝笔于获麟",这个麟,就是诚,就是灵光。文必须照亮,而不仅仅是一堆文本、辞藻。

礼失求诸野,这个野在我看来,乃是再次求诸传统。在废墟上写作,不会是"农家乐式的郊游"那么轻松,这种朝传统的后退其实是悲剧性的。全球化摧枯拉朽,乡愁成为一种对"黄金时代"的回忆,"去终古之所居""去故都而就远兮,遵江夏以流亡"。还有退路吗?"羌灵魂之欲归兮,何须臾而忘反?"屈原这句诗本身就是一种悲剧性的道路。我们不是正在走着吗?

现代主义的全球化是一种不可抗拒的流放,各民族的古典世界、象征系统都在被流放中,这是一种物对精神的流放,未来对过去的流放,全球村对祖国的流放,修辞对诗的流放。希腊被流放了,罗马被流放了,拜占庭被流放了,彼得堡被流放了,瓦纳纳西被流放了,玛雅被流放了,长安被流放了,苏州被流放了,昆明被流放了……一条巴别塔式的高速公路正在同质化着世界。屈原当年的流放也是如此，楚辞将在"书同文"的巨流中消失。"去终古之所居"，未来对人忬的欲望总是有无法抵抗的诱惑力。拯救只能来自野，来自对传统的"求诸野"，汉语就是一个最持久的拯救，我们居然还在用着七千年前出现的文字写作，汉语经历了那样频繁的"五胡乱华"，而"文革"是一场对文的革命。我以为，也是终极的革命。文再次拯救了文明。野永远持存着人是谁，他要干什么，野总是在遮蔽与敞开中忽焉在前，忽焉在后。

在废墟中写作，它要求那种有使命感的、悲剧感、宗教感的诗人。"文章道弊，五百年矣！汉魏风骨，晋宋莫传，然而文献有可征者。""有可征者"，就是求诸野。

"前不见古人，后不见来者。念天地之悠悠，独怆然而涕下。"这正是一种"求诸野"的伟大心境。

木朵：我们可以来探讨一下诗的结尾的惯例问题，看似细节的紧扣却关乎诗的起承转合的基本伦理，《漫游》的结尾"我是第一个野兽/唯一的野兽/最后的野兽"尝试三次的修饰来达成比复沓/排比更馥郁的效果，细察这三个修饰词"第一个""唯一的""最后的"，似有一股密不透风的气流，不可避免地连串在一起，更何况"最后的'这样的言明恰巧来到诗的尾声，又似乎表明这个词布置于诗的最后是名副其实的，就好像这是最强劲/抢镜的解围声明。"野兽"作为置身于荒野的得体的自我形象，这是一次迫切的自我加冕或乔装，如同一千个诗人会有一千个"荒野"的选择，"野兽"也不能仅仅坐实于兽之野，还需要反复的修饰、限制、廓清，或可说自我的野性化恰巧是当代诗人求索之路上必要的野心。而作为这首诗的读者,除了品咂出"第一个"迅疾转化为"最后的"这一进程中诗人的本意,我们还不免想象诗"最后的"一行安稳出现"最后的"这个词是不是就是诗亘古有之的暗纹?换言之,一首诗自上而下的进度中出现"最后的"这样的字符、这样的阐明那一刻,是否已然宿命达成且不可挽回地兑现为诗的尾声?

于坚:一首诗出现的时候,我知道它是什么。而当它完成之际,我倒不知道它是什么了,就像放走了一头曾经被我捕获的野兽。有时候我会谈谈自己的诗,我不忌讳这一点。诗人们通常为了保持莫测高深的风度,拒绝谈论自己的诗。但是,你真的可以谈论你自己的诗吗?我谈的这首诗还是那首诗?语言永远不是私人的,无论你如何个性化、风格化。而倒是那些非个人化的语言更有私密性,艾略特好像表达过类似的意思。庄子早就说过"吾丧我"。诗正是一种语言的吾丧我,齐物,匿名于作品,让作者死去(罗兰·巴特也有类似的意思),作品活着,我以为这是诗的最高境界。"我如何""我牛×""我以为"是一种低级、便宜的写作。

便条集　864
他说了那么多　落日　草原　广场
远方　政治局的空调　黄昏的风
一头大象经过宇宙的飞机场　女人
通奸　保罗·策兰　大流氓布考斯基——
只是为了表明自己是个小镇上的大人物

但是体重不够　过桥的时候差点被水冲走

　　诗必须有一种内在的抒情逻辑，而不是随意的句段组合。这种逻辑不是意义的逻辑，而是语词、字的逻辑，起承转合是基本的章法。这是一个伦理问题，孔子所谓的"迩远"。"迩远"就是诗人如何处理词的空间关系，哪个词在前，哪个词在后，就像一只乐队演奏交响乐，有一个布局，但是这个布局是一种随物赋形，而不是设计。有时候我用蓝调的方式来处理一首诗，它不一定是起承转合这个关系。它的"迩远"貌似即兴，只是抒情逻辑隐藏得更深。一首诗自上而下的进度中出现"最后的"这样的字符、这样的阐明那一刻，是否已然宿命达成，不可挽回地兑现为诗的尾声？这句说得很好。语言自己会说话，"最后的"不是一个"意义"，而是"最后的"这个词组本身。这个词组就像是河流流动的结果，石头停在这里，必须停在这里，流势之必然。它出现在这里，"最后的"这个词组就获救，不再是一个意指，而是一个意符。

　　我早年有首诗：

事件：写作

生命中最黑暗的事件　"写"永远不会抵达

所谓写作　就是逃跑的马拉松

在语言的地牢里　挖一条永不会进入地表的通道

因为它的方向是朝向所谓深处的

而它的目的地却在表面　在舌头那里　一动就是说出的地点

从最明亮的地方开始　一页白纸　一支钢笔和一只手对笔的
　　把握　这就是写作

古老而不朽的活计　执笔就意味着受苦　受难　受罪　逝者
　　如斯　总有人前赴后继

条条大道通罗马　写作却通向一块石头　推上去又滚下来
　　这手艺使西绪弗斯英名千古

你干同样的活　上帝却不提供同样的礼遇　你只有自作自受

写作　这是一个时代最辉煌的事件　词的死亡与复活　坦途
　　或陷阱

伟大的细节　在于一个词从遮蔽中出来　原形毕露　抵达了
　　命中注定的方格

写作并不能随心所欲　自由即是禁锢　逃跑即是抵达　纳粹
　　式的统治

强迫你像一只蜜蜂那样讲话　强迫你长刺　采粉　构巢
并且于三月五日酿蜜　在法定的次序中使用隐喻　安排主语
　　和状语

强迫你拿起笔就想到写作　并顾虑到有人即将阅读　肥胖的
　　沼泽　没有器官的强奸

这个暴君并不是第三帝国　它不是石头墙壁　不是铁丝网
　　不是毒气室

它在你写满字迹的地方　在你稿纸的空白之处　它在你的逃
　　亡和困守之中

在你的妥协　投降　懒惰　苟活　心平气和或歇斯底里之中

它光辉熠熠　黑暗无边　无休无止　无遮无挡

写作者　永远被排除在写作之外　他无法与他笔下的那些交手　词并非棋盘上的木头

手挪动一下　战局就会改观　握笔的手却无法造物　你写下的并非你触及的

它强迫你为一束花命名时也暗示一个女人　当你说秃鹰　人家却以为你赞美权力

被谋杀却无法指认凶手　在绝望的秋天发出的长信　被收件人误读为社论

说什么我来了　我看见　我说出　不被石头压住就算是幸运了

伏案一生　我一直在我的手迹之外　在我的钢笔和墨水之外　在我的舌头之外

我的一切词组　造句　章法　象征　暗喻　雄辩　我的得意之笔

无不是垃圾　陷阱　猎枪　圈套　海绵或油脂

在我们一整代人喧嚣的印刷品中　写作是唯一的哑巴

哦,神啊,让我写作,让我的舌头获救!

　　　　　　　　　　　　一九八九年初稿

　　　　　　　　　　　　一九九四年六月改

孔子说修辞立其诚,庞德说技巧是对真诚的考验。修辞是一种升华、德行,而不是装修。这个德行不是意义的强调,而是语词(材料)的自在被此在去弊、照亮,再次齐物。一首诗是一个场、一个空间、一个道法自然,师法造化所创造的形而上之物,这个物是语言对万物的超越性的持存之场。

木朵:除了诗"内在的抒情逻辑"——"这种逻辑不是意义的逻辑,而是语词、字的逻辑"——我们还会默默遵守(诗学)观念的逻辑,比如近期你在谈论新诗的属性及"制度"时,不断从孔子那里汲取养分,而这种听命于先贤的趋奉、这种礼仪就会培养或催动一个必要的观念的逻辑,你的诗就装配了这个逻辑所需的透气的小孔。算不算诗对散文的迁就?《一棵树》乍看像是一首咏物诗,但它内在的抒情逻辑是"他就是那个家伙"这个句子的不断扩展与演练,这是一组排比句的扣合,也可说这首诗兼顾着阐释排比句式的某些特性的使命,同时,在诗学观念方面,逻辑在于:诗的确是一个可塑性极强的空间/容器(诗最善于处理"词的空间关系"),那些在写作当时闯入的词为刻画、拼凑这个"他"者的形象带来了邂逅效果,看起来每一个句子都可以被替换,但要的就是这个组合的通畅之气,诗并不担心句子增删、替换所可能造成的或然性/谨严有失,其工作重点就是通过包括"蓝调"在内的诸多方式来阐明一个观念:诗其实就是一棵树或诗总在"种着一棵树"。每一个诗人都渴望写一首妥善的排比之诗,但其中的时间线索——每个句子成分带来不同的时间属性——应如何协调,应如何统摄于"今夜"这个写作即时状况之中来?

于坚:诗本来就是文。先于分行的诗。对于汉语来说,一个字就是一篇文章。文是诗意的在场,诗意通过文这个在场,与无联系,照亮,文明,有无相生。后来的分行、律化,是对文的限制、整理。散文是文的最初形态。甲骨文,是文,而不是分行的诗。散文化不是一种倒退,而是重返。这是新诗求诸野的必然,求诸野必然重返文。

《一棵树》是押韵的,押的是头韵。我曾经在巴黎诗歌之家参加一个关于我的诗的讨论,法国诗人和评论家注意到我的《0档案》经常会出现头韵。他们说,在欧洲,头韵已经消失了,这是古代诗歌的一种民歌形式,而汉语还保存着。汉语作为最古老也日日新的语言,它暗藏着许多可以复活的废墟。我诗中出现头韵往往是下意识的,并非故意为之。我在意的是"他"这个字的通过细节的叙述的展开、变化,循环往复。在细节的展开中消解了"他"的公共性、观念性。他是谁,这一个。这个头韵也意味着一首诗的顺畅,细节总是坎坷不平的。"他"本身是一个音节,句子中蓝调式的细节对这个音节的顺,消解了"他",吞噬了"他"。这个音节变成了无数的呓语。最后的"他"已经不是一个空洞抽象的他,而是"这一个他"。公共性与私人、自我不仅仅是含义,而是语词之间的斗争,消解、生长、繁殖。一首诗是一个场,而不是一条线。(也有些诗是线性的,这些诗的特点是短平快。)但是,确实有一条看不见的线、内在的逻辑、气场。气场是有方向、氛围的,所以有气顺之说。用古代诗话的说法,可以说是一种随物赋形的气,一种顺、语词的顺、起承转合的顺。一首诗是词的顺,而不是意义的顺。如果只是就意义理解,那么这首诗的句子之间的含义可谓南辕北辙。李白的《宣州谢朓楼饯别校书叔云》：

弃我去者，昨日之日不可留；（兴）　乱我心者，今日之日多烦忧。

长风万里送秋雁，对此可以酣高楼。（又是一兴）

蓬莱文章建安骨，中间小谢又清发。（再兴）

俱怀逸兴壮思飞，欲上青天揽明月。（再兴）

抽刀断水水更流，（再兴）举杯消(销)愁愁更愁。（再兴）（再兴，合。）

这首诗如果线性发展，那么只消如此即可：

弃我去者,昨日之日不可留;乱我心者,今日之日多烦忧。

人生在世不称意,明朝散发弄扁舟。

它不构成一个场，只是一个意思。

正是多次非线性的起，从当下到历史，从议论到现实……才构成了这首诗的空间，场域。

兴，起也。起兴，就是开始，这首诗至少开始了七次。就像是舞蹈或者太极拳、汉字的书写方式（比如在一个字中，横这一笔常常会起多次。一，就是短平快。）一个动作之后另一个动作，其间并不是从头到脚的线性展开，而是忽焉前，忽焉后。第一句的"烦忧"并不是"弄扁舟"的线性结果。怎么感觉好怎么气顺，怎么说。但是给人的感受似乎真是顺理成章。看不见的真气贯穿始终，就像流水行云，这些流水行云似乎只是等在那里，被李白的语流、语感之气串联起来。这种诗不是语词的修辞,而是语词的祭祀,一种宇宙中的语词之舞。

李贺似乎比李白注重修辞的精确度,每个句子也是犬牙交错,但是意图太显。比如:《雁门太守行》

> 黑云压城城欲摧,甲光向日金鳞开。
> 角声满天秋色里,塞上燕脂凝夜紫。
> 半卷红旗临易水,霜重鼓寒声不起。
> 报君黄金台上意,提携玉龙为君死。

修辞奇诡,但是意图明显、单一且肤浅。战争开始,"为君死"。全诗只是一起,然后起义。

一首诗是一棵树。意思,是这个树的细节,而不是一根线的终结点。

一首诗找不到语感我写不下去。语感其实就是说法,这不是一个修辞手段,而是生命的内在呼吸,它是诗人自我的呼吸,但不是自我的自我解释。因为是生命的呼吸,所以这种自我呼吸具有普遍性,贯通万物、宇宙。就像书法,握笔的手总是来自某个自我,但是书写的结果(无论美丑)都是普遍性的——身体在形而下的字的线条运动中抵达的形而上。一首诗是一棵树,树意味着枝丫之间的疏密搭配,空间感的沼泽式的滋生,道法自然的语感"气顺"的结果。某种黑暗要顺着这棵树生长出来,树已经结束了,那黑暗还要继续延伸向宇宙的无中去。一棵树就是一个场,形单影只的树一览无遗,短平快,一般是枯树。美的树是枝叶茂盛的,会在大气环流的时候跳舞。庄子对此有极好的论述。

我一直在想的是,兴,在古典诗歌已经登峰造极,像李白的《蜀道难》《将进酒》、杜甫的《秋兴八首》、苏轼的《赤壁赋》……这些作品,是一个辉煌的"世界3"。新诗只有像以色列人走出红海,重建一片大陆、一个世界。作为诗人,我们被黄金时代流放了。我们只有在荒野上重建黄金时代。古典诗是岸,新诗是大海,下面是整体的黑暗的地幔。

木朵:与"兴"常常携手并行的是"比",如果要观察你遣词造句的特性,再选出《一只蟑螂》来比对,可谓是登堂入室的捷径;这首诗在空格键——读者尽管熟悉"空格"这个标签或戳记,但依然好奇于它还能起到怎样的作用——的伴奏下,依靠"像""仿佛"这种比喻手法推进,不断带来从句的从属性与意义的分叉。另外推进这首诗进度的还有两个明确的技巧:其一,这只蟑螂的行动路线(为线性叙述提供了一个大致的方向);其二,在蟑螂的"行动"中不断触碰到文学史的坛坛罐罐,比如诗中出现了类似用典或互文色彩的"桑丘·潘沙""金发的玛格丽特""霍乱时期的爱情""蛋糕姑妈"。可见,一只无名蟑螂掀起了文学性小旋风,同时吹拂着诗中的配角"我"以及进入写作状态中的那个全视角观察着的作者,读者依从作者的情状布置/情节设计去探索"蟑螂"这个吟咏对象的下场:诗使用了浑身解数,最终怎么收敛?或可说,"下一只蟑螂"出现时,诗人还可能采用怎样的推进策略来呵护诗行之间的那通透之气?

于坚:空格,属于一首诗内部的"有无相生"。空格也是一个词,就像"之""于",其实就是空格。空格空得更彻底,它将两个词之间的隐秘空间完全交给读者。空格更像是一首诗中的风，树木枝丫之间的空隙，没有这些空隙，树木就是木材。只有这些空格的存在，一首诗才像一棵树那样活着。空格是一种断句艺术，在何处空格，这是诗人最隐秘的手艺。在这些词与词的短暂逗留、小车站之间，词的方向被改变。

　　新诗继承的是宋词的长短句，是更自由的长短句。词的长短句是词牌固定的。新诗的空格、断句是自由的，它如何是自由的，又是诗的。它更考验作者的功力。诗的，新诗诉诸经验而不是外在的形式。熟读唐诗三百首，就会知道诗是什么。诗肯定不是平仄。空格、分行赋予了诗一种物质感，在空间上区别于文的密集。就像格律诗字数限制在现代排版中形成的豆腐块，一种物质感。闻一多是少数觉悟到诗的物状的诗人，这是根本的形式。形式就是表象。我与闻一多不同，他还是拘泥于古体诗的豆腐块这个形，将句子削足适履。我以为空格和分行才是新诗最根本的物象。新诗即使是作为物质形象，它也存在了。攻击新诗的人说新诗是散文，他们恶作剧地将新诗排列成散文，排列方式改变，空格和分行取消，新诗就不存在了。新诗已经有强大的生命力和外观，否定它只有杀死它。但是即使是排列成散文，空格也无法取消，读到那里，必须停下来，空格既是语感，也是意义的开始或转换。

　　一首诗的路线不是现实的路线，而是时空的路线。诗的神秘就在于它完全没有时空上的限制，这根梭子可以在过去、未来、神话、现实之间随意地、陌生化地穿梭。诗的量子力学。但是这不意味诗可以天马行空地乱来，恍兮惚兮，其中有象。只是恍惚，那是忽悠。只有象，那是拘泥。象是什么，就是经验。陌生化很容易，但是要陌生得像是经验，需要鬼斧神工。尤其考验诗人的功力。言此意彼，指鹿为马、张冠李戴，超越了事实，但是读者为什么认为并不冲突？转喻比隐喻更困难。隐喻私密化，比如李贺，可以狡辩。隐喻是一种机心，它不是道法自然，是诗的做作的做作。诗是一种原始的语言做作，隐喻更进一步。好的隐喻其实是更隐秘的转喻。转喻唤醒的经验、共鸣、普遍性，隐喻指向自我。孔子说，诗可群。群不仅是名词，也是动词。群，就是共享、沟通、召唤、团结，这是一种经验的团结、共享。里尔克明白这一点，我后来读到他也说，诗是经验。经验意味着语言是时间性的。诗可以改变时间的方向，创造出新经验，但是如果这种创造与经验断裂，诗就成为自我的戏剧化修辞游戏。所以，庄子说，"吾丧我"。最持久的经验来自道法自然。师法造化，最高的诗是齐物的诗。《诗经》有一种物性，仿佛它是从大地上生长出来的一种语言植物，彻底地通过匿名而命名。我希望我的诗能抵达这种匿名，成为万物之一。

夜歌

风　或是姑娘们

在黑夜里唱歌

看不出谁是谁啦

圆圆的　潮湿

丰满　修长

树林　也跟着晃荡

看不出是桃树还是李树啦

它们唱的是　另一支歌

　　刷刷　沙沙　嚓嚓　呵呵

　　海浪涌到了　大地上

二〇〇八年

木朵：对先贤字字珠玑的深入理解，已成为你有别于新诗写作的散文作风，也就是说，散文编织了一张与诗媲美的大网，既是诗的黏膜，也是诗的边界。除了诗中近些年来涌现的散文的正当声音，在诗的体外、在诗人的观念上，还有大量的散文在簇拥着、捕获着诗之精灵。看起来，你已经找准了一个援用方式，从先贤的著作中——无论是散文还是古典诗句——营造出足以惬意存在其中的得体环境，驱动这个环境成为诗的皮毛。这里有一个时机与实力问题，到了你这个年纪、经验，是时候打通古今两地的时间共享之隔墙了。譬如庄子"吾丧我"之说，你在多处论述、阐发，"最高的写作是我表演的一场升华于吾的、无我的游戏"（《时间、旅行、史诗和吾丧我》）就是之一，这里所言的"我-无我"或"吾/我"关系，在散文中显示出散文作者对隐蔽的分隔符号"-"与"/"的痴迷，在新诗中，却很可能始终只能是叙述出一个进度、一次进展，毕竟"我"这个第一人称在诗行中属于一个不可或缺的表演者，而从另一个视角看，"我是我"，是其所是，也是一个写作向度，也即"我"的认识仍未完成。无我之诗只是一小部分诗的达成，是沮丧之我偶然得到的"最高"之喜悦。我想问的是，无我之境，那个"吾"，能否理解为"我们"？

于坚： 这个"吾"，不是我们，不是他者。萨特将他者视为"丧我"之"吾"（他者）。

庄子的"吾"，既是他者，也是宇宙万物。齐物，乃是无我。写作要像天地一样无德，无德就是无意义，无我。我，只是一个小意思。无意义是无小意义，而归于"无德"这个大意义。但是无小意义，并不是空泛的。三十辐共一毂，当其无，有车之用。三十辐就是细节，"我"将小意义视为细节。"我"只是一个细节。"恍兮惚兮，其中有象"，象就是细节。只有恍惚的无，是虚无。有无相生，有，是细节、此在。空格在一首诗里面就是有无相生的关系，意义的空白导致意义的诞生。

我的梦想是重返文。文就是写一切，就是通。无论屈原、李白、杜甫……都是写一切，分行的诗、散文、书法、绘画……李白的《上阳台帖》，与他的诗是通的，苍茫灵动而雄浑。最典型的是苏轼，我有本书，《朝苏记》，详细地分析了何谓文人。

中国古典写作并不是二十世纪以来受拿来主义影响的"写作"这个概念，写作日渐成为一种文体和专业的分类活计，意味着写作的世俗化。就像油画从教堂转向私人肖像那样，作者身份凸显。敦煌壁画的作者是谁？罗兰·巴特的"作者之死"，表达了他对那种西方传统的作者写作的怀疑。

古典写作是神性的、宗教性的，它是一种语言的祭祀活动。写作不是作者写作，写作是一种"齐物"式的通过我（语言）的创造匿名（丧、无德）于吾（宇宙万物）的道法自然、师法造化的祭祀性活动。写作起源于文，文就是为世界文身，以文照亮生命的黑暗，与无对话，知白守黑，有无相生。文是祭祀之场的语词式的转移、象征。文是一个个祭祀之场。一个文人就是一个祭司，祭司是匿名的。

文就是尼采所谓的"艺术形而上"。中国文明对超越性的持存一直是通过文明（以文照亮），而不是宗教（以一位神照亮）。西方在十九世纪才觉悟到"艺术形而上"的重要性，并以之取代宗教。上帝已死，艺术出场，这是二十世纪西方文化的趋势。

我近年的写作越来越趋向于场的营造。打通现代写作理论中的一些新的想法，例如现象学、存在主义（我以为祭祀本身就是现象学的、此在的）、陌生化，陌生化就是让陈词滥调匿名，巴赫金的对话、狂欢，罗兰·巴特的"作者之死"，本雅明的"引文写作"，包括梅洛庞蒂的"挺身向世界而出"……这些作者其实在讲同一件事，可惜他们不知道文。如果他们能够阅读中国古典文献，他们会发现《左传》就是一种最前卫的写作。《左传》保持着从原始的祭祀之场向文之场转移的鲜明痕迹。《左传》的作者是匿名的，因为这是文祭。

新诗的意义就在于重返文的自由。文的初衷，就是祭祀，聆听诸神的声音，解放生命，规训生命，居敬，成仁。

《毛诗序》说："诗者，志之所之也，在心为志，发言为诗。情动于中而形于言，言之不足，故嗟叹之；嗟叹之不足，故永歌之；永歌之不足，不知手之舞之、足之蹈之也。"这就是祭祀。

《毛诗序》又说："情发于声，声成文谓之音。治世之音安以乐，其政和；乱世之音怨以怒，其政乖；亡国之音哀以思，其民困。故正得失，动天地，感鬼神，莫近于诗。先王以是经夫妇，成孝敬，厚人伦，美教化,移风俗。"孔子说,不学诗,无以言(仁者人也,人可言。不仁则兽,兽无言。)、诗无邪(诗总是持中庸之辞,反对极端。)、兴(开始)、观(立场、世界观)、群(团结、沟通、共享)、怨(自省、批判)、迩远(秩序)、多识(经验、知识)。

这就是语言之祭导致的"艺术形而上"。

尼采说得好,"人是不确定的动物。""非逻辑的东西乃是人类存在的不可战胜的必然性,因此而产生许多很好的东西!它顽固地存在于语言、艺术、情绪、宗教里,存在于一切赋予生命价值的东西里。"(《尼采遗稿选》)

中国文明通过文来持存这种不确定。祭祀是对"不确定"的持存。而文就是对这种持存的转存。文是对身的超越性的守护、信任、肯定、赞美。

所谓文明,说到底,就是文身,对身体的升华,修辞对身体的遮蔽,身体对修辞的反抗。生生之谓易,这是根本。文领导生命也束缚生命。所以孔子一再告诫"文质彬彬,然后君子"。中庸是一个伟大的尺度、超越性的持存,就在于中庸的把握。中庸是"如何",而不是"什么"。"人情练达即文章",文说到底是一种人的自我修炼,屈原所谓的"灵修""指九天以为正兮,夫维灵修之故也"。印度人是瑜伽,西方是教堂,中国人是成为文人,"人皆可为尧舜"。

二〇一七年十月至十二月八日

诗歌代表着文明的质量

李楠 × 于坚

李楠：秦皇岛举办海子诗歌节已经七届了，您经常参加各个国家的诗歌节，国外的诗歌节与国内的诗歌节有什么不同之处？国外诗人的地位又怎样呢？

于坚：其实中国的诗歌节起源很早，比如古代中国的兰亭雅集，也是诗人聚会的沙龙，但不是专业的诗歌节，不是针对不写诗的读者，只是诗人小圈子的沙龙。写诗吟诗，也游山玩水，饮酒弹琴。这些年中国的诗歌节也多起来，民间和政府办的都有。西方的诗歌节已经有八十年左右的历史。朗诵会在西方是有传统的，比如卡夫卡的小说没有发表前就经常在布拉格的沙龙里面朗诵。各国的诗歌节由于文化传统的差异并不一样，欧美的诗歌节重视的是作品和听众。读者是来听那位诗人的作品、他的原声和作品的含义。诗歌节会邀请许多诗人在开幕式时朗诵，但每个诗人都有独自的一场朗诵会。有些诗歌节重视的是气氛和象征性影响，比如哥伦比亚的麦德林诗歌节，开幕式有几万人，马拉松式的朗诵，持续七八个小时。国外的诗人同普通人一样，也像普通人那样生活，安贫乐道，但是诗人被社会尊重。人们尊重一个人，是看他的智慧，而不是他有多少财富。

李楠：我们秦皇岛的诗歌节是为了纪念诗人海子，您曾说过海子的诗就像一个长不大的孩子写的诗，现在您还这样认为吗？

于坚：是的，我和海子比较熟，他在世时会把写好的诗印出来寄给我。他去世的时候仅仅二十五岁，还是一个很年轻的诗人。他在诗里给我展示了一种青春的想象力，很迷人。但你不能说你的诗歌总是在吸引一些年轻人，诗不仅要影响青年人，也要影响那些较为世故的人群。你不能说一个国家的经典作品只是年轻人喜欢，杜甫的诗歌不会只是年轻人喜欢，小到刚刚识字的蒙童，大到八九十岁的长者，都会认为他是大师。

李楠：您曾说过，诗歌是穷人的事业，在这么一个商品经济的社会，你怎么看诗歌的位置？诗歌对于我们的生活，它又有什么样的意义呢？

于坚：一个伟大的民族，人家提到这个民族的文明，首先想到的是诗人，想到的是《诗经》、屈原、萨福、荷马、李白、杜甫、苏轼、歌德、普希金等等，它们代表的是文明的质量。一个民族对另一个民族肃然起敬，并不是说你这个国家技术如何强大、银行如何有名，这些东西，每个民族都可以做到的。但是你这个民族有一个大诗人，他的写作是一种起源自地方、故乡而又是普遍的、招魂的、世界性的，另外一个民族出不了。诗歌持存的是各民族的神性、灵性、魅力、天真、喜悦。这种灵性感染你，使你感受到生活的意义所在。你为什么要活在这个世界上？现在很多人都处在一个迷惘的状态里面，为什么有些人钱挣得很多却从楼上跳下去？他的人生失去了意义。我不是说诗歌会直接来解答这个问题，但你可以在那些独特的语言里面感觉到世界的深度、智慧的深度、人性的深度、生活的广度，诗歌总是告诉你，世界美如斯，神秘如斯，魅力如斯，无论黑暗还是光明，活着是值得的。这也是为什么犹太哲学家阿多诺绝望地警告：奥斯维辛之后，写诗是野蛮的。但奥斯维辛已经过去了近八十年，诗依然在世界各地都继续。保罗·策兰在继续，希尼在继续，聂鲁达在继续，艾青在继续。我就是一位奥斯维辛之后的诗人。

李楠：在您看来，好诗有一个衡量的标准吗？这个标准是什么？

于坚：在作者，诗是独一无二的创造；在读者，诗则是阅读经验不断筛选的结果。好不是独一无二，人类已经创造过无数好诗，这些好诗自会告诉我们什么是好诗。好诗是阅读经验的结果，好诗只有比较才知道。熟读《唐诗三百首》，你就知道什么诗是好诗。好是没有国境的。语言不同，但不妨碍我们知道一首诗好。我们为什么知道李白、惠特曼、杜甫、艾略特等等，他们的诗好，因为我们有生命经验，我们都知道什么是爱情，什么是盐巴，什么是故乡，什么是落日……阅读经验各不相同，但说不出来的那种好是一样的。桃李不言，下自成蹊。

李楠：很多人都说您是口语诗的代表人物，您如何看待口语诗？又是如何看待当下口语诗的盛行？

于坚：口语是诗歌的基本元素，诗从口语开始，但口语不是诗。诗高于口语。海德格尔说过，日常语言是用罄的诗。宋词在开一代风气的时候被视为不雅，后来却进入了庙堂。并非用口语写的就是诗。一旦分行，它就不是口语。回车键没有那么容易按，我按的是诗，你按的就不是，就这么简单。有人认为诗的好坏是因为用书面语或者口语写的。不对。诗无所谓用什么语，用书面语也能写出好诗，比如李白和李贺，杜甫的早期和晚年，你不能说"香稻啄余鹦鹉粒，碧梧栖老凤凰枝"是杜甫，"车辚辚，马萧萧，行人弓箭各在腰"就不是杜甫。如果都是"香稻啄余鹦鹉粒"，诗就太乏味了。就算是《圣经》，各章也不同，"雅歌"和"列王记"的语言风格就不同，但都是圣经。有些诗人急功近利，以为用口语风格就离诗不远，或者用书面语、翻译体就自动入诗，这是外行。"诗成泣鬼神"，诗没有勾引鬼神来朝，是白写。

我有些诗是口语风格的？我只是找到了自己的语感。二十世纪七十年代，我遍读了能看到的古今诗歌作品，最后发现了最适合表达我自己内心感受、语感（独一无二私人声音）的语言方式。一个诗人身体状况、知识结构、生存背景不同，声音也不一样。诗人要顺应这个声音。口语诗与口水诗不一样，我厌恶口水，有股便宜的臭味。口语是鲜活的，是可能创造诗歌的，而口水是打着后现代的幌子糟蹋诗的信用，比日常语言更乏味更做作。吐口水一般基于愤怒、自恋，而诗的情绪是大气流动，犹如一场春天的开始。

二〇一八年十月五日

一己之见,谈谈好诗

(代后记)

诗植根于语言的历史中。一首诗的"好"也是超越语言的,用汉语、英语或者瑞典语都可以写出好诗,一位韩国诗人曾告诉过我,在他看来,"蒹葭苍苍,白露为霜"是最高之诗;一首诗的"好"也是超越历史的,人们判断什么是诗的标准在"好"上从来没有进步过,也许语言形式不同,好还是那个好。直到今天,我们依然觉得《诗经》是好诗、李白的诗是好诗,杜甫的诗是好诗、苏轼是的诗好诗、狄金森的诗是好诗,萨福、毕肖普、R.S.托马斯的诗……是好诗。

如果一首诗没有通过新的语言形式再次抵达好,止于至善,无论发表、获奖、走红、被翻译、被评论……都是无效的。这不是诗歌事业,仅仅是较低级的世俗生活的成功,世俗生活不需要面具,它在世俗上是光明正大的,而通过诗获取世俗的成功总是猥琐的、不自信的,必须不断辩解。

一首诗的好并不虚无。阅读经验是一个照妖镜。好诗不朽,只是每个时代说法不一样,好诗是进入时间的诗,进入过去,也进入将来。好诗为逝者而写,诗向死而生。

每一个民族、每一个时代都用它自己的语言、自己的方式把这个永恒的"好"说出来,或者解释,或者暗示。解释者自信自己有神的本事,暗示是一种宗教态度。"笔落惊风雨,诗成泣鬼神",杜甫要使之哭泣的是风雨、鬼神,是具有超越性力量的东西。这是一种宗教态度。

每一个时代、每一个民族都在通过某种语言一再重申着所谓"世界之最高意义"。生命为何值得今天这些活在世上的人们再次活过?宗教、哲学、艺术、诗讲的都是这回事。某些宗教讲来世、彼岸,但这个彼岸、来世却必须通过现世的好才能抵达。

所谓终极价值,汉语讲得最清楚,就是只能在文明中觉悟,文明就是用语言照亮。希腊讲智慧,基督教讲神明,还是隔了一层,智慧、文明都是说法,不如汉语讲文明、诗教,一语中的。

生命之意义,汉语早就明了只能通过文明,而无法通过概念、逻辑来分析、定位。"道可道,非常道。"文明就是非常道。文就是诗。将文理解为工具还是存在,这导致文明的殊途。

生命之意义,存在之价值,此在之必要,只有通过语言的场才能阐释、感悟。观念化、概念化的解释无法抵达,这也是一个经验,所以爱智的民族也崇拜诗歌,而且越来越迷信诗歌。

在中国,诗就是教堂。文明,文就是教堂。教堂,人人都可以进去,人人都可以阐释。兴观群怨,多识,就是教法。但与教堂不同,文是先验的、敞开的,不是既定的观念,每个人都可阐释,师法造化,自我说法。诗近于宗教,但宗教只有一部经典。诗却是一种自由、天然的民主,每个人都有可能通过语言师法造物主,创造诗经。决定你是否是诗人的不是君权神授,而是语言。这是诗的世俗性,也是它容易被打着各种旗号复习陈词滥调的原因。

诗人的师法造化是否被"引出万物者"(神)接纳,神是否认同,不是诗人可以决定,而是诗可群。群就是团结,团结有范围,有层次,有淘汰,有选择,不群的诗就要被孤立、淘汰。群也是有层次的,精英是一种群,大众是一种群。团结精英的诗与团结大众的诗只是团结的范围、力道不同。比如奥古斯丁对经典的阐释,团结的是精英、僧侣。而路德则广泛得多,路德的阐释团结了那些不识字的人。他们都是好的。

好并非僵硬的道德判断。好,是在《易经》所谓的"生生之谓易"上。正像"好"这个字在汉字里面的原始结构,为"女""子"两字组成,女子,就是能够生育。好就是知白守黑,有无相生,好是能够使生命活泼泼的、地久天长那种东西。好不是观念,好可以在经验中感觉到,被记忆储存。

一首好诗,就是那种生生着的诗。这几行已经摆在那里,但并不是一首诗的结束,而是一首诗的开始,生生的开始。生生,因此诗才需要阐释。不能召唤阐释的诗不是好诗。阐释不是为一首诗暗藏的观念的定位,而是为这些语词的有无相生的丰富假设可能性。它可能说的是这个,也可能说的是那个。在这种对可能性的盲人摸象式的阐释中,一首诗敞开着它的场。就像海德格尔对荷尔德林的阐释,这些阐释都是失败的,只是另一次阐释奠基而已,因为原在者(那首诗)具有不可阐释的定力、魅力、召唤性和诱惑性。

诗的魅力导致阐释的焦虑,无解。

所以,隐喻是一种简单的诗。一旦我们明白A所暗示的B,这首诗就结束了。这种阐释是做字谜游戏。某些诗貌似深刻,其实只是我们暂时不知道谜底而已。

修辞的隐喻和诗原始的、宿命性的隐喻是两种隐喻。我反对的是前者。

语言本身就是象征性的。面具并不是人,是人在用面具写作。古代诗人知道面具已经是阐释的开始,第一次指鹿为马。面具后面是一摞面目模糊的面具,这就是今天世界诗歌的隐喻游戏,被阐释为深刻。而原始的隐喻是肤浅的,直接贴在巫师们面部,我们很容易回到他们的真面目。就像法国跳蚤市场里的非洲面具摊,那些现代面具模拟了非洲风俗,却完全不顾这些面具戴在那一张脸上,其实它们已经没有面部的具体尺寸,而每个面具在最初都是根据具体的脸被创造出来的。文身,不是抽象的,而是在一个一个具体的身子上刻画。

若问一首诗的"好"究竟是什么,我只能读诗给你听,而无法像谈论一部电影或现实主义小说那样去谈论一首诗。诗是不能转述的,不能说有一首诗,它讲了什么什么。一首诗就是一个语词的场,像寺院、教堂那样的场,每一个词、每一个音都在生成着。好诗必须由读者自己进入,置身于诗人所创造的语词音乐现场,才能感受到那种"好"。"熟读唐诗三百首,不会吟诗也会吟",在时间中积累起来的阅读经验会告诉你,什么是好诗。如果世界上只有一首分行排列的东西,那就无所谓好坏了。就像行为艺术一样,每一件都是独一无二的,说不出好坏。诗必须比较,放在书架上,放在经验里,我们才能说出什么是好诗。是的,你不看书,但你不能没有语言,对吧?你知道什么是指桑骂槐、指鹿为马。诗就是指鹿为马。"觉悟"到什么是诗,必须在场、语言之场,这与文学教授的关于诗是什么抽象概念、ABC不一样。

"它打动了我",常常成为人们喜欢甚至感谢一首诗的理由。我承认打动的重要性,但打动却不是我所说的那种"好"。是被诗打动,还是被语言的小花招打动,被一些意思、观念、结论、某种抗议、媚俗、哗众取宠、奇谈怪论、段子、噱头……所打动?这种打动能否穿越时间,一直打动?当种种呓语随时代变化而烟消云散的时候,我们依然为屈原、李白们而感动。

诗创造着文明,文明也以诗的方式塑造着诗、选着诗。为什么是苏轼、陶潜、李白、王维、杜甫,而不是曾经走红的张三、李四?这也是诗。

孔子说,诗可群。群就是共享、团结。诗在开始的时候就是要团结那些在黑暗中害怕着、盲目着的野蛮愚昧孤独的原始之人,唤醒他们本能的"人之初,性本善"。诗有一种唤醒的魅力,人在文明中团结起来,成为民族。团结、共享向善的经验,是之谓"生生之谓易"。宗教也是团结、共享。

诗的共享在于语言的魅力,有持久的魅力,也有昙花一现的魅力。法国历史学家布罗代尔将历史分为三种时段:短时段是新闻,中时段是时代,长时段相当于永恒。诗的共享也是有不同时段、不同范围的。走红一般是短时段,具有新闻性。好的诗会不胫而走,不好的诗比较尴尬,诗出来还要辩解、自我营销。但是诗的困境也在于,共享的空间,每首诗是不一样的,唐诗三百首也不是每个读者都可以共享的。不好的诗喜欢辩解(形容词的本质就是辩解),好诗不需要辩解,有已经屹立于时间的好可以参照。不好的诗只是自圆其说。现在的风气是,不好的诗喜欢讲百花齐放,不讲经验。回避经验是二十世纪的风气,因为经验是照妖镜。好不好,读者是有一把尺子的,我相信。

语言可以大众化,自由诗是现在世界各国诗歌的主流,但好诗一定是惊风雨泣鬼神的。我以为一首好的诗就像塔一样,塔基广大,很多人有感觉,被打动,可以进入;但诗真正的核心,它要表达的最隐秘的部分,是一层层往上升的,读者经验的深度不同,对诗的领悟也就不同,就像禅修一样,只有时间和经验才能让你进入深处。像王维的"明月松间照,清泉石上流",可以说是废话,什么也没说,陈述事实而已。但读者若是有禅意的人,就会明白,这首诗不是那么简单,所谓"大巧若拙,大音希声"。

诗不是一目了然的标语、广告,虽然现在许多广告在模仿诗,廉价地厕身于诗歌刊物。

今天这个世界,方方面面都在与时俱进,进步的方向很简单,就是科学、技术、贸易领导的全球化。本雅明谓之"灵光消逝的时代",一切都在复制,技术的,数字的。只有诗,依然是一门古老的手艺、一种语言的巫术。今天诗人写作的方式和《诗经》时代的作者是一样的,还是要象征隐喻,要赋比兴,要兴观群怨……读者阅读的路径和《诗经》时代进入诗的路径也是一样的,无法另辟蹊径。这正是诗的独特魅力。

诗守护着文明,诗是唯一可以改造席卷全球的同质化大潮的暗流。诗总是引领每个民族回到开始,回到起源、母语,回到他的部落、图腾。诗人是每个民族天然的民族主义者,语言是全球同质化最后的屏障。同质化吞没世界,只有诗令我们意识到我们是谁、我们的根基、我们的文明、我们在世界中的位置。

读者是必须是诗人。待召的诗人。诗是灵魂和灵魂的相遇,是心心相印。不是说只有作者才有精神性的东西,读者只是像学生那样接受知识。诗是对无的召唤,有无相生,文明因此生生不息。如果读者心中对"无"毫无感悟,满脑袋都是如何占有,他就无法进入诗。诗不是随便可以进入的。《唐诗三百首》的选者自己就是一位诗人,他与好诗心心相印。

现在的读者是一个复杂而广泛的群体,既有眼光比较高的,也有只是凑热闹的。某某的诗很受欢迎,要看是什么样的读者喜欢,不能唯读者是从。至于"走红",那是衡量明星的标准,不是衡量诗人的标准。去世的瑞典诗人特朗斯特罗姆就不是"走红"的诗人,他的去世之所以为很多读者所知道,是因为他持续一生的攀登般的写作,他在世界上有读者也不是一年两年的事,六十年来他一直有粉丝,六十年后他还会有读者。

我特别尊重中国当下那些持续写作三十年以上的诗人,走红一年半年很容易，昙花一现的事情多了，但三十年来一直写，一直有读者，尤其是中国读者，看看我国的那种超市般的书店，你就知道读诗和四十年都有人在读他们的诗的人们是多么了不起。这一点，我想是托马斯·特朗斯特罗姆那类世界里的诗人无法想象的。中国当代诗歌其实早已不是某些抒情诗选本中展示的那种风花雪月、无病呻吟、不值得严肃读者认真的形象。当代新诗早就超越了三十年代新诗、朦胧诗的那种青春迷狂式的小资产阶级抒情。新诗重建着汉语的丰裕、中正、朴素、安静。最重要的迹象是，新诗在走向深厚。孟子说，"有恒产者始有恒心"。当年郭沫若在"文革"中曾批判杜甫是地主阶级的诗人。他没有意识到"地主阶级"也意味着杜甫是持久的诗人。如果"地主阶级"是一种隐喻性的阅读趣味，那么新诗现在的读者是有恒心者，而不再是"走红"。"走红"对新诗来说，是一种落伍的情况。诗不再是世界之外的地方性知识（东方神秘、被侮辱与被损害的之类），而是作为一种在世界中的写作和世界诗歌同步。这个同步非同寻常，中国当代诗人普遍置身于一种历史罕见的拜物教语境中，生计严峻，但他们依然创造了那些魅力非凡的语词。

诗人的"走红"只会在语言里，而不会在语言之外。诗内部的一语中的就是诗的走红。如今，一个安静的诗人一旦被网络注意，被媒体发现，马上变成新秀，喧嚣起来，很恐怖。这给读者带来的印象是，诗变成了一种走钢丝作秀的行为艺术，只有抢到眼球才是好诗。走红不就是媚俗的成功吗？在微博微信带来诗歌传播的"百花齐放"的时候，如何树立和建立诗的"金字塔"非常重要。诗并不像想象的那么平易近人，这不是对诗的要求，是对世故的要求。盼望走红，后面藏着非诗的功利主义。焦虑，诗难道是焦虑的吗？世界永远焦虑，诗却是一种定力，每个时代都是，焦虑不安的晋，出来个陶潜，悠然了。

平台足够了，但如果缺乏有公信力的选择，只是猎奇和鼓励走红，而只会遮蔽好诗。将经验中的好诗与今天的诗放在同一个平台来展示，比如《诗经》中的好、新诗中的好、译诗的好是如何之好，这会有许多话可说，一比较的话，读者就会发现，《诗经》不是首首都是长时段的，而新诗虽然不过一百年，也有那种长时段的"好"在。

于坚说 Ⅰ：为什么是诗，而不是没有

出 品 人	续小强	选题策划	刘文飞	责任编辑	刘文飞
复 审	席香妮	终 审	古卫红	书籍设计	张永文
印装监制	郭 勇	项目运营	有度文化·刘文飞工作室		

投稿邮箱 | liuwenfei0223@163.com

微 博 | http://weibo.com/liuwenfei0223　　微信公众号 | bywycbs1984